dtv

In einer stürmischen Gewitternacht nimmt Valentine einen völlig durchnässten Fremden und dessen Tochter Anna-Nina bei sich auf. Viel schneller, als sie es für möglich gehalten hätte, erobert das siebenjährige Mädchen ihr Herz und wirbelt ihr Leben durcheinander. Auch Anna-Ninas Vater Éric weckt ungeahnte Gefühle in ihr – die sie sich allerdings nicht eingestehen will. Erst als es schon fast zu spät ist, beschließt Valentine, dem Glück auf die Sprünge zu helfen ...

Agnès Ledig ist von Beruf Hebamme und lebt mit ihrer Familie in der Nähe von Obernai/Elsass. Mit ihrem preisgekrönten internationalen Bestseller ›Kurz bevor das Glück beginnt‹ hat sie Hunderttausende Leser mitten ins Herz getroffen.

Agnès Ledig

Zu Hause wartet das Glück

Roman

Aus dem Französischen von
Lisa-Maria Rust

Ausführliche Informationen über
unsere Autoren und Bücher
www.dtv.de

Von Agnès Ledig
sind bei dtv außerdem erschienen:
Kurz bevor das Glück beginnt (21638)
Das Einzige, was jetzt noch zählt (21685)

Ungekürzte Ausgabe 2018
dtv Verlagsgesellschaft mbH & Co. KG, München
© 2016 Éditions Albin Michel, Paris
Titel der französischen Originalausgabe:
›On regrettera plus tard‹
© 2018 der deutschsprachigen Ausgabe:
dtv Verlagsgesellschaft mbH & Co. KG, München
Umschlaggestaltung: Katharina Netolitzky/dtv
Satz: Bernd Schumacher, Friedberg
Druck und Bindung: Druckerei C.H.Beck, Nördlingen
Gedruckt auf säurefreiem, chlorfrei gebleichtem Papier
Printed in Germany · ISBN 978-3-423-21758-3

Für Emmanuel,

den Mann meines Lebens, die Tinte für das Buch, das er seit mehr als zwanzig Jahren zusammen mit mir schreibt, und dies, so hoffe ich, gemeinsam bis zum Epilog …

Für Olivier,
meinen besten Freund und Seelenverwandten, der mir auf subtile Art zu sagen weiß, wo ich gerade stehe …
Mein Lesezeichen sozusagen …

Ich bin ja nicht gerade ängstlich, aber ...

So ein heftiges Pochen an meiner Haustür mitten in der Nacht bei Blitz und Donner und prasselndem Regen, das würde einem Horrorfilm alle Ehre machen. Ich zucke unter meiner Wolldecke zusammen und überlege fieberhaft. Das erste Bild, das mir in den Kopf kommt, ist das von Jack Nicholson in *Shining*. Genau, er steht da draußen vor der Tür, vor *meiner* Tür! Wer sonst würde wohl bei einem solchen Wetter und zu nachtschlafender Zeit den Weg zu unserem kleinen Dörfchen finden? Aber ich kann auf keinen Fall untätig herumsitzen und womöglich riskieren, morgen früh einen Toten vor meiner Tür zu entdecken, bloß weil ich Angst vor einer Figur aus einem Kinofilm habe. Wenn jemand so gegen die Tür pocht, dann braucht er womöglich Hilfe. Ein Psychopath würde sich doch einen subtileren Auftritt verschaffen, oder?

Obwohl ...

Wie dem auch sei, jedenfalls hole ich zuerst die gusseiserne Pfanne aus der Küche – sie ist so schwer, dass ich sie kaum mit einer Hand halten kann –, und nachdem ich einmal tief durchgeatmet habe, mache ich vorsichtig die Tür auf, meine Waffe hoch erhoben, sodass sie im nächsten Augenblick auf Jack niedersausen kann.

»Ich brauche Hilfe.«

Vor mir steht ein Mann mit einem kleinen Mädchen auf dem Arm. Sie sind tropfnass. Er blickt mich flehend an und hat so gar nichts von einem amerikanischen Schauspieler. Ich komme mir mit meiner Bratpfanne in der Hand auf einmal ziemlich lächerlich vor, und so stelle ich sie auf dem Boden ab und mache die Tür ganz auf.

»Woher kommen Sie denn um diese Zeit?«

»Ich brauche Hilfe. Sie hat hohes Fieber. Ich habe kein Dach mehr über dem Kopf und keine Medikamente.«

»Legen Sie sie da drüben aufs Sofa«, sage ich zu ihm, während ich vorangehe und die Decke und das Buch, in dem ich gerade gelesen habe, zur Seite räume.

Ich ziehe der Kleinen die nassen Sachen aus, die ihr am Leib kleben, und drücke die Lippen auf ihre Stirn, wie ich es bei meinen Schülern mache. Sie hat tatsächlich hohes Fieber. Ich schicke den Mann in die Küche, wo er sich ein Handtuch holen soll, um sich die Haare zu trocknen, während ich das Mädchen nackt in die Decke wickle und kräftig reibe, damit ihr warm wird. Sie schlottert vor Kälte und ihr Blick ist leer. Sie könnte jeden Augenblick ohnmächtig werden.

»Ich rufe einen Arzt. Er wohnt nicht weit weg und wird gleich hier sein.«

»Danke.«

»Wie heißt sie?«

»Anna-Nina.«

»Und wie alt ist sie?«

»Sieben.«

»Möchten Sie ein paar trockene Sachen zum Umziehen?«

»Ich muss erst die Pferde in Sicherheit bringen.«

»Pferde?«

»Ja. Meine Pferde.«

Als er das sagt, fällt mir der Pferdewohnwagen wieder ein, der vor zwei Tagen hier vorbeifuhr und nun ein Stück weiter oben am Weg steht. Dann waren sie das also.

»Klingeln Sie bei meinem Nachbarn auf der anderen Seite vom Hof, er heißt Gustave. Sagen Sie ihm, dass ich Sie geschickt habe und dass Sie die Pferde unterstellen wollen.«

Die Kleine hat inzwischen die Augen geschlossen und zittert im Halbschlaf. Ich wickle ihr ein Handtuch um den Kopf und setze mich neben sie, während ich den Arzt anrufe.

»Claude? Hier ist Valentine. Entschuldige, dass ich so spät noch anrufe. Du musst herkommen, ich hab hier ein kleines Mädchen mit hohem Fieber. Stell bitte keine Fragen, ich hätte sowieso keine Antworten darauf.«

»Was denn für ein kleines Mädchen?«

»Claude, bitte! Sie ist sieben Jahre alt und heißt Anna-Nina. Ich habe keine Medikamente für ein Kind im Haus. Hast du etwas Passendes?«

»Ich bin gleich da. Wobei... hast du mal aus dem Fenster gesehen?«

»Allerdings. Ich glaube, deswegen ist sie auch hier gelandet.«

»Das ist das erste Mal, dass du mich am Sonntagabend überfällst.«

»Es ist auch das erste Mal, dass mich Jack Nicholson überfällt!«

»Du und deine Rätsel. Bis gleich.«

Anna-Nina ist eingedöst. Nur ab und an zuckt sie beim Donner zusammen, der immer noch in regelmäßigen Abständen grollt. Ich höre die Männer draußen rufen, um sich im Tosen der entfesselten Elemente zu verständigen. Vom Fenster aus beobachte ich, wie sie den Wohnwagen in eine Ecke des Hofes manövrieren – eine technische Meisterleistung mit diesen großen, nervösen und verängstigten Pferden. Der Regen hat kein bisschen nachgelassen, und noch immer fegen heftige Windböen durch die umstehenden Bäume und peitschen die Äste wie Säbel durch die Luft. Die ständigen Blitze erleuchten die Szenerie wie Stroboskoplicht. Niemand hält sich in so einer Nacht freiwillig im Freien auf und setzt sich dieser feindseligen Naturgewalt aus, die dem Menschen keine Pause gönnt, wäre da nicht die dringende Notwendigkeit, die Pferde in Sicherheit zu bringen. Der Mut verlässt einen nur, wenn Schwäche erlaubt ist, und das ist sie in diesem Moment nicht. Ich gehe nach oben ins Zimmer am Ende des Flurs, wo ich noch ein paar Sachen meines Großvaters aufbewahre. Der Fremde ist zwar etwas größer, aber bis seine eigenen Kleider wieder trocken sind, wird er froh darum sein.

Als ich wieder herunterkomme, steht er mit Gustave in der Diele. Zu ihren Füßen hat sich eine Pfütze gebildet. Gustave erklärt mir, dass er mein Auto aus der Scheune gefahren hat, die ich als Garage benutze, um die Pferde dort unterzustellen, und dass er sich morgen um alles kümmern wird, wenn sich das Wetter beruhigt hat. Ich hoffe bloß, dass mein Clio nicht unter einem Baum begraben wird, ich brauche das Auto nämlich, um zur Arbeit zu fahren. Mit einem Nicken verabschiedet sich Gustave. Der Vater der Kleinen bedankt sich mit einem kräftigen Händedruck bei ihm, herzlich, jedoch ohne ein Lächeln. Wahrscheinlich ist er viel zu angespannt.

»Ich habe Ihnen ein paar trockene Sachen rausgelegt. Die sind noch von meinem Großvater, aber so ungefähr dürften sie passen.«

»Danke.«

»Ich weiß nicht mal, wie ich Sie ansprechen darf.«

»Éric Duval.«

»Valentine Bergeret. Am Ende des Gangs ist ein Badezimmer. Gönnen Sie sich eine heiße Dusche, wenn Sie wollen. Sonst werden Sie am Ende auch noch krank.«

»Wie geht es ihr?«

»Sie ist eingeschlafen. Der Arzt wird bald da sein.«

»Vielen Dank für alles.«

»Jetzt bedanken Sie sich nicht ständig. Das ist doch selbstverständlich. Oder hätte ich Sie etwa draußen stehen lassen sollen?«

»Trotzdem danke.«

Dann verschwindet er im Bad. Kurz darauf springt die Dusche an, und im selben Augenblick höre ich, wie das Auto des Doktors auf dem knirschenden Kies zum Stehen kommt. Er ist schnell gefahren, trotz des Regens. Anscheinend haben ihn meine Rätsel, wie er es nannte, irgendwie beunruhigt.

Ich ziehe die Haustür auf, damit er gleich eintreten kann. Die paar Schritte vom Auto bis zur Türschwelle genügen, um ordentlich nass zu werden, obwohl er sich die Jacke notdürftig über den Kopf hält. Ohne Umschweife eilt er zu dem Mädchen, das auf dem Sofa liegt.

Als er ihr die Hand auf die Stirn legt, wacht sie auf und schreit, vielleicht vor Angst oder wegen des hohen Fiebers. Ich nehme ihre Hand und lächle ihr beruhigend zu, doch sie schreit panisch nach ihrem Vater. Tropfnass und mit nur einem Handtuch um die Hüften kommt er angerannt. Er nimmt ihr Gesicht in die Hände und versichert ihr, dass er bei ihr bleibt, während der Doktor sie untersuchen wird, und dass sie keine Angst zu haben braucht.

»Wie lange hat sie schon Fieber?«

»Seit zwei Tagen.«

»Haben Sie ihr was gegeben?«

»Paracetamol, aber die Packung war gestern Abend leer, und bei dem Wetter konnte ich nicht in die Apotheke fahren.«

»Wo kommen Sie denn her?«, fragt Claude leicht nervös.

»Wir sind auf der Durchreise. Ist es was Ernstes?«

»Sieht nach einer Bronchitis aus. Aber wir wollen nicht, dass noch eine Lungenentzündung draus wird. Ich lasse Ihnen für heute Nacht ein fiebersenkendes Mittel da, und morgen früh besorgen Sie sich in der Apotheke ein Antibiotikum. In Ordnung?«

»Ich kann das übernehmen. Ich komme auf dem Weg zur Arbeit sowieso an der Apotheke vorbei.«

»Haben Sie eine Versichertenkarte?«, fragt Claude den Mann.

»Ja, natürlich. Aber die muss ich erst aus dem Wagen drüben holen. Warten Sie, ich ziehe mich schnell an und…«

»Nein, nein, schon gut. Ich komme sowieso in zwei Tagen noch mal her, um zu sehen, wie es ihr geht, dann regeln wir das alles. Für den Augenblick wär's das. Passen Sie gut auf sie auf.«

»Das tue ich immer.«

»Ganz bestimmt«, sagt Claude.

Aber natürlich hat er seine Zweifel. Ich kenne ihn lange genug, um zu wissen, was sich hinter seiner scheinbar gelassenen Fassade so verbirgt. Er bricht sofort wieder auf und rennt zu seinem Wagen, jedoch nicht, ohne mir vorher noch einen argwöhnischen Blick zuzuwerfen. Ich weiß, was er denkt. Er ist erbost, sowohl wegen meiner Geheimnistuerei als auch wegen des Zustands des Mädchens. Aber deshalb habe ich ihn ja angerufen. Und schließlich bin ich genauso ahnungslos wie er. Es ging alles so schnell.

Ich habe gewartet, bis Anna-Nina eingeschlafen war, dann erst bin ich zurück ins Badezimmer, um mich anzuziehen. Trocken war ich inzwischen sowieso schon.

Die Frau, die uns aufgenommen hat, ist nach oben gegangen, um das Gästezimmer herzurichten. Sie hat keine einzige Frage gestellt. Ich habe ihr gesagt, dass ich bei Anna-Nina schlafen möchte, um bei ihr zu sein, falls sie aufwacht.

Eben kommt sie im Laufschritt die Treppe wieder herunter.

»So, das Bett ist fertig, ein schönes großes Doppelbett, das mein Urgroßvater eigenhändig gebaut hat. Da können Sie es sich gemütlich machen.«

»Vielen Dank für alles. Dann trage ich sie jetzt rauf.«

»Ich zeige ihnen das Zimmer.«

Ich lege mein Engelchen in dem großen Bett mit den geblümten, frisch duftenden Laken ab und decke sie mit dem leichten Federbett zu, das Valentine bezogen hat. Nanie ist nicht einmal aufgewacht, als ich sie heraufgetragen habe. Valentine ist schon wieder hinuntergegangen, und ich folge ihr. Im Erdgeschoss ist niemand. Ich beschließe, noch einmal nach den

Pferden zu sehen, um sicher zu sein, dass sie da drüben in der Scheune keinen Aufruhr veranstalten, und um diese heiß begehrte Versichertenkarte zu holen. Es schüttet nach wie vor in Strömen. Wir hätten das nicht durchgehalten im Wohnwagen mit dem kaputten Dach. Ich sehe zu, dass ich so schnell wie möglich wieder in dieses große, solide Gebäude komme, in dem wir für heute Nacht eine Bleibe gefunden haben.

Die Frau sitzt am Küchentisch, eine Tasse dampfenden Tee in den Händen.

»Möchten Sie etwas Heißes trinken?«

»Nein danke, es geht schon. Ich will Ihnen nicht noch mehr Umstände machen, Sie tun schon genug für uns.«

»Ich wüsste gern, was los ist.«

»Wie, was los ist?«

»Na ja, Ihr plötzliches Auftauchen, Ihre Situation, der Wohnwagen, das Mädchen, Ihr Leben.«

»Ich möchte nicht, dass die Kleine in dem großen Bett aufwacht, ohne zu wissen, wo sie ist.«

»Wenigstens ein Minimum an Information?«

»Unser Leben lässt sich nicht so leicht auf ein Minimum reduzieren. Entschuldigen Sie mich bitte. Ich möchte jetzt bei meiner Tochter sein.«

»Na gut. Dann erklären Sie es mir morgen... Schlafen Sie, so lange Sie wollen, und bedienen Sie sich zum Frühstück einfach in der Küche. Falls Sie irgendetwas brauchen, was Sie nicht finden, wenden Sie sich an Gustave.«

»Sie sind morgen früh nicht da?«

»Ich muss zur Arbeit.«

»Was machen Sie?«

»Ich bin Grundschullehrerin. Ihr Rezept habe ich eingesteckt, und wie ich sehe, haben Sie Ihre Versichertenkarte dabei. Wenn Sie mir die geben, bringe ich die Medikamente um kurz nach vier mit.«

»Das ist sehr nett von Ihnen. Ich weiß gar nicht, wie ich Ihnen danken soll.«

»Mir wäre doch sowieso nichts anderes übrig geblieben, oder?«

Ich lächle ausweichend. Ich hätte genauso gehandelt, schätze ich. Ich wünsche ihr eine gute Nacht und ziehe mich zurück, ohne noch ein Wort zu verlieren, so erschöpft bin ich.

Hätte ich wirklich genauso gehandelt?

Als ich ins Bett schlüpfe, flirrt die Fieberhitze unter der Decke, doch meine Kleine atmet ganz ruhig. Ich lege ihr eine Hand auf die Stirn: Ihre Körpertemperatur scheint sich ganz allmählich zu normalisieren. Erleichtert strecke ich mich aus und liege mit offenen Augen auf dem Rücken. Der diffuse Schein einer Straßenlaterne in der Ferne ist die einzige Lichtquelle im Zimmer. Der Regen prasselt unvermindert nieder, aber das Gewitter entfernt sich langsam. In der Stadt hätte ich mich wohl schwergetan, auf so vorbehaltlose Hilfsbereitschaft zu stoßen. Ich muss vorhin ziemlich mitleiderregend ausgesehen haben mit meiner Kleinen auf dem Arm. Und furchterregend, immerhin hatte sie sich mit einer Bratpfanne bewaffnet, als sie mir die Tür aufmachte.

Gleich morgen Vormittag werde ich den Nachbarn, der meine

Pferde untergestellt hat, fragen, wo ich Material für die Reparatur des Wohnwagendachs herbekomme. Und dann so schnell wie möglich weg von hier.

Obwohl mich der Schlaf schon fast übermannt, will ich noch Hélène schreiben. Ich drücke Anna-Nina einen Kuss auf die Stirn und flüstere ihr unseren rituellen Satz ins Ohr. Dann knipse ich die kleine Taschenlampe an, deren Licht mir für die paar Zeilen genügt.

Geliebte Hélène,
ich mache mir Vorwürfe. Du kannst dir gar nicht vorstellen, was für Vorwürfe! Das ist das erste Mal, dass ich mich so fühle. Bei einer wildfremden Frau an die Tür zu klopfen und sie um Hilfe zu bitten, das geht doch nicht! Aber was hätte ich tun sollen? Sie hätte mir ja die Tür vor der Nase zuschlagen können, stattdessen hat sie uns aufgenommen und sich fürsorglich und sehr souverän um Nanie gekümmert. Sie kann mit Kindern umgehen. Ich hatte also Glück im Unglück.
Ich habe Gewissensbisse, weißt du? Zwar hat der Arzt gesagt, dass es nicht so schlimm ist, aber ich mache mir trotzdem Sorgen um Nanie. Und ich mache mir Vorwürfe. Auch deshalb, weil ich ihr dieses Leben zumute, aber wie soll ich das ändern? Sie kennt doch nur das. Glaubst du, ich hätte nie mit ihr wegfahren sollen? Ich fühle mich wie eine Niete, ein schlechter Vater, ein Idiot, verantwortungslos. Und einsam. Du fehlst mir, ganz besonders in Momenten wie diesen, wo ich mich so gerne auf deinen mütterlichen Instinkt verlassen würde. Käme ein Mann auf den Gedanken, einem Kind mit einem Kuss auf die Stirn die Temperatur zu messen?

Ich wäre untröstlich, wenn ihr was zustoßen würde. Das würde ich nicht überleben.

Aber es ist sinnlos, so etwas zu denken. Wir haben nichts in der Hand im Leben ... gar nichts. Davon können wir beide ein Lied singen, nicht wahr?

Sie liegt neben mir und schläft. Ihren gleichmäßigen Atem zu hören beruhigt mich.

Ich denke an dich.

La Claquette, 2. März 1944

Der Eimer stand mitten im Zimmer. Suzanne wusste, was sie erwartete. Sie hatte Angst, aber sie zeigte es nicht. Fürchterliche Angst. In ihrem Magen lag ein Stein, ein riesiger, rauer Stein, der eine Tonne wog und sie am Atmen hinderte.

Trotzdem, lieber sterben.

Lieber sterben als sie gewinnen lassen.

Lieber sterben als reden.

In der vorigen Nacht hatten sie sie in Solbach abgeholt. Nicht mal einen Mantel mitzunehmen hatten sie ihr erlaubt, diese Schweine. Sie trug bloß ihr langes Leinennachthemd und die Strickjacke, die sie sich übergezogen hatte, als das heftige Pochen an der Tür sie geweckt hatte. Es war absehbar gewesen, und doch hatte sie nicht versucht zu fliehen. Sie hatte ja sowieso keine Chance. Mit ihrem dicken Bauch konnte sie seit einigen Wochen nicht mehr rennen. Sie hatten ihn sehr wohl bemerkt, diesen Bauch, aber das hatte nichts an der Art geändert, wie sie sie auf den Lastwagen geworfen und dann in die Zelle gestoßen hatten, aus der sie sie nur holten, um sie mit dem Wassereimer zu foltern.

In dieser Nacht schlief sie nicht oder nur wenig. Sie dachte an Léon. Und an diesen winzigen Teil von ihm, der in ihr wuchs. Wie lange wohl noch?

Dass sie nicht schlief, lag auch daran, dass der Boden so hart und kalt war, so feucht und schmutzig. Genau wie die schäbige, vor Dreck starrende Decke, die in einer Ecke der Zelle auf einer unförmigen Matratze lag. Beides hatte sie nicht angerührt. Es wimmelte von Kakerlaken.

Die junge Frau kniete, ihre Hände waren auf den Rücken gebunden. Sie hatte die Schenkel ein wenig gespreizt, um Platz für ihren Bauch zu lassen. Sie bereitete sich vor. Das Baby rührte sich schon seit Stunden nicht mehr. Wahrscheinlich bereitete es sich auch vor, spürte vermutlich, dass es am besten war, sich zu verkriechen.

Sie stellten ihr keine einzige Frage. Noch nicht. Sie vermutete, dass sie mit dem Eimer anfangen würden, ein Vorgeschmack, um sie beim nächsten Mal schneller zum Sprechen zu bringen, so war es wohl effizienter.

Sollten sie doch endlich anfangen, sie war bereit.

Dachte sie wenigstens.

Vielleicht würde sie sterben.

Aber sie würde nichts verraten.

Ich verspreche es dir, Léon, ich sage nichts.

Ich habe an ihrer Tür gelauscht, als ich im Gang vorbeigegangen bin. Deutlich vernehmbare Atemgeräusche von zwei Personen. Bestimmt schliefen sie tief und fest. Während der Nacht habe ich die Kleine ein paar Mal husten hören, aber das war alles. Mein Gästezimmer war sicherlich angenehmer als ihr Pferdewohnwagen mit kaputtem Dach. Kurz nach Mitternacht hatte sich das Gewitter schließlich beruhigt. Durch die geöffneten Fensterläden waren noch ein paar letzte, vereinzelte Blitze am Himmel zu sehen gewesen, und das Donnergrollen war immer dumpfer und seltener geworden.

Während ich mein Frühstücksbrot mit Rühreiern esse, klopft Gustave an der Haustür. Er steht mit den Hühnern auf und kommt jeden Morgen vorbei, bevor ich zur Arbeit gehe, um mir die Erzeugnisse des Tages direkt bis an die Kühlschranktür zu liefern. Wenn er nicht wäre, hätte ich weniger Lust aufzustehen. Wir sind aufeinander eingestimmt wie ein altes Ehepaar, ohne eines zu sein.

Während er die Schuhe auszieht, erzählt er mir, was der Wetterbericht für heute vorhersagt. Seit jeher zieht er sich die Schuhe aus, wenn er ein Haus betritt. Als Oma noch lebte, hat er es aus Respekt ihr gegenüber getan, weil sie das Haus sauber hielt, und nach ihrem Tod, um sich selbst unnötiges Putzen zu ersparen.

»Es ist kein Baum auf mein Auto gestürzt?«

»Nein! Dafür ist es frisch gewaschen! Das hat ja nicht gerade geschadet...«

»Bevor ich dazu komme, das Auto zu waschen, fallen mir noch ein paar wichtigere Sachen ein. Und die Pferde?«

»Waren ganz ruhig.«

»Hat er dir irgendwas erzählt gestern Nacht, da draußen?«

»Gar nichts. Aber wir hatten auch alle Hände voll zu tun, die Tiere waren verstört, und ich bin dann schnell rein, um mich abzutrocknen. Und dir?«

»Auch nicht. Schon komisch, oder? Ein Mann mit seiner kleinen Tochter in einem Pferdewohnwagen.«

Ich habe leise gesprochen, um nicht gehört zu werden, obwohl ich weiß, dass er noch tief und fest schläft und dass ihn das Knarren der Dielen oben im Gästezimmer verraten hätte, sollte er aufstehen.

»Das ist komisch, ja. Aber, weißt du, heutzutage überrascht mich nichts mehr. Jedenfalls macht er einen ordentlichen Eindruck.«

»Pitschnass, aber ordentlich.«

Gustave grinst, während er sich Kaffee eingießt.

»Du erzählst es mir, wenn du ihn gefragt hast, ja?«

»Falls er sich herablässt, mir zu antworten. Er scheint nicht gerade redselig zu sein.«

»Da mache ich mir keine Sorgen, du weißt schon, wie du was aus ihm rauskriegst.«

»Na gut. Aber jetzt muss ich zusehen, wie ich was aus meinen Schülern rauskriege. Ich habe ihm gesagt, er soll sich an dich wenden, wenn er irgendetwas braucht.«

Auf dem Weg zur Schule sind die Spuren der nächtlichen Verwüstung überall zu sehen. Das war ein selten heftiges Gewitter. Dafür ist der Himmel heute umso klarer und die Sonne strahlt bereits. Die Sturzbäche werden rasch trocknen.

Dieser Mann und seine Kleine gehen mir nicht aus dem Sinn. Plötzlich fällt mir auf, dass ich meine Stundenvorbereitung für heute zu Hause auf dem Tisch habe liegen lassen. Allerdings hält sich mein Schreck in Grenzen – dann improvisiere ich eben. Das funktioniert im Notfall auch. Solange es kein Dauerzustand wird.

Gaël ist schon da, um die ersten Schüler in Empfang zu nehmen, und winkt mir zu, als er mein Auto sieht. Immer liegt in seinem Blick etwas, das mir untrüglich verrät, wie sehr er sich freut, mich zu sehen. Immer. Selbst wenn er traurig ist. Vor allem, wenn er traurig ist, glaube ich. Als wenn für einen Sekundenbruchteil Licht in einem fernen Spiegel aufblitzt, den ein Sonnenstrahl getroffen hat. Und ich freue mich nicht minder ihn zu sehen. Selbst wenn ich traurig bin. Vor allem, wenn ich traurig bin. Er ist mein bester Freund. Mein Spiegel und meine Sonne in einem. Ich umarme ihn zur Begrüßung und erkläre ihm, dass ich rasch noch meine Stunden für den Vormittag vorbereiten muss. Er lächelt milde, und ich weiß, was er jetzt denkt: dass ich es endlich mal ruhiger angehen lassen sollte im Leben und nicht ständig fünfzig Dinge planen, von denen ich an einem Tag ja doch nur dreißig fertig bekomme. Aber mit dreißig langweile ich mich. Wobei ich es mir gestern Abend ganz brav mit einem guten Buch auf dem Sofa gemütlich gemacht hatte. Es ist doch nicht meine Schuld, wenn das Leben mal wieder andere Pläne hat.

Als meine Schüler das Klassenzimmer betreten, bin ich startbereit. Siebeneinhalb Minuten für meine improvisierte Unterrichtsplanung, das kann sich sehen lassen. Zuerst werden wir uns mit dem Gewitter von gestern Nacht beschäftigen. Übung der mündlichen Ausdrucksfähigkeit, indem sie mir erzählen, was sie nachts gehört, heute Morgen gesehen und dabei empfunden haben. Und dann lasse ich sie einen kleinen Aufsatz schreiben – das Thema ist geschenkt: »Als es bei dem Gewitter plötzlich an der Tür klopfte ...« Am frühen Nachmittag wahlweise eine Mal- oder Bastelarbeit zum Thema Regen und Wind. Und weil das Wetter so schön ist, beenden wir den Tag mit einer Runde Sport im Freien.

Ob Nanie wohl überhaupt lesen kann?

Anna-Nina schläft tief und fest. Ich schäle mich ganz vorsichtig aus dem Bett, damit sich die Matratze nicht bewegt. In solchen Augenblicken wünschte ich, ich hätte die Grazie und Beweglichkeit eines Balletttänzers, stattdessen komme ich mir vor wie ein Holzklotz. Ich will die Kleine so lange wie möglich schlafen lassen. Das Auto ist vorhin weggefahren und seitdem habe ich die Augen nicht mehr zugetan. Ich werde Frühstück machen, Anna-Nina wird bestimmt Hunger haben. Sie hat seit zwei Tagen nichts gegessen, aber allmählich wird hoffentlich der Appetit zurückkehren.

Ich schlüpfe vorerst in meine Klamotten vom Vortag, bis ich mir frische Sachen aus dem Wohnwagen geholt habe, verlasse das Zimmer und schleiche auf Zehenspitzen den Gang entlang, dessen alte Dielen bei jedem Schritt verräterisch knarren.

Im Wohnzimmer fällt Sonnenlicht durch das große Fenster. Der Blick geht auf einen riesigen Garten und eine atemberaubende Landschaft im Hintergrund hinaus. Es ist das reinste Paradies. Das Haus ist voll von Gegenständen und Nippes aus Holz, Ton oder Stoff, überall hängen Dinge an der Wand, liegen handbemalte Kissen, stehen abgelaugte alte Möbel und erzeugen eine heimelige, gemütliche Atmosphäre. Zwei Katzen liegen schlafend auf dem Sofa, vermutlich erschöpft von ihren nächtlichen Eskapaden. In so einem Haus muss es haufenweise Mäuse geben. Ganz zu schweigen von der Scheune! Auf dem großen Holztisch in der Küche stehen Kaffeeschalen, an einer lehnt eine Notiz.

Ich hoffe, Sie haben gut geschlafen. Unten habe ich Ihnen die Nummer des Arztes aufgeschrieben, falls es doch schlimmer ist als gedacht. Zum Mittagessen können Sie sich im Keller bedienen (die Falltür ist in der Gerätekammer hinter der Küche), da sollte sich irgendwas finden lassen, was Ihnen zusagt. Bis später!

Ich fange mit einer Scheibe Brot, Butter und Marmelade an. Die frische Milch in der Kühlschranktür hat eine dicke Sahneschicht obendrauf. Vermutlich echte Rohmilch. Womöglich hat der Nachbar eine Kuh? Oder sonst jemand im Dorf? Ich schüttle die Flasche, gieße etwas Milch in den Topf auf der Gasflamme, und als sie zu kochen beginnt, höre ich Anna-Nina nach mir rufen.

Und du hast ihn einfach so allein in deinem Haus bleiben lassen, obwohl du ihn gar nicht kennst?«

Gaël löst mit seiner Frage, die subtil nach Vorwurf klingt, eine plötzliche Unruhe in mir aus. Seit Anfang der Pause erzähle ich ihm mein Abenteuer von letzter Nacht. Inzwischen beherrschen wir es bravourös, selbst angesichts der zahlreichen Unterbrechungen, die eine Kinderschar auf dem Schulhof so mit sich bringt, den Faden unserer Unterhaltung nicht zu verlieren.

»Du findest das riskant?«

»Woher weißt du, dass das Ganze nicht ein Trick war, um dir während deiner Abwesenheit die Wohnung leer zu räumen?«

»Er hat einen ehrlichen Eindruck gemacht.«

»Also, mein Liebes, die Bettler, die vor Nôtre-Dame sitzen und sich taubstumm stellen, um ein paar Münzen zu ergattern, machen auch einen ehrlichen Eindruck.«

»Aber die Kleine hatte wirklich Fieber.«

»Gelegenheit macht Diebe.«

»Das Dach seines Wohnwagens war wirklich kaputt.«

»Was tut man nicht alles, um glaubwürdig zu erscheinen.«

»Jetzt rede doch nicht alles schlecht.«

»Ich sage ja nicht, dass es so sein muss und dass er sich mit Großmutters Schmuckschatulle und dem Tafelsilber aus dem Staub machen wird. Aber du solltest nicht so gutgläubig sein.«

»Hätte ich vielleicht einen Tag Urlaub nehmen sollen, um auf ihn aufzupassen?«

»Und mich mit zwei Klassen allein lassen? Also, das nun auch wieder nicht.«

»Ja, was denn dann? Hätte ich ihn heute früh vor die Tür setzen sollen?«

»Da war es eh schon zu spät.«

»Ihm gestern Nacht nicht aufmachen?«

»Wäre eine Möglichkeit gewesen.«

»Und wo hätte er dann mit seiner kranken Tochter hinsollen?«

»Hm, da hast du auch wieder recht.«

»Na, siehst du.«

»Okay. Dir bleibt also nichts anderes übrig, als dich den ganzen Tag darum zu sorgen, ob er noch da ist, wenn du zurückkommst, und ob die Schmuckschatulle und das Tafelsilber noch an Ort und Stelle sind.«

»Danke, Gaël, du bist mir wirklich eine unschätzbare Hilfe. Tausend Dank. Übrigens besitze ich weder eine Schmuckschatulle noch Tafelsilber.«

»Aber einen Computer, oder? Und deine Fotoausrüstung? Und deine ganzen Werkzeuge und Maschinen?«

»Du nervst!«

»Ach was, mach dir keine Sorgen, du hast ja selbst gesagt,

dass er einen ehrlichen Eindruck gemacht hat. Oder ist er eher der Typ ›taubstummer Bettler‹?«

»Eher der Typ ›wortkarger Bretone‹.«

»Und was für ein Typ ist so ein Bretone?«

»Ach, alles Quatsch. Das hab ich nur gesagt, damit du endlich aufhörst, mich mit deinen blöden Mutmaßungen aus der Ruhe zu bringen.«

»Ruf mich heute Abend an. Falls dein Haus ausgeräumt ist, verfolge ich ihn mit meiner Ente. Damit hole ich einen Pferdewohnwagen im Handumdrehen ein.«

»Allein um das zu sehen, wünsche ich mir fast, dass du recht behältst!«, erwidere ich lachend. »Aber Gustave ist ja auch noch da.«

»Und außerdem wären da noch gut dreißig Schüler, die wegen deiner verstrickten Gewitternachtsgeschichten jetzt schon seit über einer halben Stunde Pause haben.«

»Ich habe nicht um ein Gewitternachtsabenteuer gebeten. Solche Sachen passieren mir einfach.«

»Wer weiß, vielleicht ist es ja der Mann deines Lebens?«

Ich boxe ihm mit der Faust in die gut gepolsterte Schulter. Er ist es gewohnt. Es ist unser Zeichen, dass das Gespräch beendet ist.

Beunruhigt hat er mich trotzdem.

Während sich meine Schüler vor der Treppe aufreihen, um ins Schulhaus zu gehen, betrachte ich vor allem die Mädchen der zweiten Klasse und denke dabei an die Kleine, die in meinem Gästezimmer schläft. Wahrscheinlich geht sie gar nicht zur Schule, wenn sie so mit ihrem Vater durch die Gegend fährt. Und wo ist die Mutter? Es berührt mich immer sehr, wenn ich an Schüler denke, die kein so einfaches Leben haben. Geschiedene Eltern, alleinerziehende Mütter oder Väter oder sonstige Schwierigkeiten, vor die das Leben sie stellt, ohne danach zu fragen, ob sie auch robust genug sind, es zu verkraften. Aber ich habe den Eindruck, dass ich mit Éric und Anna-Nina einen ganz besonderen Fall vor mir habe. Ich werde ihn heute Abend fragen. Das lässt mich nicht los.

Im Geiste höre ich Gaëls Stimme: »Falls sie noch da sind, wenn du heute Abend nach Hause kommst!«

Ja, ja, schon gut.

Nanie war noch schwach auf den Beinen, aber das Fieber war gesunken. Nach ein paar Bissen zum Frühstück hat sie sich auf die Couch gelegt, flankiert von den zwei freundlichen Katzen, die sich sogleich neben sie kuschelten – zu Nanies großem Entzücken, und dem der Katzen offenbar auch. So lasse ich die drei schnurrend zurück und gehe ein paar Sachen aus dem Wohnwagen holen.

Auf dem Hof begegnet mir ein großer Hund. Ich weiß nicht, ob er unserer Gastgeberin oder dem alten Nachbarn gehört. Die Tatsache, dass ich aus dem Haus komme und nicht darauf zugehe, erspart mir vermutlich ein warnendes Bellen. Üblicherweise kommt die Gefahr ja von außen. So aber läuft er schwanzwedelnd auf mich zu und holt sich ein paar Streicheleinheiten ab, die ich ihm gern gewähre. Ich mochte Haustiere schon immer und war mehrfach versucht, Anna-Nina zuliebe eines anzuschaffen, aber es wäre in unserer Situation zu umständlich.

Der Wohnwagen ist ziemlich beschädigt. Ich will mich nicht lange aufhalten, aber ein paar Sachen muss ich sortieren. Einige sind kaputt, so ein Wasserschaden ist nicht zu unterschätzen.

Hoffentlich ist nichts Wertvolles in Mitleidenschaft gezogen worden. Die Kleider sind feucht. In der Gerätekammer hinter der Küche habe ich eine Waschmaschine gesehen. So kann ich ein wenig Ordnung in das Ganze bringen, und in der Sonne wird bis zum Abend alles trocknen.

Als ich ins Wohnzimmer zurückkomme, ist Anna-Nina in ein Buch vertieft. Es stehen ja auch haufenweise davon in dem riesigen Bücherregal. Sie hat sich ›Freitag oder Das Leben in der Wildnis‹ ausgesucht, wahrscheinlich kein Zufall. Ich habe es selbst in der Schule gelesen, und es hat mich geprägt. Ich erinnere mich noch genau an das Gefühl von Freiheit, das ich dabei empfand, und sei es nur, weil ich nach der Lektüre der praktischen Überlebensregeln in der Wildnis der festen Überzeugung war, gegebenenfalls auch allein im Wald oder auf einer Insel überleben zu können, sollte ich je in die Verlegenheit kommen. Und wie wichtig die Beziehung zum anderen Menschen in diesem Roman ist, daran erinnere ich mich auch noch gut.

Ich drücke ihr einen Kuss auf die Stirn, sie hebt den Blick vom Buch, während sie eine Seite umblättert, lächelt mir kurz zu und taucht dann wieder in ihre Lektüre ab.

Ich kümmere mich um die Wäsche, und nachdem ich die Maschine gestartet habe und sowieso schon neben der Falltür zum Keller stehe, steige ich hinunter, um uns etwas zum Mittagessen zu holen.

Die Treppe ist winzig, und ich muss mich zusammenkrümmen, um mit meinen eins achtzig in den engen Raum zu passen. Es dauert eine Weile, bis ich den Lichtschalter ertaste. Doch dann bin ich sprachlos. Vor mir erstreckt sich ein herrliches Kellergewölbe, das von drei Deckenlampen der Länge nach ausgeleuchtet ist. Die Wände sind von Regalen gesäumt, die alle randvoll mit Vorräten sind, mit Hunderten von Einmachgläsern. Ich kann nicht ganz aufrecht stehen, und so gehe ich leicht gebückt an den Regalen entlang, um die Schätze zu bestaunen. Robinson und Freitag werden heute Mittag jedenfalls nicht verhungern. Da stehen Unmengen an Marmeladengläsern, eingemachtem Obst und Gemüse sowie fertigen Gerichten, die man nur noch aufzuwärmen braucht. Große Säcke mit Kartoffeln und Karotten. Wein und Fruchtsäfte, alles, was das Herz begehrt.

Ich entscheide mich für eines der fertigen Gerichte, das nach einem Rindfleisch-Gemüse-Eintopf aussieht. Dazu ein Stück Brot, das ist perfekt. Es ist mir zwar peinlich, mich an den Vorräten meiner Gastgeberin zu bedienen, aber sie hat es mir ja ausdrücklich angeboten, und außerdem muss Nanie wieder zu Kräften kommen. Ich werde ihr zum Dank einen schönen Blumenstrauß schenken, wenn wir weiterfahren.

Ein bisschen komme ich mir trotzdem vor wie ein Dieb, als ich aus dieser Höhle des Ali Baba wieder nach oben steige. Während ich den Eintopf auf kleiner Flamme erwärme, räume ich die Küche ein wenig auf und gehe nach oben, um unser Schlafzimmer in Ordnung zu bringen. Ich breite eine Decke über meine Kleine, die über ihrem Buch eingeschlafen ist. Weder sie noch die Katzen haben sich auch nur einen Millimeter vom Fleck bewegt. Sie hustet noch viel. Hoffen wir, dass das Antibiotikum bald kommt und schnell anschlägt.

3. März 1944

Gestern hatte sie kein Wort gesagt.

Sie würde auch heute nicht reden.

Zwei Männer kamen sie in ihrer Zelle abholen. Sie stank, sie war schmutzig, ihr Nachthemd war stellenweise zerrissen und mehrere Wunden an den Beinen brannten bei jedem Schritt.

In dem Zimmer, in das sie sie brachten, warteten bereits die zwei Mistkerle vom Vortag. Ein Junger, nervöser, und ein Älterer, eiskalter. Der Junge war Franzose und trug eine deutsche Uniform. Der andere, ein Deutscher, sprach ausreichend Französisch, um sich verständlich zu machen.

Er empfing sie mit einer Ohrfeige, die sie zu Boden schleuderte. Da ihre Hände auf dem Rücken gefesselt waren, versuchte sie sich im Sturz zusammenzukrümmen, um ihren Bauch zu schützen. Der Franzose sah nicht sie an, sondern starrte nur auf ihren Bauch. Als könnte er dadurch alles andere ausblenden.

Sie warf ihm einen vernichtenden Blick zu, die einzige Waffe, die ihr in diesem Augenblick blieb, um ihn ihren ganzen Hass spüren zu lassen, dafür, dass er kein Mitleid mit ihr hatte, mit dem Baby in ihrem Leib, mit dem Leben selbst. Hier auf dem

Boden war sie ein Nichts, schutzlos der fürchterlichen Brutalität der beiden ausgesetzt. Aber ihr Hass überlagerte die Verzweiflung. Er brannte in ihr und half ihr, seinem Blick standzuhalten.

Jetzt sah er nicht mehr auf ihren Bauch, sondern beobachtete den anderen, der zu ihr ging und sie zu dem Eimer zerrte.

Als er sie an den Haaren packte, holte sie tief Luft und stellte sich vor, mit ihrer Schwester zusammen zu sein, als sie beide noch Kinder gewesen waren und in der Bruche gebadet hatten. Sie tauchten um die Wette: wer länger unter Wasser bleiben konnte. Suzanne gewann jedes Mal. Thérèse hatte Asthma.

Und sie wusste, dass sie ihren Kopf wieder aus dem Eimer ziehen würden, wenn ihr Körper vor Sauerstoffmangel erschlaffte. Sie wollten ihre Gefangenen ja nicht töten. Zumindest nicht, solange sie nicht geredet hatten.

Sie musste sich wehren und um sich schlagen und sich dann plötzlich schlaff hängen lassen wie eine Stoffpuppe, bevor das weiße Licht vor ihren Augen auftauchte, das der Ohnmacht vorausging. Thérèse hatte nie den Mut gehabt, so weit zu gehen. Sie schon. Von jenem Tag an hatten sie mit dem Spiel aufgehört. Ihre Schwester hatte sich so erschreckt. Wenn Thérèse wüsste, dass ihr Geheimnis aus Kindertagen ihrer Schwester nun womöglich das Leben retten würde, weil sie Übung darin hatte, so lange wie möglich die Luft anzuhalten.

»Du bist mit Léon Hazemann verheiratet?«

»Ja.«

»Wo ist er?«

»...«

»Wo ist er?« Diesmal brüllend.

»...«

Sich wehren, zappeln, so tun, als wäre sie in Panik. Und den richtigen Moment abwarten, um zu erschlaffen. Wenn sie es zu früh machte, würde er Verdacht schöpfen, dass sie simulierte, und wenn sie zu lange wartete, würde sie womöglich wirklich ohnmächtig.

Sie zählte nicht die Sekunden, bis das weiße Licht näher rückte, sondern dachte an Léon, an ihr Baby, dem der Sauerstoff auszugehen drohte. Sie dachte an Thérèse. Ihr Asthma. Die Hand ihrer großen Schwester auf ihrer Schulter, um sie dazu zu bringen, den Kopf aus dem Wasser zu heben. Während sie selbst diesen Drang verspürte, immer noch weiterzugehen.

Jetzt, die Leblose spielen, jetzt.

Er warf sie auf den Boden. Sie hustete und spuckte Wasser, das ihr in die Nase und von dort in den Mund gedrungen war.

Rühr dich, mein Kleines, und zeig mir, dass du noch ein wenig Sauerstoff hast. Dass du nicht das weiße Licht gesehen hast.

D u hast Bammel, stimmt's?«, fragt mich Gaël, als ich ziemlich hastig meine Sachen zusammenräume.

Ich schaue ihn nicht an, sondern lächle diskret, um mir nichts anmerken zu lassen, während ich die Schulhefte und meine übers Pult verstreuten Stifte einsammle.

»Daran bist du schuld!«

»Ruf mich an, wenn nötig, ich lasse schon mal die Ente warm laufen.«

»Bild dir nichts ein auf deine zwei Pferdestärken! Die hat er auch.«

»Inklusive eines offenen Dachs! Aber meine Version ist moderner, da kann man bei Gewitter das Dach zumachen.«

»Sehr witzig! Schließt du ab?«

»Mach ich. Bis morgen. Sei nicht zu vertrauensselig!«

Gaël ist phänomenal pragmatisch, aber ich höre trotzdem nicht auf alles, was er sagt. Er ist überzeugt, dass ich glücklicher wäre, wenn ich öfter mal seine Ratschläge befolgen würde. Das ist zwar gut gemeint, aber manchmal auch etwas zu viel. Trotzdem habe ich ihn sehr gern. Wie einen Bruder. Wie den Bruder, den ich nie hatte und den ich mir so gewünscht hätte als Beschützer. Gaël ist lustig und sehr aufmerksam. Er ist stark und Respekt einflößend mit seinen hundertdreißig Kilo auf eins achtzig Körpergröße, dabei aber ein butterweicher Typ mit einem Riesenherzen, das bei der geringsten menschlichen Wärme schmilzt. Kurzum, ein Riesenpaket aus Zärtlichkeit und Wohlwollen.

Aber jetzt hat er mich beunruhigt. Ich fahre mit dem Rezept und der Krankenversicherungskarte des Fremden bei der Apotheke vorbei und begegne dem misstrauischen Blick der Apothekerin mit der Bemerkung, es sei für einen Freund. Hier kennen sich in einem Radius von zehn Kilometern alle, da löst jede Kleinigkeit, die nicht dem gewohnten Ablauf entspricht, sofort fragende Blicke und Stirnrunzeln aus. Und Gerede, befürchte ich. Dass jemand wie ich, der auf einem abgelegenen Hof wohnt, in der unvermeidlichen Dorfapotheke der nächsten Ortschaft mit der Versichertenkarte eines Fremden ankommt, das wird Klatsch geben. Sei's drum, ich kann es nicht ändern. Lieber gibt es wegen so etwas Klatsch als wegen eines Einbruchs.

Mit flauem Gefühl im Magen fahre ich zu meinem Haus. Und wenn Gaël doch recht hat?

Als ich auf den Hof biege, sucht mein Blick zuallererst den Wohnwagen. Mein Magen krampft sich zusammen: Das Scheunentor steht offen, vom Wohnwagen keine Spur. Er ist weg. Ich stelle das Auto hastig ab und gehe nervös ins Haus. Der Hund geht mir kleinlaut aus dem Weg, anscheinend spürt er, dass die Umstände für eine Liebkosung nicht günstig sind. Dann sehe ich Anna-Nina auf dem Sofa, ein Buch in der Hand; die zwei Katzen liegen an sie geschmiegt neben ihr und schnurren vor sich hin. Mir wird plötzlich siedend heiß. Er wird mir doch nicht, abgesehen davon, dass er sich mit dem nicht vorhandenen Schmuckkästchen aus dem Staub gemacht hat, seine Tochter hinterlassen haben?

»Wo ist denn dein Papa?«

»Er hat gesagt, er schiebt mit Gustave den Wohnwagen in den Schuppen hinterm Haus, zum Unterstellen. Er ist bestimmt gleich wieder da.«

Ich atme erleichtert auf.

»Geht es dir besser?«

»Ich glaube schon.«

»Ich habe dir das Medikament mitgebracht, du kannst gleich eine Tablette nehmen. Hast du Lust auf eine Tasse Schokolade und einen Keks?«

»Ja.«

»Was liest du denn?«

»›Freitag oder Das Leben in der Wildnis‹.«

»Tatsächlich? Gefällt es dir?«

»Ja, ich hab's fast durch.

»Ist das nicht zu schwierig für dich?«

»Nein, wieso?«

»Du liest wohl viel?«

»Ja.«

»Und was machst du sonst noch so alles im Wohnwagen?«

In dem Moment geht die Haustür auf und ihr Vater ist da. Er streichelt den Hund und zieht seine Schuhe auf der Türschwelle aus. Gaëls Misstrauen bewirkt letztlich, dass ich mich jetzt umso mehr freue, die beiden im Haus zu sehen. Insofern sind wir wohl quitt. Éric kommt herein und gibt mir ein wenig förmlich die Hand.

»Sie haben den Wohnwagen nach hinten in den Schuppen gebracht?«

»Ich hoffe, das stört Sie nicht?«

»Nein, nein. Er muss ja untergestellt werden.«

»Ich muss das Dach reparieren, aber das wird ein wenig dauern. Gibt es hier in der Nähe ein Hotel, in dem wir ein paar Tage unterkommen können?«

»Ein Hotel? Wieso? Ich habe mehrere leer stehende Zimmer im Haus, da brauchen Sie doch kein Hotel zu bezahlen. Obendrein ist es hier für Sie viel praktischer.«

»Das ist mir unangenehm.«

»Mir nicht.«

»Dann möchte ich aber dafür bezahlen.«

»Wenn Sie ein bisschen im Haushalt mit anpacken, reicht mir das vollkommen.«

»Ich kann ein paar Einkäufe für Sie machen.«

»Gustave und ich kaufen fast nichts ein. Es kommt alles aus dem Garten, von den Hühnern, der Kuh und den Obstbäumen. Der Hügel gleich unterhalb vom Dorf ist voller Blaubeersträucher. Wir sind sozusagen Selbstversorger.«

»Ihr Vorratskeller ist beeindruckend.«

»Dabei ist gerade erst Frühjahr, die Vorräte vom Winter sind aufgebraucht.«

»Dann können Sie wohl problemlos eine mehrjährige Belagerung durchhalten.«

»Gustave und ich sind einfach leidenschaftliche Gärtner.«

»Ist er Ihr Großvater?«

»So was Ähnliches. Ein Nachbar, er wohnt schon immer hier.«

»Er ist sehr hilfsbereit.«

»Stimmt, das ist er, und er ist noch viel mehr als das.«

Éric setzt sich zu seiner Tochter auf die Couch, schließt sie in die Arme und wiegt sie sanft hin und her. Sie schauen durchs Fenster auf die herrliche Landschaft hinaus, die Berge, die in der Sonne allmählich ihre Farbe verändern. Er streichelt ihr mit unendlicher Zärtlichkeit übers Haar.

Es versetzt mir einen Stich und mir wird bewusst, wie sehr mir diese schlichte Zärtlichkeit fehlt: in den Arm genommen und übers Haar gestreichelt zu werden. Jedes menschliche Wesen braucht das, egal wie alt es ist.

Ich selbst hatte fast vergessen, wie sehr ich unter diesem Mangel leide, aber der Anblick der beiden legt den Finger auf die Wunde. Ich gehe in mein Zimmer hinauf, ziehe mich um und leiste Gustave im Garten Gesellschaft. Mich um die Aussaat und die Anlage des Gemüsegärtchens zu kümmern wird mich ablenken. Jetzt bedaure ich es fast, dass der Fremde hier aufgetaucht ist und mir diese Zärtlichkeit unter die Nase reibt. Da hilft man den Leuten in der Not, und hinterher muss man sich auch noch darüber ärgern...

Beim nächsten Gewitter werde ich es mir zweimal überlegen, ob ich Jack Nicholson hereinlasse.

Anna-Nina ist noch sehr müde. Sie hat kaum ihren Teller Gemüsesuppe und ihr Käsebrot geschafft, so schläfrig war sie auf einmal. Ich habe sie schließlich ins Bett gebracht. Schlaf ist wahrscheinlich im Augenblick das Wichtigste, damit sie wieder zu Kräften kommt.

Als ich wieder herunterkomme, ist Valentine mit dem Abwasch beschäftigt. Ich setze mich wieder an den Tisch, um fertig zu essen, und versuche, so unauffällig wie möglich zu sein. Sie sagt nichts und wirkt seit einer Weile leicht verärgert. Keine Ahnung wieso, es ist nichts Besonderes vorgefallen. Vielleicht hat sie ein Problem bei der Arbeit oder familiäre Sorgen. Oder es liegt einfach an der ungewohnten Situation. Schließlich bin ich auch nicht gerade der Inbegriff der Entspanntheit. Sie hat mir ihre Tür geöffnet, ihr Gästezimmer angeboten, begegnet mir mit so viel Großzügigkeit, dabei kennen wir uns gar nicht – wie soll man da locker sein? Es hat sich alles aus der Not heraus ergeben, keiner war darauf vorbereitet, also macht man eben das Beste daraus. Ich weiß nichts von ihr, gar nichts. Außer vielleicht, dass sie Charakter hat, und dass man es ihr anmerkt, wenn sie schlechte Laune hat. Ich esse zu Ende, ohne etwas zu sagen. Wenn die Stille sie stört, wird sie schon den Anfang machen. Mir macht Schweigen nichts aus.

Anna-Nina liest viel, während ich den Wagen lenke oder mich um die Pferde kümmere oder mir überlege, wie unsere Reise weitergehen soll. Wohin wollen wir als Nächstes? Was soll ich ihr alles beibringen? Welche neuen Erfahrungen kann ich ihr bieten?

»Was glauben Sie, wie lange Sie brauchen, um den Wohnwagen zu reparieren?«

»Mindestens eine Woche, vielleicht zwei.«

»Ich habe mir überlegt, dass ich Anna-Nina währenddessen vielleicht in die Schule mitnehmen könnte, sobald sie wieder ganz gesund ist. Mit dem Antibiotikum und viel Ruhe dürfte das recht schnell gehen.«

»Wie kommen Sie darauf?«

»Nur damit sie ein bisschen Kontakt zu anderen Kindern hat.«

»Aha.«

Sie sieht mich nicht an, sondern scheuert energisch einen Topfboden. Ich frage mich, welche Absicht hinter ihrem Vorschlag steckt.

»Meinen Sie nicht auch, dass ihr das guttäte?«

»Ich weiß nicht. Sie ist Gemeinschaft nicht gewöhnt.«

»Eben. Das ist die Gelegenheit. Außerdem ist die Schule von La Claquette ganz klein, ich würde sie ja nicht in eine städtische Schule mit zweihundert Kindern schleifen.«

»Geben Sie mir ein wenig Zeit, um darüber nachzudenken.«

Ich stelle meinen Teller in die Spüle. Sie scheuert immer noch an dem Topfboden herum, in dem die Milch angebrannt ist, die sie vorhin aufgekocht hat, um Joghurt daraus zu machen.

»Wenn Sie Wasser mit Asche aufkochen, löst es sich ohne Scheuern. Sogar stark Verbranntes.«

»Ach ja? Woher wissen Sie denn das?«, fragt sie mich erstaunt.

»Ich weiß es eben. Mir passiert so was auch. Probieren Sie es aus.«

Ich wische den Tisch ab, gehe in das offen angrenzende Wohnzimmer hinüber und flaniere an dem riesigen Bücherregal vorbei, das sich über eine ganze Wand erstreckt.

Ich lese auch gern und bin noch nicht dazu gekommen, mir die Buchtitel anzusehen. Manchmal lernt man Menschen am besten kennen, wenn man sich ihr Bücherregal ansieht.

»Wollen Sie einen Tee?«, fragt sie mich und dreht sich dabei endlich um.

»Gerne. Aber Sie haben vielleicht noch zu tun?«

»Oh nein, ich habe heute meine Stundenvorbereitung zu Hause vergessen, und so kann ich sie morgen verwenden. Darf ich Ihnen einen meiner Haustees anbieten?«

»Sie machen auch Ihren Tee selbst?«

»Aber natürlich. Mädesüß, Salbei, Thymian, Kamille... irgendwas Bestimmtes?«

»Nein, da vertraue ich ganz Ihnen.«

Ich stelle fest, dass meine Gastgeberin mindestens so viele Bücher im Regal stehen hat wie Einmachgläser im Keller. Sie könnte eine mehrjährige Belagerung essend und lesend überstehen und einfach den Waffenstillstand abwarten. Klassiker, zeitgenössische Literatur, Essays, Romane, Krimis, Gedichtbände. Es ist für jeden Geschmack etwas dabei, und ich bin überfordert.

Ich schließe die Augen und lege den Finger auf irgendeinen Buchrücken: ›Des grives aux loups‹, von Claude Michelet.

»Eine gute Wahl.«

»Instinkt.«

»Sehr guter Instinkt.«

»Dazu kann ich nichts sagen. Ich hab's nie gelesen.«

»Es ist sehr schön, eine Familiensaga über eine Bauernfamilie um die Jahrhundertwende. Sie werden unbedingt die Fortsetzung lesen wollen.«

»Ach so.«

»Ich habe auch die beiden Folgebände.«

»Aber ich muss ja den Wohnwagen reparieren.«

»Sie werden doch wohl nicht die Nächte durcharbeiten.«

»Aber auch nicht durchlesen.«

»Sie können so lange bleiben, wie Sie wollen. Sie haben ein Dach überm Kopf, und der Wohnwagen auch.«

»Das hier sieht interessant aus«, bemerke ich, während ich über den Schnitt eines sehr alten Buches streiche.

»Was ist das?«

»›Über die Erziehung des jungen Mädchens, seiner Seele, seines Herzens, seines Willens, durch einen apostolischen Priester‹…«

»Es lohnt sich durchaus. Sie können es ruhig lesen, aber bitte nehmen Sie sich kein Beispiel daran.«

»Sehe ich vielleicht aus wie jemand, der sich von einem apostolischen Missionar aus dem frühen letzten Jahrhundert Erziehungsratschläge erteilen lässt?«

»Nein. Dann werden Sie eben was zum Lachen haben. Oder zum Weinen, je nachdem.« Valentine lächelt dezent.

Ich betrachte noch einmal ihre Bücher, teils um mich zu beschäftigen, so, wie man durch eine Buchhandlung schlendert, um sich die Zeit bis zu einem Termin zu vertreiben, und teils aus echtem Interesse. Nur die Geräusche aus der Küche sind zu hören. Nachdem sie das Tablett mit den dampfenden Teetassen und ein paar selbst gebackenen Keksen auf dem Couchtisch abgestellt hat, lädt sie mich ein, auf einem der zwei Sofas Platz zu nehmen.

Wir haben beide die Hände um unsere Tasse gelegt und wärmen uns schweigend die Finger. Da ich von Natur aus nicht gerade gesprächig bin, warte ich darauf, dass sie das Schweigen bricht, das allmählich unangenehm wird. Wenn es noch ein wenig anhält, wird es richtig peinlich. Aber auf die Frage, die sie mir dann stellt, bin ich nicht gefasst.

»Könnten Sie mir vielleicht Ihre Situation erklären?«

»Muss das sein?«

»Éric, wir sind in Frankreich im Jahr 2010. Ein Mann, der allein mit seiner nicht eingeschulten Tochter in einem von zwei Pferden gezogenen Wohnwagen durchs Land fährt, das ist nicht gerade üblich.«

»Na und? Ist es verboten, etwas Außergewöhnliches zu machen? Wollen Sie mich beim Sozialamt melden?«

»Natürlich nicht. Es wäre etwas anderes, wenn ich den Eindruck hätte, dass Anna-Nina in Gefahr ist und Sie sich nicht um ihre Bedürfnisse kümmern, aber das scheint ja nicht der Fall zu sein.«

»Scheint ...?«

»Die Hintergründe zu verstehen beruhigt manchmal. Warum wollen Sie nicht darüber sprechen?«

Ich habe keine Lust, es ihr zu erzählen, ich kenne sie ja kaum. Jedenfalls nicht gut genug, um sie in mein tiefstes Leid einzuweihen, was ich zweifelsohne tun müsste, wenn ich ihr von Hélène erzählen würde.

»Haben Sie Angst?«

»Ich fürchte nur um meine Tochter.«

»Was hätten Sie denn für Ihre Tochter zu befürchten, wenn Sie mir Ihre Situation erklären würden?«

»Ich kenne das schon. Wenn man nicht in eine Schublade passt, dann gilt man als Außenseiter, Gescheiterter oder gefährlicher Irrer.«

»Wie ein Außenseiter kommen Sie mir nicht vor. Ein bisschen auf Abstand zur Gesellschaft vielleicht, aber nicht gefährlich, sonst würde Anna-Nina nicht einen so blühenden Eindruck machen.«

»Ich tue alles für sie.«

»Daran habe ich keinen Zweifel. Aber es ist recht ungewöhnlich, ein kleines Mädchen ohne festen Wohnsitz zu sehen, allein mit seinem Vater in einem Pferdewohnwagen. Sie gehören ja nicht zum fahrenden Volk, wenn ich das richtig sehe.«

»In gewisser Weise schon.«

Valentine sagt nichts darauf. Sie wartet und trinkt in kleinen Schlucken ihren Tee.

Ich schaue in meine eigene Teetasse, während ich das Für und Wider abwäge. Immerhin ist sie sehr gastfreundlich, hat mir in einer für meine Tochter kritischen Situation geholfen, und vielleicht bin ich ihr ja eine Erklärung schuldig. Aber ich habe Angst, dass sie mich für unfähig hält, für meine Tochter das Beste zu tun. Die Schulbehörde nervt mich schon genug wegen unserer Situation. Und da lande ich ausgerechnet bei einer Grundschullehrerin!

Ich kippe den Tee hastig hinunter und verbrenne mir dabei fast die Speiseröhre.

»Ich erzähle es Ihnen morgen. Gute Nacht.« Damit stelle ich meine Tasse auf dem Tablett ab, stehe auf und gehe.

Was ich da gerade gemacht habe, hat einen Namen: Flucht. Ich habe mich benommen wie ein grober Klotz, obendrein einer mit schlechten Manieren, weil ich ihr meine Tasse einfach hingestellt habe, ohne sie abzuwaschen.

Panik macht unbedacht.

Jetzt kann ich mir über Nacht zurechtlegen, wie ich ihr mein Leben erklären will. Schließlich habe ich es versprochen und sie scheint nicht der Typ zu sein, der lockerlässt. Ich kann mir also bestimmt keine Hoffnung machen, dass sie mich noch mal vom Haken lässt...

Geliebte Hélène,

oh, wie weh mir das tun wird, von dir zu erzählen. Ich weiß jetzt schon, dass mir mehrmals die Stimme wegbrechen wird. Aber ich glaube, dass ich ihr von dir erzählen muss. Ich will keinen Ärger mit der Justiz, der Schulbehörde oder sonst irgendeiner staatlichen Einrichtung, die vorgibt, sich um das Wohlergehen von Kindern zu kümmern. Ich kümmere mich sehr um Nanies Wohlergehen. Aber manchmal kommen mir auch Zweifel, das muss ich zugeben. Das wird das erste Mal sein, dass ich die Ereignisse von Anfang an erzählen muss, dass ich ein wenig Abstand nehmen muss, womöglich etwas bedauern muss. Ich bin darauf gefasst. Es gibt kein Zurück mehr, ich habe es versprochen.

Und wenn es nun falsch war, was ich mir da in den Kopf gesetzt habe? Wenn ich unrecht hatte mit meiner Sturheit?

Hélène, du fehlst mir so. Du fehlst mir ganz fürchterlich.

Jetzt hoffe ich nur, dass ich es nicht werde bereuen müssen, mit dieser Frau zu sprechen, und dass man mir nichts anhängen will. Ich darf Anna-Nina nicht verlieren, verstehst du? Ich darf sie nicht verlieren.

Ich denke an dich.

Ich liege im Dunkeln wach, die Bettdecke bis zum Hals gezogen. An Einschlafen ist nicht zu denken. Morgen bin ich garantiert durch den Wind, und Gaël wird mich aufziehen. Oder sich Sorgen machen, weil dieser Mann in meinem Leben aufgetaucht ist. Wahrscheinlich beides, wie ich ihn kenne.

Aber wie soll ich nach so einer Reaktion schlafen? Éric ist einfach so, ohne ein Wort, davonmarschiert. Ich konnte nicht mal mehr etwas darauf erwidern. Dafür stellen sich mir jetzt dreitausend Fragen auf einmal. Was hat er zu verbergen? Hat er etwas angestellt? Und was ist mit der Mutter der Kleinen? Vielleicht hat er sie ermordet und ist auf der Flucht vor der Justiz? Warum will er mir erst morgen antworten? Und wenn er sich nun in der Nacht aus dem Staub macht?

Noch zweitausendneunhundertvierundneunzig Fragen, ganz zu schweigen von den Antworten...

S ag mal, machst du etwa Dummheiten mit dem Typen, der sich da bei dir eingenistet hat? Du siehst gerädert aus, und das schon in aller Herrgottsfrühe!«

Gaël fragt mich das, noch während er auf mich zukommt, um mich zu umarmen und mir mit seiner kräftigen Hand die Schulter zu reiben. Immer dieselbe Hand, immer dieselbe Schulter. Bestimmt habe ich eine Schicht Hornhaut an der Stelle. Aber in dieser Geste kommt seine ganze Freundschaft zum Ausdruck, sein Wohlwollen, sein Verständnis und das Bedürfnis, mir zu sagen, dass alles okay ist, selbst wenn nichts okay ist.

»Wir haben uns die ganze Nacht leidenschaftlich geliebt. Einfach unvorstellbar war das. Ich habe überall Muskelkater.«

»Hör auf, da werd ich ja ganz neidisch.«

»Lass es bleiben. Ich war unter der Bettdecke zwar nackt, aber ganz allein mit meinen dreitausend Fragen.«

»Du denkst zu viel nach.«

»Ich weiß.«

»Warum hörst du dann nicht auf damit?«

»Versetz dich doch mal in meine Lage.«

»Gott bewahre!«, ruft Gaël in gespieltem Entsetzen.

»Glaubst du jetzt etwa an Gott?«

»Im Augenblick wäre das nicht empfehlenswert.«

»Ach, wieso?«

»Wenn ich jetzt darauf antworte, fällt heute Vormittag der Unterricht aus.«

»Na gut, dann heute Mittag. Du kannst ja in der kurzen Pause schon mal anfangen. Ich bin nämlich schon jetzt schrecklich neugierig. Ich ahne irgendwas Lasterhaftes.«

»Mach dich nur lustig, während ich in der Hölle schmore.«

Ich bringe den Unterricht im Automatikmodus hinter mich, stur nach meinen Notizen, während meine Gedanken bereits bei der Mittagspause sind. Gaël ist nicht der Typ, der sich jedem x-Beliebigen anvertraut. Aber mir gegenüber öffnet er sich, redet über alles und nichts, erzählt von sich, von seinen Gefühlen. Von einem Mann ins Vertrauen gezogen zu werden ist ein unschätzbares Privileg, weil es so außergewöhnlich selten vorkommt. Und ich genieße meine Rolle, meinen Status, meinen Rang als auserwählte Herzensvertraute im Reich der schweigsamen Männer.

In der kurzen Pause wollte er partout nichts sagen. Das macht er, um mich auf die Folter zu spannen. Er weiß, dass es mit meiner Geduld ungefähr so weit her ist wie mit seiner Ausdauer, Schokolade zu widerstehen, und das amüsiert ihn. Mich hingegen überhaupt nicht, aber was kann ich schon tun. Wenn man allzu eifrig versucht, einem Mann etwas aus der Nase zu ziehen, dann sagt er gar nichts mehr. Nein, das muss man ganz behutsam und vorsichtig angehen.

Gaëls Essen dampft heftig, weil es zu lange in der Mikrowelle war. Ich habe mich derweil schon an meinen Salat gemacht. Dann kann ich in Ruhe antworten, wenn er mit dem Erzählen fertig ist. Falls es was zu erzählen gibt.

»Wie einem ein Mensch fehlen kann.«

»Geneviève hat dich verlassen?«

»Nein!«

»Ein Trauerfall in der Verwandtschaft!«

»Auch nicht.«

»Ah. Jetzt wird's kompliziert. Wer ist es?«

»Die neue Sozialpädagogin.«

»Stéphanie Pernoud?«

»Genau die.«

»Du hast dich in sie verliebt?«

»Und sie sich in mich.«

»Wann?«

»Vor etwa einem halben Jahr.«

»Und das erzählst du mir erst jetzt?«

»Weil ich leide. Sie fehlt mir.«

»Aber du liebst deine Frau.«

»Ja.«

»Und sie? Liebt sie dich?«

»Meine Frau?«

»Nein. Stéphanie. Dass deine Frau dich liebt, sieht man auf hundert Kilometer Entfernung.«

»Ich glaube schon, dass ihr etwas an mir liegt. Also, ich dachte es jedenfalls.«

»Du dachtest es? Du zermarterst dir das Hirn auf Basis von Vermutungen?«

»Sie hat nie über ihre Gefühle gesprochen.«

»Und du bist sicher, dass es eine Frau ist?«

»Ich spreche gerade über meine Gefühle und ich bin ein Mann.«

»Ja, aber ich bin deine beste Freundin. Hast du es ihr gesagt?«

»Sie weiß es, ja. Ich sage ihr die ganze Zeit, wie viel sie mir bedeutet. Weißt du, das war eine magische Begegnung. Wir haben uns von der ersten Sekunde an verstanden. Gleiche Wellenlänge, gleicher Humor. Wir haben gegenseitig unsere Sätze beendet. Wir haben uns geschrieben, uns unterhalten, kleine Botschaften ausgetauscht, selbst wenn es bloß Nichtigkeiten waren, einfach nur, um in Kontakt zu sein. Um zu zeigen, dass wir aneinander dachten. Da war sofort etwas zwischen uns, unübersehbar.

»Und jetzt fehlt sie dir?«

»Seit ein paar Wochen ist sie irgendwie distanziert, ohne eine Erklärung.«

»Es rauscht in der Leitung?«

»Ich weiß nicht, was ich tun soll, und das tut weh.«

»Also, niemand hat je behauptet, das Leben wäre nur ›Ordnung und Schönheit, Luxus, Ruhe und Wollust‹.«

»Doch: Baudelaire. Und die Kosmetikerin meiner Frau, wenn sie ihr eine Gesichtsbehandlung für hundertfünfzig Euro verkauft.«

»Ja, aber es steht ausgerechnet in den ›Blumen des Bösen‹.

Und den Titel hat er gut gewählt, oder nicht? Weil sie nämlich wehtun, die ach so hübschen Blumen.«

Ich sehe, wie Gaëls Kinn zu zittern anfängt, direkt über der Gabel voll dampfenden Hackfleischauflaufs, die er sich gerade in den Mund schieben will. Es bricht mir das Herz. Er weint über seinem Auflauf, aber in Wirklichkeit weint seine Seele.

Es wird vorübergehen. Aber wie sage ich ihm das? In den Klauen des Liebeskummers – denn da scheint er sich zu befinden – hat man kein Zeitgefühl mehr und keine Hoffnung auf Heilung. Und dann erst die Vorstellung, die Finger von der Sache zu lassen ...

»Ich kann mir gar nicht mehr vorstellen, wie ich ohne ein Zeichen von ihr leben soll, ohne ihre Gegenwart, ohne sie«, fügt er mit einem leisen Seufzer hinzu.

»Das wird vergehen. Man muss bloß Geduld haben. Bis die Frustration ihre Wirkung zeigt, wie eine Sense, die das Gras des Wartens abmäht, weil es zu hoch geworden ist.«

Ich bin die Königin der Herzensvertrauten und der kühnen Metaphern. Aber meine Worte können seinen Schmerz nicht lindern. Die Lösung liegt in ihm selbst. Es gäbe schon eine, eine endgültige, aber ich wage nicht, sie ihm vorzuschlagen.

»Hast du eine Lösung? Eine endgültige?«, fragt er mich einen Augenblick später.

Anscheinend kann er meine Gedanken lesen. Anders kann ich mir das nicht erklären.

»Wie hättest du es denn gern? Sanft? Radikal? Effizient? Schnell? Sicher?«

»Radikal, effizient, schnell und sicher, aber dabei bitte sanft. Geht das?«

»Nein, sorry, das habe ich nicht im Programm. Entweder sanft, dafür aber ineffizient, oder radikal und unsanft.«

»Was ist die sanfte Lösung?«

»Ihr macht so weiter wie bisher und lasst euch ganz allmählich von der Zeit und dem Getrenntsein mürbe machen. Irgendwann ist die Frustration so groß, dass das Begehren darunter erstickt.«

Ich mime den Gehängten mit der Schlinge um den Hals und heraushängender Zunge.

Er kann sich noch nicht mal ein Lächeln abringen. Es scheint ihn ja richtig erwischt zu haben.

»Das Problem bei der sanften Lösung ist, dass man nicht weiß, wie lange es dauert, bis sie Früchte trägt. Falls sie Früchte trägt.«

»Und die radikale Lösung?«

»Ihr brecht den Kontakt ab.«

»Du kapierst es anscheinend nicht.«

»Du kapierst es anscheinend nicht.«

»Ich kann das nicht tun. Es wäre unerträglich.«

»Schmerzhaft, ja, aber nicht tödlich.«

»Nein, nein, das kann ich nicht. Dann lieber abwarten. Sonst hast du nichts zu bieten?«

»Du könntest sie entführen und mit ihr in die Karibik fliehen, auf irgendeine verlassene, paradiesische Insel. Dann hast du sie rund um die Uhr ganz für dich.«

»Und wenn wir dann auf den Geschmack kommen?«

»Das ist das Gefährliche daran.«

»Dann doch lieber nicht.«

»Noch besser wäre gewesen, du hättest dich gar nicht erst auf sie eingelassen.«

»Ja, aber es war so schön.«

»Schönheit und Wollust. Vergiss die Ruhe und die Ordnung.«

»Unordnung und Aufregung, stimmt.«

»Man kann nun mal nicht alles haben im Leben.«

»Und du? Hast du Ruhe und Ordnung da oben mit deinem Zwei-PS-und-offenem-Dach-Chauffeur?«

»Nun ja, er hat mir versprochen, dass er mir heute Abend alles erzählen wird.«

»Was, alles?«

»Wer er ist, und warum er mit seiner Tochter in einem Pferdewohnwagen durch die Gegend fährt.«

»Das will er dir erzählen?«

»Ich hoffe doch, ja. Aber ich habe auch Angst vor dem, was er berichten wird.«

»Was riskierst du denn dabei?«

»Dass es mich mitnimmt.«

Offenbar geht es ihm besser. Sein Kinn zittert nicht mehr.

»Glaubst du, man kann zwei Frauen gleichzeitig lieben?«, fährt er fort, ohne mir Raum für eine Entgegnung zu lassen.

»Natürlich!«

»Ach ja?«

»Das ist zwar in der jüdisch-christlichen Tradition verboten, aber kein wie auch immer gearteter Moralkodex hat es je geschafft, echte Zuneigung in die Schranken zu weisen. Oder seit wann entscheidet man mit dem Verstand darüber, was man fühlt?«

»Aber wie geht man dann damit um?«

»Du hast mich gefragt, ob es möglich ist, nicht, wie man damit umgeht. Und meine Antwort darauf ist: ja. Was das andere betrifft, hm, das ist kompliziert.«

»Da kommt Freude auf.«

»So eine Situation ist zweifellos frustrierend. Und diese Frustration wird erst zu etwas Produktivem, wenn du dir darüber klar wirst, dass du sie überwinden kannst.«

»Das dauert aber, oder?«

»Das hängt wohl von der Intensität des Begehrens ab. Wer seit einer Woche nichts gegessen hat, tut sich sicherlich schwerer damit, einer Scheibe Schinken zu widerstehen, als jemand, der gerade vom Essen aufsteht.«

»Aber ich hab doch zu Hause schon Schinken.«

»Ja, aber nicht den gleichen. Sozusagen Kochschinken versus Räucherschinken.«

»Sag mal, könnten wir vielleicht ein anderes Bild wählen, um das zu erörtern?«

»Na gut, sagen wir, der Matrose, der seine Frau seit vier Monaten nicht mehr gesehen hat, würde vielleicht ins Meer springen, wenn er sie am Quai stehen sieht. Was weniger wahrscheinlich wäre, wenn er sie erst am selben Morgen verlassen hätte.«

»Und die Schuldgefühle?«

»Gegenüber Geneviève?«

»Ja.«

»Du liebst deine Frau, oder?«

»Oh ja. Und wie!«

»Wo ist dann das Problem?«

»Warum habe ich dann noch Platz für jemand anderen?«

»Vielleicht, weil du ein so großes Herz hast. Der Sog der Leere. Die musst du mit irgendwas füllen. – Aber schau mal auf die Uhr, es wird Zeit.«

»Valentine?«

»Ja?«

»Danke. Du bist die beste Zuhörerin der Welt.«

»Ich weiß. Und die mit den endgültigsten Lösungen.«

»Die kannst du behalten, deine endgültige Lösung. Das kann ich nicht.«

»Keine Sorge. Ich werde in den kommenden paar Jahren da sein und dir das Händchen halten, während du dich mit der sanften Lösung um den letzten Nerv bringst.«

»Du bist immer so optimistisch.«

»Genieß den Augenblick. Weil er dir die Intensität schenkt, mit der du dich ganz lebendig fühlst. Das hat man so selten, und irgendwann, wenn die Tränen kommen, bist du geheilt.«

»Und in der Zwischenzeit?«

»In der Zwischenzeit kann ich dir eine supersaugfähige Schulter für deine Tränen anbieten. Das ist alles gar nicht so schlimm. Es tut weh, aber man stirbt nicht daran. Wenn dir wirklich etwas an ihr liegt, und umgekehrt, dann werdet ihr irgendwann vielleicht sogar Freunde sein, mach dir da mal keine Sorgen.«

»Und wenn ihr doch nicht wirklich etwas an mir liegt?«

»Dann hast du immer noch meine Schulter.«

4. März 1944

Sie hatte Hunger.
Sie fror.
Sie hatte Schmerzen.
Sie hatte Angst.
Es war Nachmittag und draußen schneite es. Durch das Kellerfenster konnte Suzanne nur ein Eckchen vom Himmel sehen. Die Flocken wirbelten herum. Sie liebte den Schnee. Ein paar Schneeflocken als Trost, um diesen Keller zu vergessen. Bilder aus ihrer Kindheit kamen ihr in den Sinn: wie die Kinder aus dem Dorf nachmittagelang bis zum Einbruch der Dunkelheit Schlitten fuhren. Die Größeren lenkten, die Kleinen saßen hinten drauf und hielten sich fest, die Mützen über die Ohren gezogen und ein eingefrorenes Lächeln auf dem Gesicht, in dem sich Vergnügen und lustvolle Angst angesichts der rasenden Abfahrten mischten.

Léon hatte sie auch im Schnee kennengelernt. Seine Familie war im Sommer davor hergezogen. Sie war ihm hin und wieder im Dorf begegnet, hatte aber nie mit ihm gesprochen. Den jungen Mädchen wurde beigebracht, zurückhaltend und anständig zu sein, bloß nicht verführerisch. Sie wünschte sich einfach nur, dass er sie sah, sie zur Kenntnis nahm, an sie dachte und den Mut fände, sie anzusprechen.

An jenem Sonntag hatte es heftig geschneit und die jungen Leute hatten sich auf den Hügeln von Solbach eingefunden, den Schlitten in der einen, ein Geschwisterchen an der anderen Hand. Thérèse war wegen eines Asthmaanfalls zu Hause geblieben, und so war Suzanne allein mit ihrem Schlitten.

Als er zu ihr kam und sie fragte, ob er mit ihr zusammen fahren dürfe, hatte sie auf einmal eine Ahnung, dass ihr Leben nun eine gewaltige Wendung nehmen und so schwungvoll werden würde wie die Fahrt auf dem Schlitten, die sie gleich zusammen machen würden.

Er wollte, dass sie sich nach vorn setzte, dann stemmte er seine Stiefel auf die Kufen, schlang die Arme um ihre Taille, schmiegte das Kinn an ihren Hals und flüsterte ihr ins Ohr: »Ich bin bereit.«

Während sie holterdiepolter den Hang hinuntersausten, lachten sie so laut, dass sich alle, die gerade ihren Schlitten wieder nach oben zogen, nach ihnen umdrehten. Die beiden nahmen so viel Fahrt auf, dass sie über den markierten Bereich hinausschossen, auf die gefährlich nahe stehenden ersten Wohnhäuser zu. Reflexartig brachte Léon den Schlitten zum Kippen, damit sie nicht gegen eine Mauer prallten, und sie landeten mit vollem Tempo im stiebenden Schnee. Doch Léon ließ Suzannes Taille nicht los.

Als sie einander ansahen, waren sie weiß gepudert wie

Schneemänner. In ihren Augen stand reines Vergnügen. Sein Gesicht war nur ein paar Zentimeter von ihrem entfernt. Von ganz weit weg hörten sie die Schreie der anderen, weiter oben am Hang. In diesem Augenblick wünschte sich Suzanne, die Zeit würde einfach stehen bleiben. Er strich ihr den Schnee von den Wangen, dann von den Lippen, und küsste sie. Ein warmes Bonbon in der Kälte. Dann stand er auf, klopfte sich den Schnee ab und hielt ihr die Hand hin, um sie hochzuziehen.

Ihre Liebe hatte so schnell Fahrt aufgenommen, wie der Schlitten den Hang hinuntergesaust war. Und während Eis und Schnee mit dem Frühjahr dahinschmolzen, hielt ihre Liebe stand.

Wie sehr sie sich wünschte, dass er jetzt da wäre, dass er sie in den Arm nähme, sie hier herausholte, ihr Gesicht in seine Hände nähme und ihr verspräche, dass alles gut werden würde. Dass der Albtraum zu Ende wäre, die Deutschen abzögen, der Krieg aufhörte, sie auf ihren Bauernhof zurückkehren und die kleine Kammer für das Baby richten könnten. Wie sehr sie sich wünschte, mit ihm in diesem Schneegestöber zu stehen und die Wärme seiner Lippen zu spüren. Das warme Bonbon, das sie vier Jahre zuvor zum ersten Mal gekostet hatte.

Sie hatten sie am Morgen schon einmal geholt. Suzanne hatte nicht geredet. Sie würde auch weiterhin nicht reden. Nach der Wasserfolter hatten sie ihr den Bauch mit einer Zigarette verbrannt. Sie brüllte, ob vor Schmerz oder vor Angst, das glühende Ende könnte durch ihre Haut dringen und das Baby verletzen, hätte sie nicht zu sagen gewusst. Sie schrie sich die

Seele aus dem Leib. Erst als ein anderer Kerl auftauchte, um ihren Peiniger etwas zu fragen, hörte der auf. Doch sie wusste, dass diese Unterbrechung nur ein Aufschub war. Sie würden wiederkommen.

Sie hatte Hunger.

Sie fror.

Sie hatte Schmerzen.

Und Angst.

Aber sie würde durchhalten.

Ich werde nichts sagen, Léon, ich will nicht, dass sie dich meinetwegen finden. Lieber sterben als dich verraten.

Hilf mir, Léon, hilf mir, durchzuhalten.

Anna-Nina geht es viel besser. Die Antibiotika zeigen Wirkung. Trotzdem hat sie einen Großteil des Tages auf dem Sofa verbracht und gelesen und gelesen und gelesen. Nur ab und zu ist sie zu mir gekommen oder ist um Gustave herumgestrichen, ganz beiläufig, hat ein paar Worte mit ihm gewechselt, ihm zugelächelt, und er hat zurückgelächelt. Es ist rührend, die beiden zu sehen. Der Mann strahlt so viel Ruhe und Wohlwollen aus.

Der Wohnwagen ist ziemlich beschädigt. Das Dach ist teilweise offen, aber am schlimmsten sind die Wasserschäden im Inneren. Ich habe rasch eine Bestandsaufnahme der Gegenstände im Wohnwagen gemacht. Meine Notizbücher haben nicht zu sehr gelitten, die Spiele der Kleinen auch nicht. Aber die Fotoalben. Die werde ich mir mal abends vornehmen, in aller Ruhe.

Ich werde Valentine bitten müssen, mich in einen Baumarkt zu fahren, wo ich das nötige Material kaufen kann. Gustave fährt offenbar schon seit Jahren nicht mehr Auto.

»Sie können mein Auto nehmen, wenn Sie wollen«, schlägt sie mir bei der nächsten abendlichen Tasse Tee vor. »Haben Sie einen Führerschein?«

»Ja klar.«

»Na also. Dann muss ich ja nicht mitkommen. Sie müssen sich bloß noch bis morgen gedulden, am Mittwoch habe ich keinen Unterricht und brauche den Wagen nicht. Ich passe inzwischen auf Anna-Nina auf, wenn Sie wollen. Wir können in den Garten gehen oder etwas basteln.«

»Vielen Dank.«

Valentine sitzt im Schneidersitz auf dem Sofa, hält ihre Tasse in beiden Händen und schaut in den heißen Wasserdampf. Ich betrachte sie aus den Augenwinkeln. Ihre langen Haare sind zu einem Zopf zusammengefasst, der über ihre linke Brust fällt. Sie trägt ein schwarzes, übergroßes Shirt, Jeans und Wollsocken. Obwohl der Sommer begonnen hat, ist es abends noch kühl im Haus. Man merkt, dass das Dorf auf einer gewissen Höhe liegt.

»Jetzt ist ›morgen‹«, sagt sie, ohne dabei den Blick zu heben.

»Ich weiß.«

»Wollen Sie mir nichts erzählen?

»Doch.«

»…«

»Aber es ist nicht leicht. Wo soll ich anfangen?«

»Vielleicht am Anfang?«

Ich überlege eine Weile. Am liebsten würde ich alles in meinem Inneren bewahren. Ich komme mir vor wie ein Küchenschrank, vollgestopft mit einem Haufen ausgemusterter und höchst prekär übereinandergeschichteter Dinge, die beim Öffnen der Schranktür auf mich herabzustürzen drohen. Aber eine Erklärung bin ich ihr schuldig, Gastfreundschaft hat ihren Preis.

»Am Anfang war Hélène. Wir haben uns sehr geliebt. Wir hatten uns kurz nach dem Abitur bei einem Ferienjob kennengelernt, von da an waren wir zusammen. Sechs Jahre später wurde sie schwanger. Wir hatten das Leben zu zweit genossen, hatten beide gute Jobs, ich als Informatiker in einer großen Firma in Paris, sie als junge Journalistin bei ›Le Monde‹. Wir hatten uns eine kleine Wohnung in einem ruhigen Viertel nicht weit von Montparnasse gekauft. Ihre Eltern waren sehr wohlhabend und unterstützten uns. Und das Baby machte unsere kleine Bilderbuchfamilie komplett. Die Schwangerschaft verlief gut, ich war bei allen Vorsorgeterminen dabei und auch bei der Geburt. Alles ging gut. Ich habe Hélènes strahlendes Lächeln gesehen, als sie ihr Anna-Nina auf den Bauch gelegt haben, und ich hatte das Gefühl, dass die Zukunft uns gehörte, dass ein neues Kapitel begann. Und dann fing die Hebamme, nachdem die Nachgeburt da war, auf einmal an, den Bauch meiner Frau zu massieren, und wies die Studentin, die dabei war, an, einen Arzt zu holen. Ich hörte, wie etwas in den Plastikbeutel unter dem Kreißbett floss, als ob man einen Wasserhahn aufgedreht hätte. Ich spürte, dass da etwas passierte, wusste aber nicht was. Eine Schwester legte mir unsere Tochter in den Arm und bat mich, rauszugehen. Ich gab Hélène einen Kuss und sagte ihr, dass ich sie liebe. Sie sagte dasselbe. Sie lächelte mich an, dann schloss sie vor Erschöpfung die Augen. Sie hat sie nie wieder aufgemacht.«

»Was ist passiert?«

»Postpartale Hämorrhagie. Was da herauslief wie aus einem Wasserhahn, war ihr Blut. Man hat alles versucht, wirklich alles.

Sie haben mich mit der Kleinen in ein angrenzendes Zimmer gebracht, aber ich konnte die Panik spüren. Ich sah die Studentin mit Blutkonserven kommen, immer wieder. Insgesamt waren es siebzehn. Es blieb nicht mal die Zeit, sie in den OP zu bringen, um ihr die Gebärmutter zu entfernen und dadurch die Blutungen zu stillen, sie hatte vorher einen Herzstillstand. Ich hörte das Geräusch des Defibrillators, wie im Fernsehen, nur dass es das Herz meiner Frau war, das aufgehört hatte zu schlagen. Wissen Sie, was der schlimmste Moment ist?«

»...«

»Wenn man merkt, wie auf einmal alles ganz still wird, der Lärm aufhört, die Erregung, die Kommandos. Auf einmal ist alles mucksmäuschenstill. Die Ruhe nach dem Sturm. Und dann kapiert man, dass es aus ist. Zu diesem Zeitpunkt hat es einem noch keiner gesagt, aber man weiß es, wegen dieser eisigen Stille, die der Tod mit sich bringt. Und ich stand da, mit meinem Baby auf dem Arm, während die Welt um mich herum einstürzte. Aber ich musste ja auf den Beinen bleiben, weil ich dieses Baby hielt.«

»Wie haben Sie es geschafft, nicht zusammenzubrechen?«

»Ich hatte ja keine Wahl. Ich hatte Anna-Nina.«

»Ein sehr hübscher Name.«

»Wir waren uns noch nicht einig gewesen. Hélène war für ›Anna‹, ich für ›Nina‹. Wir hatten abgemacht, uns erst zu entscheiden, wenn wir sie sehen würden. Aber Hélène war keine Zeit geblieben. Und so habe ich ihr beide Namen gegeben.«

»Eine gute Entscheidung. Und dann?«

»Ich war erst einmal im Krankenstand und hatte zum Glück einen wohlwollenden Chef. Ich arbeitete ein wenig von zu Hause aus, nur dringende Sachen oder solche, bei denen sie mich wirklich brauchten. Aber ich war völlig überfordert. Ich hatte doch keine Ahnung von Babys.«

»Aber Sie bekamen doch Hilfe?«

»Ja natürlich. Von meinen Eltern und unseren Freunden. Trotzdem, ich war der Vater, also musste ich auch die Verantwortung tragen. Anna-Nina weinte den ganzen Tag, vermutlich fehlte ihr ihre Mutter. Und obendrein habe ich wohl kaum positive Schwingungen ausgesandt. Irgendwann musste ich wieder zur Arbeit gehen. Mir blieb nichts anderes übrig, als eine Tagesmutter zu nehmen. Meine Eltern wohnten zu weit draußen, um täglich da zu sein. Und so weinte sie bei der Tagesmutter weiter.«

»Vielleicht weinte sie auch für Sie mit...«

»Kann sein.«

Während ich dies erzähle, hole ich die Fotoalben aus einer Plastiktüte, um Valentine ein paar Bilder zu zeigen. Auf einigen ist Hélène gut zu sehen – glücklich und strahlend. Mein Blick verschwimmt. Dieser Augenblick tut weh. Valentine sagt nichts, sondern wartet. Ich kann momentan nicht weitersprechen. Es ist das erste Mal, dass ich jemandem, den ich nicht kenne, davon erzähle. Der Schrank stürzt über mir zusammen, samt allem, was drin ist.

»Und eines Tages lud mich Sophie, Hélènes beste Freundin, die einen Pferdehof in Rambouillet führt, ein, um mir ein neues Projekt vorzustellen. Sie hatte einen Wohnwagen angeschafft, den sie, von zwei Pferden gezogen, an Urlauber vermieten wollte. Sie meinte, ich solle ihn mal ausprobieren. Den ganzen Nachmittag bin ich mit Anna-Nina über die kleinen Landstraßen der Umgebung gefahren, und die Kleine hat die ganze Zeit geschlafen und nicht ein einziges Mal geweint. Das Geräusch der Pferdehufe, das Gerüttel des Wohnwagens schaukelten sie in den Schlaf und beruhigten sie, ich sah es an ihrem Gesicht. Da hat es bei mir Klick gemacht. In diesem Augenblick war ich bereit, alles loszulassen. Alles. Ich ließ mir Hélènes Lebensversicherung auszahlen, die wir bei unserer Heirat abgeschlossen hatten, und löste unsere Anleihen ein, so kam eine große Summe zusammen. Dann verkaufte ich unsere Wohnung und das Auto, verstaute die paar Sachen, an denen ich noch hing, bei meinen Eltern im Keller, und dann kaufte ich der Freundin den Wohnwagen und zwei Pferde ab. So fuhren wir los, ohne zu wissen, wohin. Ich ließ alles hinter mir. Mein einziges Ziel war, dass Anna-Nina zu weinen aufhört.«

»Und hat es funktioniert?«

»Sie hat seitdem nie wieder so heftig geweint.«

»Und sie haben sich seither kein einziges Mal niedergelassen?«

»Nein. Anna-Nina ist im Wohnwagen aufgewachsen, auf den Straßen Frankreichs, sie kennt nur das. Uns geht es gut damit.«

»Aber wie machen Sie das mit ... also, mit der Schule?«

»Ich habe mir alte Schulbücher besorgt, ich richte mich nach dem aktuellen Lehrstoff, so gut ich kann, und habe einiges dazu gelesen. Ich habe ihr Lesen, Schreiben, Rechnen beigebracht, in unserem Rhythmus, und das heißt vor allem im Rhythmus des Lebens. Alles, was uns begegnet, ist Lernstoff. Wenn man das Leben in Zeitlupe entdeckt und sich die Zeit nimmt, alles zu beobachten, dann lernt man alle Fächer gleichzeitig. Wenn wir in Sommernächten mitten auf den Feldern unter freiem Himmel schliefen, haben wir ein paar Grundlagen der Astronomie gelernt, und dasselbe gilt für Geografie, Geschichte, Architektur, Kunst und Botanik. Anna-Nina ist sehr intelligent und äußerst neugierig. Es ist ein Vergnügen, auf ihre Fragen einzugehen.«

»Sie scheint tatsächlich viel weiter zu sein, als es für ihr Alter üblich ist.«

»Das weiß ich nicht. Ich habe keine Ahnung, welches Bildungsniveau andere Kinder ihres Alters haben.«

»Ich aber. Sie ist mindestens zwei Jahre voraus, vielleicht drei.«

»Das war nicht mein Ziel. Das ist dann ganz von selbst so gekommen, entsprechend ihren Bedürfnissen und Fähigkeiten.«

»Deswegen weiß sie auch so viel. Mit einem eigenen Lehrer und der Möglichkeit, all die Dinge ganz zwanglos zu lernen, kommt man viel weiter. Aber hatte sie denn noch nie das Bedürfnis, andere Kinder kennenzulernen?«

»Mir fällt ihre Neugier auf, wenn wir an einer Schule vorbeikommen, wo gerade die Kinder auf dem Pausenhof sind. Sie kennt das ja nicht.«

»Deshalb habe ich Ihnen ja auch vorgeschlagen, sie einmal mitzunehmen.«

»Ich habe Angst, dass ihr das zu sehr zusetzen würde. Sie ist sehr empfindsam.«

»Aber es könnte ihr auch guttun. Probieren wir es aus? Ich könnte sie am Donnerstag mitnehmen.«

Geliebte Hélène,
so, jetzt weiß sie alles. Es war schwierig, aber unumgänglich. Die Fotos von dir wurden vom Regen beschädigt. Ich bin so unglücklich. Sie sind das Einzige, was mir von dir geblieben ist, und ein Teil davon verschwindet nun. Ich habe Angst, mich irgendwann nicht mehr an dein Gesicht erinnern zu können. Angst, dass es sich mit der Zeit auflöst und du aus meinem Leben verschwindest und dass ich eines Tages vor mich hin lebe, als ob du nicht mehr da wärst.
Ich habe Angst davor, was diese Frau nun von mir denkt. Sie wirkt aufrichtig und verständnisvoll, aber wird sie mich womöglich anzeigen, weil ich unserer Tochter die Schulbildung vorenthalte? Sie will sie mit in die Schule nehmen, weil sie meint, dass es Anna-Nina guttun würde, wohingegen ich befürchte, dass es unserer Tochter schaden könnte. Anna-Nina ist das nicht gewohnt. Andere Kinder sind gewalttätig, gnadenlos, grausam. Ich will sie beschützen, ich will nicht, dass sie leidet. Sie hat schon so viel erdulden müssen und ich auch. Ich will nur, dass es ihr gut geht, sonst nichts.
Glaubst du, ich habe einen Fehler gemacht? Meinst du, ich sollte so schnell wie möglich abreisen und dieses Dorf hinter mir lassen?
Ich habe keine Ahnung.

Wie soll ich jetzt schlafen?
Nun verstehe ich es zwar besser, aber ich bin trotzdem nicht beruhigt. Es stimmt, dass es ihnen an nichts fehlt, er hat die finanziellen Mittel, um für alles zu sorgen, was sie brauchen. Und sie brauchen sowieso nur wenig, weil sie das Leben in striktester Einfachheit verbringen – und es bietet ihnen dafür so viele andere Reichtümer. Es stimmt, dass die Kleine enorm viel weiß, hellwach ist und anscheinend glücklich.

Aber!

Aber: Sie hat keinen Kontakt zu anderen Kindern.

Aber: Sie hat überhaupt kein Sozialleben.

Aber: Wie und wann wird denn diese Flucht enden?

Solange sie noch klein ist, kommt er damit durch, aber später, wenn sie in die Pubertät kommt?

Es war herauszuhören, dass er sich Sorgen macht angesichts der Sackgasse, in die er sich manövriert hat, auch wenn es nach außen hin den Anschein hat, als ob sie beide in größter Freiheit leben. Es gibt weder berufliche Zwänge noch materielle noch menschliche. Auch keine sozialen Zwänge, aber eben auch keine Gemeinschaft. Kann man außerhalb der Gesellschaft leben? Ein

Erwachsener allein, meinetwegen, das ist seine eigene Entscheidung. Aber mit einem kleinen Mädchen?

Und je mehr Zeit vergeht, desto mehr verrennt er sich wahrscheinlich in diese Sackgasse und desto schwerer wird es sein, da wieder herauszukommen.

Vielleicht kommt mir dabei eine Rolle zu? Vielleicht einfach nur die, die Kleine am Donnerstag mit in die Schule zu nehmen. Und dann komme, was wolle.

Trotzdem werde ich schlecht schlafen und Gaël wird mich wieder mit demselben Kommentar empfangen wie heute Morgen. Wobei mir gerade auffällt, dass er wohl auch nicht besonders gut schlafen dürfte mit seinem Liebeskummer. Seine Situation löst bei mir zugleich Mitleid und Mitfreude aus. Er hatte dieses Leuchten in den Augen, das beweist, dass sein Herz auf Hochtouren läuft und sämtliche Zellen wieder lebendig sind, die mit der Zeit und durch die Last der Routine und mangels neuer Perspektiven eingeschlafen waren.

Kaum hat sich ein wenig Verliebtheit im eigenen Inneren eingenistet, fängt alles wieder an, aufregend zu werden. Auf einmal spürt man wieder das Champagnerprickeln, die Leichtigkeit und diesen Hauch von Trunkenheit.

Während ich mir wünsche, nicht mehr allein zu sein, hat mein bester Freund sozusagen gleich zwei Scheiben Schinken in seinem Leben. Was soll man dazu sagen? Manchmal spinnt der große Rechner des Universums komplett.

Wobei ich aber trotzdem das Gefühl habe, in einer besseren Lage zu sein als er. Besser im Sinne von angenehmer, allerdings auch weniger prickelnd. Stilles Wasser statt Champagner. Ich habe ja nichts zu feiern und ich habe außerdem das Gefühl, etwas aufgebürdet zu bekommen: diese drückende Einsamkeit.

Er hat aber auch sein Päckchen zu tragen: die Frustration, die Zurückweisung, das Warten und die unerfüllten Hoffnungen. Aber er hat immerhin auch die Trunkenheit.

Vor allem die Trunkenheit.

Es ist mindestens ein halbes Jahr her, seit ich das letzte Mal Auto gefahren bin. Ich bin übervorsichtig. Das würde mir gerade noch fehlen, dass ich neben dem Wohnwagen auch noch ihr Auto demoliere. Ich stehe schon so tief in ihrer Schuld.

Anna-Nina scheint Valentine mit kindlicher Unschuld ins Herz geschlossen zu haben. Sie entdeckt Sachen, die es in unserer gewohnten Welt nicht gibt. Zum Beispiel schmiegt sie sich an mich, reckt den Hals und fragt, ob mir etwas auffällt. Und ob mir was auffällt: Valentines Parfum. Aus dem verschwörerischen Blick, den die beiden sich daraufhin zuwerfen, lese ich, dass ich meine Tochter um diese kleinen, simplen Freuden bringe, die sie offenbar braucht. Ich bastle für sie Spielzeug aus Zweigen, frisiere ihr Fahrrad, sodass es lustige Geräusche macht, wenn sie damit herumfährt, wir balgen uns, ich bringe ihr tausenderlei alltägliche Kleinigkeiten bei, aber diese weiblichen Dinge kann ich ihr nicht vermitteln.

Heute Morgen hat sie sich sehr gefreut, als ich ihr gesagt habe, dass ich einkaufen fahren würde, während sie bei Valentine bleiben dürfe.

Aha.

Anstatt mich ausgeschlossen zu fühlen, freue ich mich lieber darüber, mir Zeit lassen zu können. Ich habe ja sonst nie auch nur eine Minute für mich. Ich kaufe mir eine Zeitung und setze mich in ein Straßencafé. Am Ende rühre ich die Zeitung gar nicht an, sondern sehe nur den Leuten zu, die vorübergehen. Eine alte Frau auf wackligen Beinen, ein in sich gekehrter Jugendlicher mit krummem Rücken, der wirkt, als würde die ganze Welt auf seinen Schultern lasten, zwei Verliebte, die Händchen haltend dahinschlendern und sich alle paar Meter küssen. Und welchen Platz habe ich in dem Ganzen? Passe ich auch in eine Schublade?

Im Baumarkt wandere ich in Ruhe die Gänge entlang. Bretter gibt es im Schuppen mehr als genug, Gustave hat mir gesagt, dass ich mich bedienen darf. Oder mir einen neuen Wohnwagen bauen, falls mir der Sinn danach steht. Aber ich bin schon damit zufrieden, den alten wieder auf Vordermann zu bringen. Zum Glück sind die Sonnenkollektoren nicht beschädigt. So muss ich nur Schreinerarbeiten verrichten.

Die Kassiererin ist hübsch: eine junge Frau mit aufgewecktem Blick, engagiert und lächelnd. Wie lange habe ich mir nicht mehr die Zeit genommen, das Lächeln einer Frau wahrzunehmen? Oder überhaupt eine Frau?

Diese Gedanken sind mir peinlich.

Dies umso mehr, als mir ihr runder Bauch auffällt, während sie nach einem der sperrigen Gegenstände greift, die ich auf das Band gelegt habe. Ich muss an den werdenden Papa denken und an die Freude, die ich selbst an jenem Punkt meiner Geschichte empfunden habe.

Ich wünsche ihnen alles Gute. Es muss ja nicht ständig das Schlimmste passieren auf dieser verdammt ungerechten Erde. Aber mir tut es trotzdem weh.

Ich wünsche ihr höflich einen guten Tag. Sie kann ja nichts für mein Elend.

Ich nutze die Gelegenheit, Anna-Nina noch etwas Neues zum Anziehen zu kaufen, für die Schule morgen. Sie soll sich nicht schämen müssen, meine Kleine. Wobei sie mir eigentlich immer sehr selbstbewusst vorkommt, aber ob das unter dem kritischen Blick ihrer Mitschülerinnen genauso sein wird?

Ich weiß, dass die Kinder sich vergleichen, sich messen, sich gegenseitig beurteilen. Ich will, dass meine Tochter einen guten Eindruck hinterlässt und, vor allem, dass sie sich nicht wie eine Außenseiterin vorkommt.

Inzwischen bereue ich es, zugestimmt zu haben.

Drei Stunden habe ich mir Zeit genommen, drei Stunden nur für mich. Es hat gutgetan. Und prompt plagt mich mein Gewissen. Nicht etwa, weil ich sie bei Valentine gelassen habe, sondern weil ich diese Freude empfunden habe, allein zu sein, und sei es nur für eine Weile. Sophie, ihre Patentante, sagte einmal, dass das ganz normal sei und dass es mein gutes Recht sei, ab und an mal frei durchzuatmen. Mag sein, aber ich bin ihr Vater und sie hat nur mich.

Als ich auf den Hof fahre und das Auto abstelle, sehe ich

niemanden im Garten. Ich gehe ins Haus, werfe einen Blick ins Wohnzimmer, lausche, ob ich etwas höre. Nichts. Also gehe ich wieder hinaus, setze mich auf die Stufen vorm Hauseingang und warte. Der Hund kommt herbei, lässt sich zu meinen Füßen nieder, legt mir die Schnauze auf den Schenkel und blickt mich flehend an. Also gewähre ich ihm die erbettelte Streicheleinheit.

Einige Minuten vergehen, dann höre ich Anna-Ninas Gelächter. Es scheint von der anderen Seite des Bauernhofs zu kommen, wo ich noch nie war. Je näher ich komme, umso deutlicher werden die Stimmen. Ich zögere anzuklopfen, aus Angst zu stören. Aber es ist ja meine Tochter. Und so schiebe ich sacht die Tür auf, um nicht zu abrupt in ihr Vergnügen einzubrechen.

Von hier also kommen die ganzen Ton- und Holzsachen, die das Haus füllen! Noch so eine Höhle des Ali Baba.

»Papaaa!«, ruft Anna-Nina, als sie mich hereinkommen sieht. »Schau mal, was wir alles gemacht haben! Und schau mal das da, das hab ich fast ganz alleine gemacht!«

Sie streckt mir eine kleine Holzfigur entgegen, noch ein bisschen rau, weil sie noch nicht abgeschmirgelt ist, und schaut mich mit leuchtenden Augen an. Ich werfe Valentine einen raschen Blick zu, den sie mit einem kurzen Lächeln erwidert, bevor sie sich wieder ihrer Arbeit zuwendet. Ihre Werkstatt ist eindrucksvoll: Werkzeuge aller Art, Messer, Sägen, Zangen. Sie arbeitet also mit Holz und Ton. Insgeheim frage ich mich, ob ihr Tag sechsunddreißig Stunden hat. Hat sie vom lieben Gott einen Bonus gegenüber uns Normalsterblichen bekommen, wegen guter

Führung oder so? Oder wo nimmt sie die Zeit her, all das neben ihrer Arbeit zu machen – den Garten, die Lektüre, das Schreinern und Töpfern?

Als ich sie darauf anspreche, sagt sie: »Ich bin allein. Kein Kind, um das ich mich kümmern muss, kein Partner, mit dem ich Zeit verbringe. So bleibt mir Zeit für Gustave, den Garten, meine Arbeit und meine Hobbys.«

»Sie machen wohl nie Pause?«

»Selten.«

»Sind Sie nicht müde?«

»Vermutlich weniger als die Leute, die den ganzen Tag auf der Couch vorm Fernseher verbringen.«

»Stimmt, einen Fernseher habe ich bei Ihnen nicht gesehen.«

»Fällt Ihnen das erst jetzt auf?«

»Wir haben im Wohnwagen auch keinen, deshalb habe ich mir die Frage gar nicht gestellt.«

»Anna-Nina ist auch mit den Händen sehr geschickt, das ist wirklich beeindruckend.«

»Wir basteln viel.«

»Papa, kann ich ein paar Sachen für mein Zimmer basteln?«

»Ein oder zwei gern, aber du weißt ja, dass wir nicht viel Platz im Wohnwagen haben.«

»Ich meine doch das Zimmer im Haus.«

»Anna-Nina, du weißt, dass wir hier nicht ewig bleiben.«

»Ach so?«

Mein Magen krampft sich beim Anblick ihres traurigen kleinen Gesichtchens zusammen. Wie soll ich ihr bloß sagen, dass wir bald wieder aufbrechen werden? Und dann auch noch das mit der Schule morgen?

Wird sie sich in diese Form pressen lassen? Und das, wo ich doch alles getan habe, um sie im Geist der Offenheit und Unabhängigkeit zu erziehen. Meine Tochter mit ihren zweiundzwanzig rührenden Kilo wirkt so strahlend, dass sie das Stade de France ganz allein beleuchten könnte, und morgen wird man sie anhalten, in einem kleinen Klassenzimmer auf einem kleinen Stuhl inmitten von zwanzig anderen Schülern Platz zu nehmen. Und sich damit zu begnügen.

Es kommt mir vor, als ob Valentine ständig irgendwas tut, verräumt, sagt, und wenn sie mal damit aufhört, dann scheint auf einmal alles stillzustehen, wie eine Mühle, der man das Wasser abgedreht hat. Mir geht es umgekehrt. Bei mir kommt alles zum Stillstand, wenn die Dinge zu schnell gehen.

Langsamkeit zu lernen ist nicht jedem Menschen gegeben und Anna-Nina ist mit diesem Rhythmus aufgewachsen. Keine Zwänge, nichts, was unbedingt getan werden müsste. Außer jeden Tag Zähne putzen und sich waschen.

Das ist es, was mich so beunruhigt an dem Gedanken, dass sie morgen zur Schule gehen soll.

Ich bereue es wirklich, dass ich zugestimmt habe.

Und falls es ihr gefällt, was mache ich dann?

Geliebte Hélène,
ich weiß selbst nicht, wie ich mich heute Abend fühle. Ob ich mich freuen soll, weil unsere Tochter so leuchtende Augen hatte, als sie mit

Valentine zusammen war, oder ob ich traurig sein soll. Wenn sie nun von hier nicht mehr wegwill? Wenn ihr die Schule gefällt? Ich will nur ihr Bestes, das weißt du, aber was ist denn das Beste für sie?
Wenn du noch da wärst, bräuchte ich mir diese Frage nicht zu stellen. Wir wären in unserer Wohnung in Paris, glücklich zu dritt, oder vielleicht sogar zu viert oder zu fünft. Du wolltest drei Kinder.
Hilf mir ...

5. März 1944

An diesem Tag kam niemand sie holen. Sie brachten ihr bloß etwas Wasser und ein Stück Brot. Vielleicht waren sie damit beschäftigt, andere Gefangene zu foltern. Oder sie hatten verstanden, dass Suzanne nicht reden würde. Oder hatten sie womöglich ein wenig Mitleid mit dem Ungeborenen in ihrem Bauch? Aber das hätte Suzanne gewundert. Das Baby hatte sich nicht mehr bewegt, seit sie hier drin war. Sie wusste nicht, ob es noch lebte. Immerhin hatte es unter Sauerstoffmangel gelitten. Oder vielleicht vergrub es sich nur ganz tief, um sich unsichtbar zu machen.

Wie schwer es war, hier zu sitzen und nichts zu wissen, weder ob ihr ungeborenes Kind noch lebte, noch ob ihre Peiniger wiederkommen würden. Oder ob ihr erneut der Wassereimer in dem kalten, dunklen Zimmer bevorstand oder sie sie freilassen würden. Oder was auf ihrem Bauernhof in den Bergen vor sich ging. Ihr Nachbar, der alte Robert, hatte ihr versichert, dass er nach allem sehen werde, falls sie sie abholen sollten, sie solle sich darüber keine Sorgen machen. Sie wusste, dass sie sich auf ihn verlassen konnte. Dass er notfalls Tag und Nacht arbeiten würde, ihr zuliebe, ihnen zuliebe. Ob er noch da war, da oben?

Vor allem aber: nicht zu wissen, wie es Léon ging. Die Zeit wurde ihr so lang. Seit er sich vor einigen Monaten den Partisanen angeschlossen hatte, spürte sie eine Leere. Als ob ihr ein Teil ihrer selbst fehlte. Sie rollte sich auf dem nackten Boden zusammen, schloss die Augen und dachte an ihn, an die zärtlichen Momente, wenn er vom Feld heimgekommen war und sie in die Arme geschlossen hatte. Wenn er ihr sanft mit dem Zeigefinger an die Nase gestupst und ihr damit gesagt hatte, dass er sie süß fand, oder wie sehr er an ihr hing. Egal wie dumm oder belanglos das auf andere wirken mochte, es war eine besondere Geste zwischen ihnen. Das erste Mal hatte er das gemacht, als sie weiß gepudert am Fuß des Schlittenbergs im Schnee gesessen hatten.

Sie waren glücklich gewesen. Alles lief gut. Das Leben breitete sich vor ihnen aus, einfach, aber voller Freuden, dort in den Bergen mit ihrem Vieh und dem Käse. Sie waren von niemandem abhängig. Aber dann rückte eine ganze Armee an und überfiel sie, mähte alles nieder, zerbrach ihre Familie und ihre Träume. Und sie hatten keine Wahl mehr.

Doch. Widerstand zu leisten, so gut sie konnten. Aber wozu? Hätte sie nicht dieses Kind im Bauch gehabt und die Hoffnung, dass Léon wiederkommen könnte, dann wäre es ihr am liebsten gewesen, sie hätten sie erneut mit dem Wassereimer gefoltert, und dann hätte sie sich in das weiße Licht hinübergleiten lassen können.

Aber die Hoffnung zwang sie zum Leben.

Die Hoffnung hielt den Tod auf Abstand – diese Hyäne, die versuchte, an die Lebenden heranzukommen. Sollte sie sich doch zuerst an den Verzweifelten gütlich tun.

Suzanne würde warten.

Sie sitzen schon am Tisch, als ich in die Küche komme. Das Aufstehen fiel mir heute Morgen schwer. Normalerweise mache ich am Mittwoch meine Unterrichtsvorbereitungen, aber gestern fielen sie dem Vergnügen zum Opfer, den Nachmittag mit der Kleinen zu verbringen. So musste ich bis nach Mitternacht arbeiten.

Die beiden frühstücken schweigend. Gute Laune scheint heute Mangelware zu sein, auch wenn Anna-Nina mich mit einem breiten Lächeln begrüßt. Wahrscheinlich ist sie ein bisschen angespannt. Und auf ihren Vater trifft das wohl genauso zu. Er grüßt kurz, ohne zu lächeln, und konzentriert sich dann wieder auf seinen dampfenden Kaffee.

»Bist du so weit, Anna-Nina?«

»Ja«, erwidert sie wie aus der Pistole geschossen.

»Du kannst dir ein paar Kekse aus dem Regal holen zum Mitnehmen, du weißt ja, wo du sie findest ...«

»Ich hab keinen Schulranzen.«

»Das ist nicht so wichtig, ich borge dir eine Tasche. Und Sie, sind Sie auch bereit?«

»Wofür?«

»Sie in die Schule gehen zu lassen.«

»Ich habe ja wohl keine Wahl.«

»Machen Sie sich keine Sorgen, das klappt schon.«

»Wenn Sie das sagen.«

»Und wenn es nicht klappt, dann geht sie eben nicht mehr mit, und das war's. Ganz einfach.«

»Und wenn es klappt?«

In der Frage liegt sein ganzes Unbehagen angesichts der möglichen Konsequenzen dieses »Schulversuchs«. Aber das Schuljahresende ist nicht mehr weit, sodass er Zeit haben wird, sich über alles Weitere in Ruhe Gedanken zu machen. Ich komme mir vor wie eine Missionarin, die die Ungläubigen bekehren will. Wohl deshalb, weil ich überzeugt bin, dass es der Kleinen guttun wird.

Éric steht im Türrahmen, als wir im Auto davonfahren. Er lächelt seiner Tochter zu, doch seine Augen wirken traurig. Das Ganze scheint ihm so sehr zu Herzen zu gehen, dass ich mich richtig schuldig fühlen würde, wäre ich nicht der festen Überzeugung, dass alles gut laufen wird. Außerdem habe ich meine Schüler am Dienstag bereits informiert und sie gebeten, besonders lieb und nett zu sein und sanft mit Anna-Nina umzugehen. Ich habe ihnen erklärt, dass sie es nicht gewohnt ist, mit so vielen Kindern zusammen zu sein, weil sie bis jetzt anders gelebt hat, aber dass sie bestimmt viel mit ihnen teilen kann. Es ist eine Klasse mit nur zweiundzwanzig Schülern in zwei Jahrgangsstufen, und so hoffe ich auf eine entspannte Atmosphäre.

Gaël beweist genug Taktgefühl, mich nicht mit einem durchdringenden »Uuuunnd?« zu begrüßen, solange Anna-Nina noch bei mir ist. Die Kleine lässt sich allerdings gleich von ein paar anderen Kindern mitnehmen, allen voran Charlotte, der ich den Auftrag gegeben habe, sich als »Patin« um Anna-Nina zu kümmern. So bildet sich ein Grüppchen aus vier Mädchen und Arthur, der so tut, als spiele er nur zufällig neben ihnen, aber in Wirklichkeit die Ohren spitzt, um ja kein Wörtchen ihrer Unterhaltung zu verpassen.

»Uuuunnd?«

»Was, und? Was ich gestern gemacht habe? Gebastelt, und du?«

»Du hast ihn zum Reden gebracht, oder? Jetzt erzähl schon! Hat er dir alles erklärt?«

»Ja.«

»Und er hat dir erlaubt, seine Tochter in die Schule mitzunehmen?«

»Nein, ich habe sie entführt. Sag mir bitte Bescheid, wenn die Bullen anrollen, du siehst sie ja von deinem Büro aus schon früher.«

»Sehr witzig.«

»Ja allerdings. Und du bist ungeduldig. Bloß weil ausnahmsweise mal die Rollen vertauscht sind, glaubst du, ich werde es gleich ausnutzen. Übrigens ist es Zeit für den Gong, meinst du nicht?«

»Nein. Gib mir zumindest eine Kurzversion.«

Also erkläre ich ihm auf die Schnelle Érics Situation: dass er seit sieben Jahren mit seiner Tochter im Pferdewohnwagen auf den Straßen Frankreichs unterwegs ist. Während ich erzähle, beobachte ich Anna-Nina, die ihren Spielkameradinnen zulächelt, aber auch immer wieder meinen Blick sucht, vermutlich zur Beruhigung. Charlotte hat sie an die Hand genommen und zu der kleinen Hütte am anderen Ende des Pausenhofs geführt, die wir vor zwei Jahren eigenhändig gebaut haben.

»Und er denkt, er kann immer so weitermachen?«

»Was weiß ich. Allerdings scheint er sich fast davor zu fürchten, dass Anna-Nina an der Schule Gefallen finden könnte.«

»Kein Wunder, stell dir mal die Konsequenzen vor! Dann muss er sesshaft werden. Vielleicht entpuppt er sich ja überraschend als Mann deines Lebens!«

»Hör auf. Er ist nicht mein Typ.«

»Was nicht ist, kann noch werden. Immerhin ist er ein Mann, und soviel ich weiß, stehst du nicht auf Frauen.«

»Wir haben einen ganz anderen Rhythmus. Du weißt, bei mir muss ständig etwas passieren, damit ich mich wohlfühle. Er hingegen ist so langsam unterwegs, dass ich kaum zusehen kann.«

»Bist du glücklich, weil du hyperaktiv bist? Oder bist du hyperaktiv, um zu vergessen, dass du nicht glücklich bist?«

»Gaël, mir so was um acht Uhr morgens um die Ohren zu hauen, ist gemein.«

»Stimmt. Das wäre ein schönes Thema für das Philosophie-Abi. Du hast drei Stunden Zeit.«

Natürlich lasse ich mich nicht von ihm abfragen, zumal ich

es seit Jahren tunlichst vermeide, über dieses Thema nachzudenken. Stattdessen rufe ich die Kinder zusammen und nehme sie mit in die Bibliothek, wo sie es sich auf den Polstern bequem machen dürfen. Ich schlage vor, dass wir uns mit Anna-Nina bekannt machen und sie uns ein wenig erzählt, wie sie lebt. Sie ist einverstanden, die Fragen der anderen Kinder zu beantworten. Gestern habe ich als Veranschaulichung des Gesprächs ein paar Fotos vom Wohnwagen und den Pferden gemacht.

»Hast du ein eigenes Zimmer im Wohnwagen?«

»Ich habe ein Bett über dem von meinem Papa. Wir haben nur ein Zimmer im Wohnwagen, und das ist gleichzeitig mein Zimmer und das Wohnzimmer und die Küche.«

»Ist das nicht zu eng?«

»Nein, wir sind ja oft draußen.«

»Habt ihr einen Fernseher?«

»Nein.«

»Fehlt der dir nicht?«

»Aber nein.«

»Kannst du lesen?«

»Klar.«

»Von wem hast du es gelernt?«

»Von meinem Papa.«

»Ist er Lehrer?«

»Nein.«

»Woher kann er es dann?«

»Er kann ganz viel.«

»Und gibt es ein Klo in dem Wohnwagen?«

»Ja.«

»Aber wo läuft das dann alles hin?«

»Es ist eine Trockentoilette mit Sägemehl.«

»Und wie funktioniert das?«

»Man macht in einen Eimer und deckt es mit Sägemehl zu, und ab und zu leert mein Papa den Eimer im Wald aus.«

»Und wo gibt es das Sägemehl?«

»In einer Schreinerei oder in einer Tierhandlung.«

»Wie verdient dein Papa sein Geld?«

»Er hat es einfach.«

»Woher?«

»Weiß ich nicht.«

Ich lasse die Kinder drauflosfragen. In ihren Augen spiegelt sich Staunen, manchmal auch Neid, bei manchen Abscheu, vor allem, als es um die Trockentoilette geht. Sobald sie dazu übergehen, das Ganze zu bewerten, greife ich ein und führe das Gespräch wieder auf das Niveau eines Austauschs zurück. Ich habe ihnen von Anfang an beigebracht, andere zu respektieren, so wie sie sind, denken, leben, fühlen. Manchen fällt es schwer, für Fremdes aufgeschlossen zu sein, wenn sie aus ihrer Familie nur vorgefertigte Meinungen kennen. Aber ich lasse in diesem Punkt nicht locker, weil ich der festen Überzeugung bin, dass dieser Aspekt die Grundlage für alles ist.

Anna-Nina wirkt ganz entspannt und scheint sich, jetzt wo sie spürt, dass niemand ihr Böses will, über das Interesse der anderen Kinder zu freuen. Aber dann kommt diese Frage von Arthur, dem zurückhaltenden, sensiblen, aufmerksamen Jungen, der nicht mal einer Fliege was zuleide tun könnte, und der seine Frage vermutlich in bester Absicht stellt ...

»Und deine Mama? Ist sie nicht bei euch?«

Anna-Nina schaut mich an und sucht bei mir eine Antwort. Soll sie es ihnen sagen oder nicht? Ich schließe einmal ganz sanft die Lider, um sie zu ermutigen.

»Sie ist bei meiner Geburt gestorben.«

Ich bringe meinen Schülern Respekt vor anderen bei, aber auch, wie das Leben ist, das wirkliche Leben, und dass es Dinge gibt, die wehtun. Sie wissen es ja ohnehin, auch wenn man es ihnen nicht sagt. Die Kinder sind eine Weile still, schauen einander an oder blicken auf ihre Schuhspitzen.

»Aber mein Papa sagt, dass das nicht meine Schuld ist, sondern dass das Leben das so entschieden hat, und, also, dass wir alle gar nichts dafürkönnen, und deshalb bin ich trotzdem glücklich.«

Allgemeines Aufatmen. Diese Kleine ist umwerfend. So klug und reif.

Ich nutze den Moment, um die Fragestunde zu beenden und den Unterricht vom Dienstag wiederaufzunehmen, nachdem ich Anna-Nina neben Charlotte gesetzt habe.

Immer wieder fällt mir im Lauf des Tages auf, dass sie den anderen Kindern weit voraus ist, und zwar in fast allen Fächern. Ganz schön eindrucksvoll. Ein paar Mal steht sie einfach auf, um zur Toilette zu gehen oder sich ein Glas Wasser zu holen, ohne die Pause abzuwarten und auch ohne vorher um Erlaubnis zu fragen, aber wie soll man ihr das übel nehmen? In dieser Freiheit, ihre natürlichen Bedürfnisse einfach zu befriedigen, ist sie aufgewachsen. Eigentlich sollten die anderen Kinder auch so ticken, aber dann heißt es immer, dass das in einer Gemeinschaft nicht durchführbar sei.

Ich werde darüber nachdenken. Am Ende eröffnet uns diese Kleine noch ganz neue Horizonte.

Als es vier Uhr schlägt, sehe ich, wie Charlotte ihr ein Küsschen auf die Wange gibt und ihr eine Zeichnung schenkt, bevor sie sich mit einem »bis morgen« und einem ganz natürlichen, aus der Unschuld geborenen Lächeln verabschiedet.

Während die letzten Kinder das Klassenzimmer verlassen, setze ich mich neben sie und frage, wie ihr dieser erste Schultag gefallen hat.

»Es hat mir gut gefallen. Aber ich weiß nicht, ob ich das Papa sagen soll.«

»Warum solltest du es ihm denn nicht sagen?«

»Weil, vielleicht will er ja nicht, dass mir die Schule gefällt, weil ich doch sonst auch nie hingehe.«

»Ich glaube, er will vor allem, dass es dir gut geht. Wenn dir etwas gefällt, dann brauchst du es ihm bestimmt nicht zu verheimlichen. Er wünscht sich doch von dir, dass du ihm ehrlich sagst, wie es dir geht, oder?«

»Aber wenn ihm das wehtut?«

»Er ist erwachsen, und selbst wenn es ihm wehtut, dann kann er sich trotzdem für dich freuen.«

»Kann ich morgen wieder mitkommen?«

»Natürlich, und auch die folgenden Tage, wenn du das willst und wenn dein Papa damit einverstanden ist.«

»Charlotte ist nett. Sie hat mir ihre Zeichnung geschenkt. Ich werde heute Abend eine für sie machen und sie ihr morgen geben.«

»Das ist eine prima Idee. Fahren wir los und erzählen das alles deinem Papa?«

Ich gebe Gaël ein Zeichen, dass wir fahren und er bitte abschließen möge. Er antwortet mit einem hochgestreckten Daumen und einem Augenzwinkern und schickt mir noch ein Luftküsschen hinterher, das er von seinen Fingerspitzen bläst. Als wir zum Auto gehen, nimmt Anna-Nina meine Hand, und es ist auch für mich ein schönes Gefühl, ihre Hand zu halten. Dieses Mädchen mit seiner Anhänglichkeit strahlt eine magische, sonnige Energie aus. Im Auto ist sie schweigsam und schaut aus dem Fenster. Ihr Körper folgt den Bewegungen des Fahrzeugs, ohne ihnen irgendeinen Widerstand entgegenzusetzen. Sie überlässt sich dem Leben und versucht nicht, dessen Fluss zu kontrollieren. Hoffentlich schafft ihr Vater das auch.

»Papaaa!«, ruft sie, als sie ihn aus der Scheune kommen sieht. Offenbar hat er uns kommen hören.

»Na, mein Schatz, wie war es denn?«

Ich beobachte ihn aus den Augenwinkeln, während ich meine Umhängetasche aus dem Auto hole. Die Kleine legt diesmal nicht ganz so viel Schwung an den Tag wie nach dem Unterricht. Vielmehr besitzt sie das Feingefühl, ihren Vater zu schonen! Das rührt mich. Ich spüre auf einmal einen Kloß im Hals. Die beiden bilden eine solche Einheit, dass die Abwesenheit des anderen gar nicht vorstellbar ist, geschweige denn, dass der andere leidet. Aber dann, sieh einer an ...

»Kann ich morgen wieder hingehen?«

»Da müssen wir Valentine fragen«, erwidert er und sucht meinen Blick.

Sie kennt die Antwort bereits, verschweigt diese Tatsache jedoch elegant, damit ihr Vater das Gefühl hat, er treffe die Entscheidung. Dann verschwindet sie in die Küche, ruft uns zu, dass sie sich ein Brot schmieren wolle, weil sie am Verhungern sei, und dass sie dann zu Gustave in den Garten gehe, weil er ihr gestern versprochen habe, mit ihr zusammen Bohnen zu säen.

Ich setze mich außen aufs Fensterbrett, in der Hoffnung, dass Éric sich zu mir gesellen wird, um mit mir über seine Tochter zu sprechen. Wetten würde ich darauf allerdings nicht.

Wir schauen ihr nach, als sie mit einem großen, dick mit Butter und Erdbeermarmelade beschmierten Stück Brot in der Hand, wieder zur Haustür herauskommt, die drei Stufen hinunterspringt und mit einem »bis später« in den Garten verschwindet, ohne sich noch einmal nach uns umzudrehen.

Éric blickt nicht auf. Vielleicht will er mir nicht zeigen, wie sehr ihn das trifft. Er schnitzt an einem Stück Holz herum, das er in der Hand hält.

»Geht es voran mit den Reparaturen?«

»Ja, langsam.«

»Anna-Nina hat uns erzählt, wie Sie sich im Wohnwagen eingerichtet haben. Das hört sich ziemlich ausgeklügelt an.«

»In einem Wohnwagen bleibt einem nichts anderes übrig, als den Platz bestmöglich zu nutzen.«

»Darf ich ihn mir mal ansehen?«

»Wenn Sie wollen. Jetzt gleich?«

»Gustave hat mindestens dreihundert Bohnensamen vorrätig.«

»Aber ich muss Sie warnen, es ist eine ziemliche Baustelle momentan.«

»Na und?«

Er zuckt mit den Schultern und setzt sich in Bewegung.

Er geht voran und steigt die drei Trittstufen vorne am Wohnwagen hinauf. Es gibt hier auch eine Bank, aber Éric erklärt mir, dass er die Pferde immer im Stehen lenkt, weil er so einen besseren Überblick hat und auch die Tiere besser einschätzen kann. Noch weiter oben und geschützt vom Dach befindet sich eine weitere Sitzmöglichkeit, vermutlich für die Kleine. Dann macht er die Tür auf und bittet mich herein. Schlagartig fühle ich mich in meine Kindheit zurückversetzt: Es ist, als ob man ein Puppenhaus betritt! Die gesamte Innenausstattung ist aus Holz und Stoff. Gleich hinter der Eingangstür mit Glasscheibe befindet sich die kleine Küche, an die sich eine winzige Nasszelle mit einem Keramikwaschbecken und einem darüber angebrachten Spiegel anschließt. Zwei Zahnbürsten stehen nebeneinander in Bechern auf dem Bord, ein Rasierer, eine Haarbürste und rosarote Haargummis.

Beim Durchqueren des winzigen Raums fällt mein Blick auf die Spüle und die Arbeitsfläche.

»Sie haben einen Thermomix? Im Wohnwagen?«

»Warum nicht? Ich mache alles mit dem Ding. Es vergeht kein Tag, an dem ich es nicht benutze. Es ist sehr praktisch.«

»Und woher kommt der Strom?«

»Strom habe ich so viel, dass ich ihn verkaufen könnte. Manchmal muss ich tagsüber das Licht anlassen, damit mir die Batterie nicht durchschmort. Ich habe Sonnenkollektoren auf dem Dach, die mir mehr Strom liefern, als ich brauche.«

»Und Wasser?«

»Dafür gibt es einen Tank, auch auf dem Dach, den ich immer wieder mal auffülle, je nachdem, wie bergig die Strecke ist, die vor uns liegt. Die Pferde sollen kein unnötiges Gewicht schleppen müssen.«

»Aber wo füllen Sie das Wasser auf?«

»Auf Friedhöfen, an städtischen Brunnen oder einfach bei Privatleuten.«

»Und wie kommt es da hinauf?«

»Mit einer kleinen Pumpe, da ich ja sowieso zu viel Strom habe.«

»Es wirkt alles so einfach.«

»Ist es auch, wenn man es sich nicht extra schwermacht. Zum Trinken kaufen wir uns Wasser in Flaschen, damit uns das nie ausgeht. Und wenn wir mal einen Tag lang kein fließendes Wasser zum Waschen haben, dann bringt uns das auch nicht um. Es gibt immer irgendeine Lösung.«

»Und wie steht es mit dem Heizen im Winter?«

»Wir haben einen kleinen Holzofen.«

»Und das Holz?«

»Sammeln wir im Wald. Oder ich kaufe welches. Ich habe Ihnen ja gesagt, dass ich keine Geldsorgen habe. Zumal unser Leben fast nichts kostet. Keine Hypothekenzahlungen, kein Auto, das unterhalten werden muss, und kein Benzin, kaum Materialien, die wir brauchen. Wir führen ein sehr einfaches Leben.«

»Und wo waschen Sie?«

»Es gibt überall Waschsalons oder Campingplätze mit Waschmaschinen oder hilfsbereite Privatleute. Schlimmstenfalls bleiben immer noch Bäche oder Brunnen.«

»Bestimmt stoßen Sie auf viel Sympathie, erst recht mit der Kleinen.«

»Stimmt, wir erleben viel Hilfsbereitschaft, aber darum geht es mir nicht. Ich will von niemandem abhängig sein.«

»Und wie machen Sie es mit den Pferden?«

»Wir richten uns nach ihrem Rhythmus. Ich muss bloß darauf achten, dass sie immer etwas zu fressen haben. Ein Feldrand, ein kleines Stückchen Wiese, im Winter das Unterholz. Und wenn es wirklich mal schwierig wird, kaufen wir Heu. Dafür lege ich dann bei einem Reitstall oder einem Bauern eine Rast ein.«

Das Innere des Wohnwagens ist ein einziger großer Raum: Ein Tisch steht neben dem Holzofen und die Wände sind flächendeckend mit Staumöglichkeiten ausgestattet. Ganz hinten, abgetrennt durch eine Trennwand aus hellem Kiefernholz, befinden sich die zwei Betten, das größere unterhalb, ein kleineres obendrüber. Auf dem kleinen Bett sitzen ein paar Puppen und Kuscheltiere, und vorne sind Vorhänge angebracht, die Anna-Nina abends zuziehen kann, um sich wie in einem Kokon zu fühlen. Ein Bullauge erlaubt den Blick hinaus ins Freie. Bestimmt fühlt sie sich dort oben sehr wohl.

In einer Ecke des Raums steht ein Schreibtisch mit einem Computer und Drucker sowie Schubladen voller Farbstifte, Malkreiden, Bastelmaterialien und allerlei Papier.

Ich spüre eine gewisse Scheu, weil ich mir hier, im Inneren ihres fahrbaren Zuhauses, wie ein Eindringling vorkomme. Ich stelle mir vor, wie sie abends hier sitzen, er am Computer, wo er vielleicht Malbilder oder Übungen für seine Tochter ausdruckt, sie über ihrer Bastelarbeit am Tisch neben dem Ofen. Dann lesen sie vielleicht zusammen ein Buch, in das große untere Bett gekuschelt, bevor die Kleine zum Schlafen nach oben umzieht. Ich stelle mir vor, wie sie zusammen kochen und an demselben Tisch gemeinsam essen. Oder sich abends zusammen die Zähne putzen. Nichts Ungewöhnliches eigentlich, außer der Art, wie sie leben.

Meine Scheu nimmt zu, als er sich direkt neben mich stellt, sich mit einer Hand an der Holzwand abstützt, fast direkt über meinem Gesicht. Der Raum ist winzig, die körperliche Nähe programmiert. Ich spüre seinen warmen Atem.

»Haben Sie Internet?«

»Wenn ich auf einem Campingplatz bin oder bei Leuten, die mich ihr WLAN benutzen lassen, aber ich brauche es nicht oft. Ab und zu, um meine Nachrichten abzurufen oder ein paar Informationen über den weiteren Weg zu sammeln oder ein bisschen Schulstoff zu recherchieren.«

»So habe ich das alles gar nicht erwartet.«

»Was haben Sie denn erwartet? Schmutz und Unordnung? Geflickte Kleider und altes, verbeultes Geschirr?«

»Nein, natürlich nicht! Ich weiß nicht, was ich erwartet habe, nichts Bestimmtes vermutlich. Ich kümmere mich dann mal ums Abendessen und lasse Sie mit Ihrer Arbeit weitermachen. Sind Sie einverstanden, dass Anna-Nina morgen wieder mit in die Schule kommt?«

»Habe ich denn eine Wahl?«

»Die hat man immer.«

»Und wenn ich nun Nein sage?«

»Dann würde ich sagen, dass das schade ist, und ich wäre enttäuscht, allerdings nicht so sehr wie Anna-Nina.«

»Sehen Sie, ich habe doch keine Wahl.«

Am Abend sitzt Anna-Nina mit Zeichenpapier und Stiften am Couchtisch im Wohnzimmer. Sie hat sich mit dem Abendessen beeilt, um ihre Zeichnung für Charlotte zu machen. Sie sagt nichts. Auch Éric schweigt, während er den Esstisch abräumt. Vorhin hat sie erzählt, was sie in der Schule alles erlebt hat, all die Fragen, die man ihr gestellt hat, und von den Kindern, mit denen sie gespielt hat. Ihr Vater hat mechanisch dazu gelächelt, aber mir ist nicht entgangen, dass er sich zusammenreißen musste. Hätte ich irgendetwas anders machen sollen? Ihnen einfach bloß Gastfreundschaft anbieten, bis der Wohnwagen repariert ist, und sie dann ziehen lassen, ohne dem Kind eine Möglichkeit eröffnet zu haben, die ihm vermutlich fehlt? Denn in der Schule geht es doch nicht nur um Unterricht, sondern auch darum, mit anderen in Kontakt zu treten und dadurch die eigene Persönlichkeit zu entwickeln. Anna-Nina beendet ihre Zeichnung und besteht darauf, allein zu Bett zu gehen, als wäre sie auf einen Schlag älter geworden. So haben wir wieder unsere kleine Teestunde, in der ich mit ihm über ihr Sozialleben sprechen kann.

»Ich war noch nie besonders extrovertiert.«

»Man kann ja Freunde haben, ohne extrovertiert zu sein.«

»Ich habe Freunde, mit denen ich per Telefon und Internet Kontakt halte und die ich besuche, wann immer es geht.«

»Aber Sie haben keine Freundin?«

»Nein.«

»Wo bleibt da die Intimität in Ihrem Leben?«

»Ich glaube nicht, dass Sie das was angeht.«

»Sie müssen ja nicht darauf antworten.«

Ich und meine unverblümten Fragen. Manchmal denke ich einfach nicht daran, in welche Verlegenheit ich mein Gegenüber damit bringen kann. Aber ich habe mir diese Frage wirklich gestellt.

Da ich mein Gegenüber schon ein bisschen kennengelernt habe, erwarte ich, dass er auf stur schalten wird. Wer weiß, vielleicht überlegt er gerade, ob er einfach die Teetasse, in die er gerade so nachdenklich blickt, abstellen und wortlos davongehen soll. Vielleicht besitzt er aber auch so viel Anstand, die Tasse vorher noch in die Spüle zu stellen. Noch dreht er sie langsam in seinen Händen und lässt sie dabei nicht aus den Augen.

Sekunden vergehen, nur begleitet vom regelmäßigen Ticken der alten Wanduhr.

Doch dann ...

»Das ist nicht so wichtig. Man kann ohne leben«, sagt er.

»Aber es tut doch gut.«

»Aber man kann auch ohne auskommen.«

»Aber es gehört doch zu einem erfüllten Leben.«

»Ich fühle mich auch ohne wohl. Und Sie? Sie sind doch auch allein! Wie machen Sie es denn?«

»Es fehlt mir. Ich bin da ehrlich.«

»Ich jedenfalls habe keine Wahl. Im Wohnwagen ist kein Platz für eine Frau.«

»Im Wohnwagen oder in Ihrem Leben?«

»Mein Leben ist der Wohnwagen.«

Er trinkt seine Tasse leer, steht auf und spült sie unter fließendem Wasser aus.

»Machen Sie sich keine Sorgen um mich.«

»Ich mache mir Sorgen um sie beide.«

»Uns geht es gut. Auch ohne Frau.«

Er bemüht sich um einen nachdrücklichen Ton, aber ich sehe ihm an, dass es mit seiner Überzeugung nicht weit her ist. Sein Blick scheint mich anzuflehen, ihm zu glauben, während er es selbst nicht zu glauben scheint.

Kann man sich dermaßen selbst belügen?

6. März 1944

Es war bereits Abend.

Als Schritte auf dem Gang ertönten und der Schlüssel in ihrer Zellentür herumgedreht wurde, wusste Suzanne nicht, ob ein weiteres Verhör sie erwartete oder ob man ihr nur etwas zu essen und zu trinken bringen wollte. Oder ob sie vielleicht freigelassen würde. Nichts zu wissen war schrecklich, sie lebte in ständiger Ungewissheit und Angst. Sie war doch noch zu jung, um all dies allein auszuhalten. Ganz allein war sie zwar nicht, aber fast. Das Baby in ihrem Bauch rührte sich nach wie vor nicht.

Es kam kein Essen.

Es kam auch kein Eimer.

Sie wurde brüsk in den Hof hinaufgeführt. Draußen schneite es dicke Flocken. Sie trug nach wie vor nur ihr Nachthemd und die Strickjacke. Wozu Widerstand leisten? Sie ließ sich einfach von dem Soldaten über den Hof zerren, den Blick auf den Boden gerichtet, um nicht so genau sehen zu müssen, wo man sie hinbrachte. Als sie die Hand des Kerls auf ihrer Schulter spürte, die sie mitten auf dem Hof zum Stehen brachte, hob sie den Blick.

Eine maßlose Freude überflutete sie. Da stand er, zwei Meter vor ihr: Léon. Ihr Léon. Er blickte sie eindringlich an, sah auf ihren Bauch, dann wieder in ihre Augen. Seine flossen über vor Kummer. Als ob er das alles unendlich bedauerte. Den Krieg, die Schrecken der Besatzung durch diese Dreckschweine mit ihrer Unmenschlichkeit und Unbarmherzigkeit. Aber den Kampf bedauerte er nicht. Er hatte das einfach tun müssen und auch dafür liebte Suzanne ihn. Für ein paar Augenblicke konnte sie der Realität entfliehen und sich mit ihm zusammen im Schnee sitzen sehen, oben am Schlittenhang. Dann wich die Unbekümmertheit der Qual. Suzanne spürte eine maßlose Wut in sich aufwallen. Sie hätte sie alle umgebracht, wenn sie nur gekonnt hätte. Nicht aus Freude daran, aber auch ohne schlechtes Gewissen. Alle töten, um ihren Mann wiederzubekommen.

»Sieh sie dir gut an, kann gut sein, dass es das letzte Mal ist«, warf ihm der Dreckskerl entgegen, der zwischen ihnen stand. Sie erkannte ihn wieder. Es war derselbe, der ihr den Kopf unter Wasser gehalten hatte. Er schaute sie an und sagte dann zu Léon, dass ihm ja offenbar einiges an ihr liegen müsse, weil er sich freiwillig gestellt habe, damit sie freikomme.

Suzanne bedauerte, dass er das getan hatte. Obwohl sie wusste, dass sie dadurch freigelassen würde. Obwohl sie wusste, dass er sich opferte, um sie zu retten. Jetzt war es an ihr zu gehen. Und sie hoffte inständig, niemals den Gedanken ertragen zu müssen, er sei ihretwegen gestorben.

Suzanne wünschte sich, dass Léon sie in die Arme schloss, wünschte es sich so sehr, dass es ihr vorkam, als würde ihr Körper sich von selbst von der Stelle bewegen, angezogen von ihrem Geliebten. Doch es war nur ein Wunschtraum, in Wirklichkeit hatten sie nur ihre Blicke, um einander zu berühren. Und dann führten sie ihn ab. Ihm blieb kaum Zeit, ihr noch zuzuraunen, dass er sie liebe, dann bekam er einen Schlag auf den Hinterkopf.

Werde ich ihn wiedersehen?

Es schneite noch immer. Es war Nacht.

Sie wehrte sich nicht, als man sie zum Hoftor führte, es hätte sowieso nichts genützt. Und sie hatte auch gar nicht die Energie dazu. Nein, sie würde ihn womöglich nie wiedersehen. Ihre Beine trugen sie mit letzter Kraft. Kaum, dass sie das schmiedeeiserne Tor hinter sich hatte und auf dem Trottoir stand, brach sie zusammen, am ganzen Körper zitternd vor Kälte und Wut.

Es dauerte einen Moment, bis sie die Hand spürte, die sich sacht auf ihre Schulter gelegt hatte.

Anna-Nina und Valentine sind vor einer Stunde gefahren. Ich habe ihnen zum Abschied von der Haustür aus gewunken und bin in die Küche zurückgegangen, um meinen Kaffee fertig zu trinken und das Frühstücksgeschirr zu spülen.

Ich sitze am Tisch und denke an sie.

Beide.

Sie verstehen sich gut, das sieht man. Mein Herz krampft sich zusammen, weil ich mitansehen muss, wie die Falle zuschnappt. Wie soll ich meiner Tochter erklären, dass wir weiterfahren werden, sobald ich mit den Reparaturen fertig bin? Wenn sie diese Frau jetzt lieb gewinnt, wird es ihr beim Abschied das Herz brechen. Warum habe ich nicht an die Tür eines anderen Hauses geklopft, vielleicht an die eines allein lebenden mürrischen Alten, der uns für eine Nacht Unterkunft gewährt und sich ansonsten nicht in unser Leben eingemischt hätte?

Ich habe zu nichts Lust. Nicht einmal, aufzustehen und die Reparaturen voranzubringen. Andererseits, je schneller der Wohnwagen wieder startbereit ist, desto rascher kommen wir hier weg und desto weniger hart ist es für Anna-Nina.

An diesem Vormittag räume ich den ganzen Wagen leer, um unsere Sachen durch die Reparaturarbeiten nicht zu beschädigen und auch, um ein wenig Ordnung in das Ganze zu bringen. Valentine hat mir gestern den Speicher in der Scheune gezeigt, wo sie ihre Wäsche trocknet.

Ich will den sonnigen Tag nutzen, um mindestens drei Maschinen Wäsche zu waschen, die Sachen fürs Frühjahr aufzufrischen und die Winterkleider zu verstauen. Dabei fällt mir auf, wie schnell meine Tochter wächst. Der Großteil ihrer Kleider wird ihr im Herbst zu klein sein.

Als ich unser Inventar auf dem Speicher betrachte, wird mir bewusst, dass unser gesamtes Leben vor mir liegt. Es ist nicht viel, aber ich fühle mich wohl damit. Valentines Wohnräume sind vollgestopft mit kleinen Dingen – hübsche Sachen, aber nutzlos. Ich hingegen muss mir bei jedem zusätzlichen Gegenstand überlegen, ob ich ihn wirklich mitnehmen will. Und was mir lästig geworden ist oder zu nichts mehr nutze ist, muss entsorgt werden. Mir tut das gut. Alles, was ich gemeinsam mit Hélène besessen habe, hat seinen Sinn verloren, als sie starb, wozu es also noch aufheben? Trotzdem bewahre ich meine Notizbücher, die Fotos und ein paar Erinnerungsgegenstände für Anna-Nina auf.

Selbst auf diesem Dachboden spürt man Valentines ständige Aktivität. Hier trocknen Zwiebeln neben der Wäsche, Materialien für ihre handwerklichen Arbeiten lagern dazwischen, Holzstücke und einige Werkzeuge.

Heute Abend werden sie mir berichten, was sie den Tag über

erlebt haben. Wir werden sehen. Es bleibt ja noch das Wochenende, um zu überlegen, wie es weitergehen soll.

Wie üblich sehe ich mehrmals am Tag nach den Pferden. Gustave hat mir angeboten, sie bei einem Freund unterzustellen, der weiter oben ein paar Felder hat, wo sie für den Augenblick zu fressen haben. Es geht ihnen gut, und die Zwangspause scheint ihnen zu bekommen. Keine Alltagspflichten, sondern nur das grüne Gras der Wiese vor den sonnenbeschienenen Bergen. Die Pferde fehlen mir. Unser Zusammenleben dauert nunmehr schon sieben Jahre. Ich lenke sie, sie gehorchen mir, wir bilden ein Team, an guten wie an schlechten Tagen. Und jetzt, auf einmal, überkommt mich das Gefühl, dass sie zu nichts mehr nutze sind.

Oder bin ich es, der für sie nutzlos geworden ist? Woher soll ich wissen, ob sie glücklicher sind, wenn sie auf diesem Feld grasen oder wenn sie angeschirrt sind und das Dreifache ihres Eigengewichts ziehen müssen? Und ich, wo bin ich glücklicher? Vielleicht ist es mein Drang, ständig in Bewegung zu bleiben, der mir fehlt – mein Fluchtmodus sozusagen.

Ich kehre zum Wohnwagen zurück, nachdem ich die erste Ladung Wäsche auf die Leine gehängt habe, die quer durch den Dachboden gespannt ist, und eine zweite Maschine in Gang gesetzt habe. Ich denke an meine Tochter, während ihre Kleider durch meine Hände wandern.

Seit einer guten Stunde arbeite ich am Wohnwagen, als Gustave vorbeischaut, fragt, ob ich alles hätte, und mir einen Kaffee anbietet. Wir setzen uns auf die Kutschbank, die Tassen in der Hand, und schauen durch das weit offene Scheunentor auf den Garten und die Berge hinaus. Der Himmel ist wolkenlos. Wer die Ruhe liebt, die Natur, die Berge und frische Sommerabende, für den ist dieser Ort hier das Paradies.

Valentine hat gut daran getan, sich hier niederzulassen, nachdem sie das Haus von ihren Großeltern geerbt und unten im Dorf eine Stelle gefunden hatte. Bestimmt ist das Leben manchmal rau hier, vor allem im Winter, aber zusammen mit Gustave hat sie sich ein feines, kleines Nest gebaut. Natürlich ist es viel Arbeit, die Tage sind vermutlich sehr voll, aber auch angenehm, sowohl, was das Materielle, als auch, was das Menschliche betrifft.

»Tun Sie ihr nicht weh, meiner Valentine.«

»Warum sollte ich ihr wehtun? Das ist überhaupt nicht meine Absicht!«

»Aber sie selbst könnte sich wehtun.«

»Und inwiefern wäre ich dann dafür verantwortlich?«

»Weil sie sich an Ihnen wehtun könnte.«

»Warum sagen Sie mir das?«

»Weil Valentine kompliziert ist.«

»Inwiefern?«

»So kompliziert wie der Luftverkehr über einem internationalen Flughafen.«

»Aha. Und weiß sie, dass Sie mir das erzählen?«

»Natürlich nicht. Aber ich versuche, sie zu beschützen, so gut ich kann.«

Ich verschlucke mich fast an meinem Kaffee, so sehr überrascht mich die unerwartete Ansprache dieses Mannes, der eigentlich sehr diskret und zurückhaltend ist. Das Thema muss ihm mächtig am Herzen liegen, wenn er es sogar mir gegenüber so offen anspricht, wobei er aber ganz ruhig und respektvoll bleibt.

»Aber wovor müssen Sie sie denn beschützen?«

»Vor ihrem Kummer.«

»Und wieso sollte ich Valentine Kummer verursachen?«

»Wenn Valentine sich verliebt, dann passiert das ohne jede Vorwarnung, dann vergisst sie alles, und wenn sie dann eine ordentliche Ohrfeige kassiert hat, dauert es ein Weilchen, bis sie wieder auf die Beine kommt.«

»Ah.«

»Vor allem, wenn sie ihr Herz an jemanden verliert und das Ganze ernst werden könnte, bricht sie die Beziehung ab und läuft heulend davon. Ich habe noch nie verstanden, wieso. Dabei träumt sie eigentlich davon, Kinder zu haben, aber sie hat keine Lust, sie alleine aufzuziehen.

Sehen Sie, in was für einem Dilemma sie steckt? Sie läuft vor jedem potenziellen Partner davon, obwohl sie ständig davon träumt, einen zu finden.«

»Aber ich fahre sowieso bald wieder ab.«

»Ich sage ja nur, Sie sollen ihr nicht wehtun.«

»Sie scheint Ihnen sehr am Herzen zu liegen.«

»Sie ist für mich wie eine Tochter, deshalb halte ich es schwer aus, wenn ich sie leiden sehe, verstehen Sie?«

»Ja. Aber Sie müssen auch verstehen, dass ich nicht solche Absichten habe. Ich bin nur auf der Durchreise. Es ist sehr liebenswürdig von ihr, uns so großzügig aufzunehmen, aber ich brauche keine Frau in meinem Leben.«

»Ich kenne Valentine nur zu gut. Das ist alles. Ich wollte Sie nur warnen.«

6. März 1944

»Madame? Kann ich Ihnen helfen?«

Die Stimme des Jungen war noch ganz zart, so jung war er. Es dauerte ein paar Augenblicke, bis Suzanne antworten konnte. Zunächst versuchte sie, ihn im Dunkeln auszumachen. Ihr Blick war von Tränen verschleiert.

»Können Sie mich sehen?«

Suzanne fasste seine Hand, und während sie diese mit aller Kraft drückte, brachen erneut die Tränen aus ihr heraus. Die Erleichterung, in eine normale, beinahe heile, beinahe unversehrte Welt zurückgekehrt zu sein…

Beinahe.

Sie war sich nicht einmal sicher, ob sie überhaupt noch am Leben war. Ein Teil von ihr war jenseits dieser Gitterstäbe geblieben. Vielleicht für immer.

»Es ist nicht gut, hierzubleiben. Wo wohnen Sie denn?«

»In Solbach.«

»Solbach? Aber was machen Sie dann hier?«

»Die Deutschen«, brachte Suzanne mühsam hervor.

Der Junge stellte keine Fragen mehr. Da er nebenan wohnte,

wusste er, was sich hinter dem Zaun abspielte. Er legte sich die Arme der Frau auf die Schultern, um ihr aufzuhelfen, da sah er ihren Bauch. Noch ein Grund mehr, sie nicht einfach hierzulassen. Seine Mutter würde zwar große Bedenken haben und sein Vater ihm eine kleben, wenn er nach Hause kam, aber er konnte sie nicht hierlassen.

»Ich will nach Hause.«

»Das wird heute Nacht nicht mehr möglich sein, es ist zu weit. Und Sie sind zu schwach. Außerdem ist es vielleicht gefährlich.«

»Was soll ich denn tun?«

»Etwas essen, sich ein bisschen waschen, umziehen und schlafen.«

»Und dann?«

»Weiß ich nicht.«

»Wie alt bist du denn?

»Vierzehn.«

Anna-Nina schläft bei Charlotte, ihrer neuen Freundin aus der Schule. Da war so ein Strahlen in ihren Augen, als sie am Donnerstagnachmittag aus der Schule kam, dass ich es ihr einfach nicht abschlagen konnte. Ich war recht überrascht, dass eine solche Einladung derart rasch zum Thema wurde, aber Valentine kennt die Familie gut, sie zählen zu ihren besten Freunden, und sie hat mir versichert, dass ich Anna-Nina ruhigen Gewissens dort übernachten lassen kann. Trotzdem liege ich jetzt hellwach im Bett und kann nicht schlafen.

Es ist das erste Mal, dass ich sie bei Fremden lasse. Ab und zu kommt es vor, dass ich sie ein paar Nächte allein bei meinen Eltern lasse, wenn wir in der Nähe von Paris sind. Aber die wenigen Male, an denen wir getrennt waren, kann ich an einer Hand abzählen. Heute Nacht fällt es mir noch schwerer als sonst, weil ich viel über unser Leben nachdenke, seit wir wegen des Gewitters hier gestrandet sind. Ich habe das Gefühl, dass Anna-Nina sich von mir entfernt, und durch diese Einladung noch mehr. Da hilft es auch nichts, mir einzureden, dass es ihr Alter ist, dass die beiden Mädchen zusammen mit Puppen spielen und malen, sich im Bad gemeinsam die Zähne putzen und mit dem Mund voll Zahnpasta in Gelächter ausbrechen und danach tuschelnd im Bett liegen – es tut einfach weh, sie gehen zu lassen.

Ich liege auf dem Rücken, bin noch ein wenig feucht von der Dusche vorhin und an diesem lauen Juniabend nur mit einem Laken zugedeckt, als ich höre, wie die Dielen auf dem Flur knarren, dann der Riegel meiner Zimmertür leise angehoben wird, allerdings nicht leise genug, um ein Geräusch zu vermeiden. Ich höre, wie Valentine mein Zimmer betritt, und beschließe, erst einmal nicht zu reagieren. Immerhin wage ich einen Blick durch das vom Mondlicht schwach erleuchtete Zimmer, um sicherzugehen, dass sie nicht ihr größtes Küchenmesser in der Hand hat. Schließlich hat sie mich mit einer erhobenen Bratpfanne empfangen.

Aber nichts dergleichen. Nur ihre Silhouette in dem langen weißen Nachthemd, das kurz darauf fast geräuschlos zu Boden gleitet. Mir dämmert allmählich, was sie vorhat, und nach dem gestrigen Gespräch mit Gustave fürchte ich mich fast. Ich soll ihr nicht wehtun? Wie soll ich reagieren? Wie hätte ich auf so etwas gefasst sein sollen? Dabei habe ich ihr doch gesagt, dass ich keine Frau in meinem Leben brauche. Aber vielleicht will sie das selbst überprüfen. Ich soll ihr nicht wehtun, hat mir der Alte gesagt. Aber da ist diese Erregung, die ich nicht unterdrücken kann und die durch die Absurdität der Situation noch verstärkt wird. Ein beunruhigendes Gefühl. Ich glaube, ich habe Angst.

Angst und Lust.

Lust und Angst.

Es ist so lange her.

Ich spüre, wie das Laken angehoben wird und ihr warmer Körper sich an meinen schmiegt. Ihre Unverfrorenheit imponiert mir – dass sie sich das traut! Ich könnte sie wegstoßen und zusehen, wie sie schamrot im Gesicht aus dem Zimmer schleicht. Und wie wird sich das morgen bei Tageslicht anfühlen? Sie hat beschlossen, es zu riskieren. Und ich habe nicht die geringste Lust, sie wegzustoßen. Allerdings auch nicht den Mumm, mich an sie heranzuschmeißen. So überlasse ich alles ihr und warte ab. Auch ich gehe das Wagnis ein.

Ich stecke in der Haut des Diebs, der den Augenblick stiehlt.

Ihr nicht wehtun. Das würde ich sicher, wenn ich sie wegstoßen würde. Werde ich ihr auch wehtun, wenn ich das Angebot annehme, das sie mir gerade macht? Oder ist sie es, die sich einfach nur bedient? Sie hat ja zugegeben, dass ihr das fehlt.

Sei es, wie es sei.

Sie hat sich auf mich gelegt, aber mein Gesicht dabei gemieden. Es wäre mir auch schwergefallen, ihre Lippen auf meinen zu spüren. Wir sind uns so fremd. Jetzt küsst sie meinen Bauch, hat die Hände auf meinem Becken. Ihre Brüste streicheln meine Schenkel, und ihre steifen Brustwarzen lösen in mir sofort die Empfindungen aus, denen ich seit so vielen Jahren aus dem Weg gegangen bin. Ich spüre, wie mein Geschlecht hart wird. Sie spürt es auch, ich weiß es, weil sie anfängt, es mit einer Hand zu streicheln. Ich lege eine Hand auf ihre Schulter. Daraufhin nimmt sie, mit einer Zartheit, die mich erschauern lässt, mein Geschlecht in den Mund. Und lässt es wieder los. Und ergreift es von Neuem. Wieder ein köstlicher Schauer. Ich spüre, wie sie zögert, aber dann tut sie es doch. Zumindest dieser Teil von mir entdeckt Lust und Lebendigkeit wieder. Wie gut das tut. Wie gut es tut, mich dieser Frau zu überlassen, die ich vor einer Woche noch gar nicht kannte, die fast eine Fremde für mich ist, aber mir heute Nacht Lust bereitet, und sich selbst auch, als wüsste sie, dass da ein Vulkan schlummert, der darauf wartet, auszubrechen. In der Tiefe brodelt die Lava, auch wenn der Vulkan schlummert. Wahrscheinlich wusste sie das. Nein, ich will keine Frau brauchen. Das gilt immer noch. Außer für das Begehren.

Immer noch kreist ihre Zunge köstlich um mein hartes Geschlecht, und ihre Lippen schließen sich immer fester, um meine Lust weiter zu steigern. Noch nie habe ich so einen Augenblick erlebt, wobei ich nicht weiß, ob das daran liegt, dass ich so ausgehungert bin, oder an ihrer unbestreitbaren Erfahrung. Sie scheint mit meinem Geschlecht spielen zu wollen, und wahrscheinlich ist es das, was das Ganze so köstlich macht. Ich erahne, wie sie die Empfindungen aus mir herauszukitzeln sucht, weil sie bei jedem Seufzer von mir wiederholt, was sie gerade ausprobiert hat. Ich muss sie zurückhalten, einmal, dann noch einmal, weil ich noch nicht kommen will. Nicht jetzt, nicht so, nicht so schnell. Sie hört auf, lässt sich Zeit, bevor sie erneut ansetzt und ich immer fiebriger werde. Ich hatte schon befürchtet, nie wieder Begehren für eine Frau empfinden zu können, und jetzt habe ich Angst, dass es zu viel ist. Und es ist zu viel. Was ich spüre, hat eine solche Heftigkeit. Fast animalisch. Ich habe kein Gehirn mehr, ich bin kein vernunftbegabter Mensch mehr, sondern bin nur noch Trieb, den sie genüsslich wachgerufen hat und der nun außer Kontrolle ist und explodiert. Ich fasse sie an den Armen, um sie zu mir hochzuziehen, packe sie um die Hüften, drehe sie um und spreize ihr mit den Knien die Schenkel. Sie fasst mir mit einer Hand in die Haare und mit der anderen ans Gesäß, drängt mich, in sie einzudringen, eine Aufforderung, der ich ohne Umschweife nachkomme. Ich kann nicht anders.

Als ich in sie eindringe, bohren sich ihre Finger in meine Schultern und sie stöhnt laut. Ich habe Lust, es zu wiederholen, so wie sie vorhin mit ihrem Mund, indem ich mich zurückziehe und dann wieder in sie eindringe. Sie will, dass ich bleibe, und so tue ich es und stoße nun in der Tiefe noch intensiver vor und zurück. In ihr ist es heiß, heiß und feucht. Ihre Beine umschlingen mich wie zwei geschmeidige Lianen und fesseln mich an ihren Körper.

Als ich aufhöre, mich zu bewegen, spüre ich, wie sich ihr Schoss um mich herum kontrahiert. Mit einer Hand auf meinem Becken fordert sie mich auf, weiterzumachen. Ihre andere Hand liegt zwischen ihrem Bauch und meinem, und ich weiß, dass sie sich selbst streichelt, zusätzlich zu meinen rhythmischen Bewegungen, die sich, angefacht durch ihre Lust, steigern. So spielen wir eine Weile mit dem Rhythmus unseres Begehrens, lauschen und antworten uns wie zwei Instrumente, die der gleichen Partitur folgen.

Als ich ihrem Atem anhöre, dass sie kurz vor dem Orgasmus ist, löse ich alle Bremsen und erlaube mir zu kommen. Ihr hoher Schrei und dieser lustvolle Seufzer sind das Signal.

Dann liege ich auf ihr, spüre ihren atemlosen, feuchten Körper unter meinem. Immer noch kommen kleine Seufzer aus ihrem Mund, als ob stoßweise der Druck durch ein Ventil entweicht. Ich komme mir vor wie in Watte gepackt, mein Herz pocht wie wild. Ich rolle mich von ihr herunter und lege mich neben sie, während ich nach dem Laken angle, das in der Hitze des Gefechts verloren gegangen ist. So liegen wir eine ganze Weile, ohne ein Wort zu sagen. Bloß nicht die Stille stören. Wir sind ein Mann und eine Frau, nichts weiter, alles andere ist unwichtig.

Ich habe die Lust der körperlichen Liebe wiederentdeckt.

Ich hatte vergessen, wie gut das tut.

Wir haben uns nicht geschützt ...

Das Post-it klebt auf dem Küchentisch. Er muss das geschrieben haben, als er in der Nacht aufgestanden ist, um ein Glas Milch zu trinken. Das Glas steht in der Spüle.

Stimmt.

Aber es kam so plötzlich, so spontan und unerwartet. Als ich gestern Abend an seinem Zimmer vorbeigegangen bin und daran dachte, dass Anna-Nina bei Charlotte war, ihr Vater also ganz allein, und nachdem ich seine Silhouette in der Dusche gesehen hatte, weil die Badezimmertür halb offen stand, und nachdem wir dieses Gespräch über menschliche Nähe geführt hatten, diese Nähe, die mir so schmerzlich fehlt, hatte ich auf einmal Lust auf ihn. Und keine Lust zu warten. Er offenbar auch nicht.

Das mit dem Schutz...

Was die Krankheiten angeht, mache ich mir keine Sorgen.

Und was eine mögliche Schwangerschaft betrifft, so muss ich mich darum kümmern. Ich werde morgen zu Sylvie gehen.

Vielleicht ist es ja das, was ihn beunruhigt. Aber ich will nicht mit ihm darüber sprechen. Ich will, dass das Ganze ein nächtliches Intermezzo bleibt, das den Tag nicht berührt. Vielleicht geht es ihm ja genauso, deshalb die Notiz.

Ich schreibe auf das Post-it, dass es keinen Grund zur Sorge gebe und gehe nach oben, um es vor seiner Zimmertür auf den Boden zu kleben. Ich höre sein leises Schnarchen und muss lächeln. Ich würde ihn gern schlafen sehen.

Ich mochte es, dass er mich ohne ein Wort empfangen hat, und ich mochte es, wie er sofort einen Ständer bekommen hat, als ich ihn berührte. Ich mochte den Geschmack seines Geschlechts und die Entschlossenheit, mit der er mich auf den Rücken gedreht hat. Ich mochte es, ihn zu überraschen und zu erregen. Und ich mochte es, nach langer Zeit wieder zu spüren, wie mein Körper von einem anderen umschlungen wird.

Aber die Situation ist delikat. Wie wird das gehen, bei Tageslicht so zu tun, als wäre nichts passiert?

Ich sitze mit meinem Marmeladenbrot und meiner Tasse kochend heißem Tee am Tisch, als ich oben die Dielen knarren höre. Er kommt herunter.

Gustave ist unsere Rettung. Er betritt im selben Augenblick das Haus, als Éric die Treppe herunterkommt. Halleluja. Ich war noch nie so dankbar dafür, dass Gustave mir allmorgendlich frische Eier bringt.

Wir frühstücken zusammen und sprechen über das Wetter und was jeder von uns heute vorhat. Da ich ein Marmeladenbrot Vorsprung habe, kann ich mich aus dem Gespräch ausklinken, bevor Gustave wieder geht. Während ich nach meinem Schlüsselbund greife, rufe ich ihnen zu, dass ich Anna-Nina abholen würde wie besprochen. Sie hätte den Sonntag zwar liebend gern bei Charlotte verbracht, aber ich fand es angebracht, nichts zu überstürzen, was das Getrenntsein von ihrem Vater betrifft.

Die Kleine strahlt. Ich wechsle ein paar Worte mit Charlottes Eltern, die mir versichern, dass alles bestens gelaufen ist und dass Anna-Nina hinreißend ist. Nichts anderes habe ich erwartet. Die zwei Mädchen umarmen sich zum Abschied, und die Aufrichtigkeit daran ist rührend. Dann folgt noch ein »bis morgen«, aus dem ich schließen darf, dass Anna-Nina wieder mit in die Schule kommen will. Ihr Vater wird sich daran gewöhnen müssen.

Érics Freude, seine Tochter wiederzusehen, ist mit Händen zu greifen. Er sitzt auf dem Wohnzimmersofa, breitet die Arme aus, und sie wirft sich überschwänglich hinein.

»Papa, darf ich wieder hin?«

»Wir schauen mal, mein Schatz. Es hat dir also gefallen?«

»Ja! Charlotte hat ganz viele Spielsachen und Puppen und Puzzle und viele Bücher.«

»Was habt ihr denn gemacht?«

»Wir sind auf dem Friedhof spazieren gegangen.«

»Tatsächlich?«

»Sie wohnen gleich daneben. Wo ist denn Mama begraben?«

»Im Dorf ihrer Eltern, in einem Vorort von Paris.«

»Können wir nächstes Mal hingehen und Blumen hinlegen?«

»Wir schauen mal, Anna-Nina. Sobald wir dazu kommen, ich verspreche es dir.«

»Und morgen gehe ich wieder zur Schule, oder, Papa?«

»Ja, Anna-Nina. Aber ich weiß nicht, wie lange noch.«

Von der Küche aus, wo ich das Gemüse fürs Mittagessen vorbereite, lausche ich ihrer Unterhaltung und werfe, an Éric gewandt, ein, dass das Schuljahresende nicht mehr weit sei und dass sie ja vielleicht bis dahin bleiben könnten.

Er sieht mich nicht an, sondern lächelt seine Tochter an und streicht ihr zärtlich übers Haar. Ich sehe, dass er nachdenkt. Anna-Nina hat sich eng an ihn geschmiegt, sie muss die Batterien wieder aufladen nach der Trennung. Das müssen sie beide, gegenseitig. Sie sind wirklich rührend, die zwei.

Den restlichen Sonntag verbringt jeder mit seinen Aufgaben. Éric setzt die Reparaturarbeiten am Wohnwagen fort. Gustave zeigt der Kleinen, wie man die Hühner versorgt, sie füttert, die Eier einsammelt, den Hühnerstall sauber macht und sich um die Küken kümmert. Gestern hat er mir gesagt, wie sehr ihm das gefalle, sein Wissen weiterzugeben, vor allem an eine so begabte Schülerin.

»Bevor ich sterbe, muss ich doch das, was ich weiß, den nachfolgenden Generationen mitgeben.«

»Du wirst nicht so schnell sterben, Gustave. Du hast schon so viel überstanden.«

»Genau. Ich bin müde.«

»Aber du kannst mich auf keinen Fall allein lassen.«

»Du bist doch nicht mehr allein.«

»Er wird weiterreisen.«

»Hättest du gern, dass er bleibt?«

»Er sagt, dass er weiterreisen will.«

»Du hast nicht auf meine Frage geantwortet.«

»Ich weiß nicht. Du kennst mich doch. Es funktioniert einfach nie. Außerdem ist er doch gerade erst seit einer Woche da.«

»Man soll niemals nie sagen.«

Ich liege im Bett und finde nicht in den Schlaf. Zu viele Gedanken gehen mir im Kopf herum. Vor allem die Szene von heute Abend.

Als das Auto des Bürgermeisters auf den Hof gefahren ist, während wir draußen unter der knorrigen Weide beim Abendessen saßen, wurde mir auf einmal mulmig. Warum kommt der Bürgermeister an einem Sonntag hierher? Etwa wegen Éric? Gab es ein Problem? Aber wenn es etwas Ernstes wäre, hätte er die Polizei mitgebracht.

Ich ging auf ihn zu, und vermutlich war mir meine Beunruhigung anzusehen.

»Keine Sorge, Valentine, es ist nichts Schlimmes«, sagte Jean-Marc zur Begrüßung.

»Ein Höflichkeitsbesuch?«

»Nein, eine kleine Sache gibt es schon. Ich war gerade bei Charlottes Eltern, ein kleiner Ruf zur Ordnung. Und dasselbe muss ich mit der Kleinen machen, die gerade bei dir wohnt.«

»Haben sie was angestellt?«

»Also, aus ihrer Sicht wohl nicht, eigentlich ist es auch kaum der Rede wert, aber es geht nun mal nicht.«

»Um Himmels willen, was haben sie denn getan?«

»Die alte Germaine hat Samstagabend bei mir geklingelt. Sie besucht jeden Tag das Grab ihres Mannes, und sie hat mir erzählt, dass die Blumen auf den Gräbern alle woanders waren. Auf alten Gräbern, die keiner mehr pflegt, standen Blumensträuße, während sie an den Gräbern, die regelmäßig gepflegt werden, fehlten. Wohl so eine Art Umverteilung im Sinne der Gerechtigkeit.«

»Und du bist sicher, dass das Anna-Nina und Charlotte getan haben?«

»Germaine hat die beiden gesehen, als sie auf den Friedhof ging. Und Charlotte hat es vorhin auch zugegeben.«

»Aber wieso haben sie das gemacht?«

»Charlotte hat mir erzählt, dass sie sich den Friedhof angesehen haben, und die Kleine gefragt hat, warum denn nicht alle Gräber gepflegt würden. Und weil das doch traurig sei, haben sie beschlossen, ein bisschen ausgleichende Gerechtigkeit in Sachen Blumenschmuck walten zu lassen, sagen wir es mal so.«

»Verstehe. Das ist eigentlich rührend.«

»Aber man darf es nun mal nicht.«

»Schimpf sie aber nicht zu sehr. Sie ist sehr sensibel. Und in einer besonderen Situation.«

»Sehe ich so aus, als ob ich Kinder ausschimpfe?«

Anna-Nina hatte abgewartet, bis das Auto des Bürgermeisters wieder vom Hof gefahren war, dann war sie in Tränen ausgebrochen. Sie ist wirklich sehr sensibel. Dabei ist Jean-Marc sehr freundlich gewesen und hat ihr nur ganz ruhig erklärt, wieso man das nicht darf.

Éric schloss sie in die Arme und wiegte sie lange hin und her und dabei flüsterte er immer wieder, dass es nicht schlimm sei. Dass man im Leben auch etwas falsch machen dürfe, weil man eben nicht alles wissen könne. Und dass sich das wieder in Ordnung bringen lasse. Er versprach ihr, dass sie so viele Rosen kaufen würden, wie es Gräber auf dem Friedhof gebe, und dann auf jedes Grab eine legen würden, also genau das, was Anna-Nina im Sinn gehabt habe. Aber allein schon die Tatsache, dass man ihr etwas vorwarf, brachte sie völlig aus dem Gleichgewicht.

Mich hat es nur in meiner Überzeugung bestärkt, dass ihr Richtungsweiser für das Leben in der Gesellschaft fehlen. Éric war es peinlich. Ich habe ihm versichert, dass die Leute im Dorf so etwas nicht übel nähmen, aber das schien nicht wirklich bei ihm anzukommen. Er will nun mal keinerlei Aufsehen erregen. Die Vorstellung, dass er nun womöglich deswegen früher abreisen könnte, hat mir in der Seele wehgetan.

Mir fällt auf, dass ich schon viel zu sehr an der Kleinen hänge, und das, obwohl ich sie erst seit ein paar Tagen kenne. Trotzdem fürchte ich jetzt schon den Moment ihrer Abreise. Ich habe mich mit ihrem Vater vergnügt, weiß aber, dass das nichts werden kann zwischen uns. Wir sind zu verschieden. Mir fällt es ja schon schwer genug, mir ein Leben mit einem Mann vorzustellen, der mir ähnlich ist, geschweige denn mit einem, der das genaue Gegenteil von mir ist. Das ist schade. Im Bett passen die Schwingungen nämlich ziemlich gut.

Aber die Kleine ...

An Schlaf ist nicht zu denken.

7. März 1944

Als der Junge mit der schwangeren Frau am Arm am Vorabend die Küche seines Elternhauses betreten hatte, war seiner Mutter fast das Brot im Hals stecken geblieben, an dem sie gerade gekaut hatte. Sie hatte ihn mit aufgerissenen Augen angestarrt.

»Wer ist das?«

»Eine Frau, die die Deutschen auf den Gehweg geworfen haben. Sie wurde gefoltert.«

»Und was willst du hier mit ihr? Wir haben selbst genug Mäuler zu stopfen.«

»Sie friert, hat Hunger und ist schwanger.«

»Dein Vater wird dir eine ordentliche Tracht Prügel verpassen.«

»Wir können sie aber doch nicht auf der Straße liegen lassen.«

Suzanne konnte sich kaum noch auf den Beinen halten. Dennoch brachte sie mühsam heraus, dass sie nach Hause gehen wolle.

»Mama, wir lassen sie heute hier übernachten, und morgen bringe ich sie zu ihr nach Hause.«

»Wo wohnt sie denn?«

»In Solbach.«

»Und wie willst du dahin kommen?«

»Mit dem Zug, und das letzte Stück zu Fuß. Wo kann sie sich hinlegen?«

»Auf den Dachboden.«

»Kann ich ein paar Kleider von dir haben? Sie friert.«

»Das Allernötigste, wenn es sein muss. Ich hoffe, ich kriege sie wenigstens zurück.«

Die schmale Stiege zum Dachboden hinauf war eine Herausforderung. Suzanne schaffte es kaum, die Knie zu beugen, so schwach war sie. Der Dachboden war nicht isoliert und überall hingen Spinnweben. Auf einer alten Matratze konnte sie sich hinlegen, während der junge Mann mehrmals kam und ging, um ihr Decken zu bringen, etwas Wasser und Brot, ein Stück Käse, alles hinter dem Rücken seiner Mutter. Und dann noch eine Schüssel mit heißem Wasser und ein paar Dinge zum Waschen.

Suzannes Hand zitterte, während sie das Brot und den Käse zum Mund führte, aber wie gut es tat, etwas zu essen. Der Junge hatte sich neben sie gesetzt und schaute sie mitfühlend an, jeden Moment bereit, ihr zu helfen, obwohl er sie nicht kannte, nichts über ihr Leben wusste weder was sie dort drüben, am Ende der Straße, erduldet hatte noch was sie jetzt tun wollte. Er wusste nur, dass er sie nicht einfach sich selbst überlassen konnte. Morgen würde man weitersehen. Sollte ihm sein Vater doch eine Tracht Prügel verpassen, es wäre ja nicht das erste Mal.

»Wollen Sie sich ein wenig waschen? Ich habe Ihnen etwas zum Anziehen gebracht, ich weiß nicht, ob es passt.«

»Das ist sehr nett von dir. Es wird passen, keine Sorge. Du tust schon so viel für mich.«

Suzanne griff nach dem Waschhandschuh, um sich zu säubern, solange das Wasser noch warm war. Als sie ihn aus der Schüssel nehmen wollte, verzog sie das Gesicht.

»Ich kann die Finger nicht krümmen, um ihn auszudrücken. Sie haben mir die Hände zerschlagen.«

Der Junge nahm den Waschhandschuh, drückte ihn aus, gab ein wenig Seife darauf und fing an, ihr sacht Gesicht und Hals zu waschen. Die Frau streckte sich erschöpft aus und ließ es einfach geschehen. Nach den entsetzlichen Tagen in diesem Keller empfand sie die schlichten, wohlwollenden Gesten wie eine außergewöhnliche Zärtlichkeit, und sie nahm sie auf wie die Wüsten den Regen.

Der Junge wusch ihr die Arme und auch, nachdem er ihr das Nachthemd ausgezogen hatten, den Rücken. Damit sie nicht fror, deckte er sie mit einem Handtuch und der Decke zu.

Als er ihre Brüste erreichte, war Suzanne eingeschlummert, und so entging ihr die Rührung des Jungen. Auch wenn die Umstände dramatisch sein mochten, so war es doch das erste Mal, dass er die nackten Brüste einer Frau sah. Seine Berührungen wurden noch sachter.

Als er ihren Bauch erreichte, zuckte Suzanne zusammen. Die Brandwunden. Der Junge versuchte, so sanft wie möglich zu sein, aber die Haut musste ja gereinigt werden, um eine Entzündung zu vermeiden. Auf dem Dachboden stand ein Schrank mit Marmeladen und Ähnlichem. Der Junge suchte ein bisschen und fand ein Glas Honig. Seine Großmutter hatte ihm immer Honig auf die Wunden geschmiert, wenn er sich die Knie aufgeschlagen hatte. So vorsichtig er konnte, strich er ein wenig davon auf die Brandwunden.

Bei der letzten Wunde spürte er auf einmal, wie sich unter seinem Finger etwas bewegte. Er schaute die Frau an. Eine Träne trat in ihr Auge und kullerte über ihre Wange.

»Es hat sich bewegt.«

»Ihr Baby?«

»Ja. Es hat sich seit drei Tagen nicht mehr gerührt. Aber es lebt.«

Sie nahm die Hand des Jungen in ihre und drückte sie, so fest sie konnte, ungeachtet ihrer schmerzenden Fingerknöchel. Die Sanftheit dieses Jungen, den das Leben ihr geschickt hatte, als sie ihn am dringendsten brauchte, hatte bewirkt, dass ihr ungeborenes Kind aus seiner Erstarrung erwacht war.

Siehst du, Léon, sie haben uns nicht vernichten können. Wir werden kämpfen und uns wiedersehen. Und zu dritt unser Leben wiederaufbauen.

Suzanne ließ seine Hand nicht mehr los, und so legte er sich neben sie, um sie zu beschützen und sie in Ruhe schlafen zu lassen.

Suzanne erwachte in der Morgendämmerung. Der Junge lag noch immer neben ihr und beobachtete sie. Sie lächelte. Das Baby hatte sich erneut bewegt, es kam wieder zu sich.

»Ich muss nach unten gehen. Mein Vater wird mich sehen wollen. Nachher schaue ich den Fahrplan an und versuche, Geld aufzutreiben. Ich glaube, es ist ein Notgroschen in einer Suppenschüssel von Oma im Wohnzimmerschrank.«

»Ich kann es dir wiedergeben. Ich habe Geld zu Hause, es ist gut versteckt.«

»Ich komme nachher zurück, um Sie zu holen. Ruhen Sie sich in der Zwischenzeit noch aus. Der Weg ist lang.«

»Danke für alles. Danke, du hast mir das Leben gerettet, weißt du das? Und das meines Babys.«

»Ruhen Sie sich aus...«

„Ich habe mit ihm geschlafen."

»So plötzlich?«

Bei dieser Frage, die gar keine ist, hat Gaël ein so neugieriges Blitzen in den Augen, als ob er mich gleich nach pikanten Details fragen wird. Er schaut mich unverwandt an, ohne irgendein Wort zu sagen, und will anscheinend, dass ich es in seinem Blick lese. Dann setzt er doch noch hinzu:

»Ich will alles wissen: Was du gemacht hast, was er gemacht hat, was ihr gemacht habt, bis ins winzigste Detail.«

Der traut sich was!

»Träum weiter.«

»Ein bisschen zumindest. Sag mir wenigstens, ob er behaart ist.«

»Und was hast du davon?«

»Frauen träumen doch von behaarten Männern. Ich will wissen, ob er dich zum Träumen bringt.«

»Er bringt mich nicht zum Träumen, und das hat nichts mit Körperbehaarung zu tun.«

»Und ich bringe dich auch nicht zum Träumen mit meiner Behaarung und meinem Wohlstandsbauch?«

»Doch.«

»Ah. Siehst du?«

»Aber bestimmt nicht wegen deiner Körperhaare.«

»Also wegen des Bauchs?«

»Nein, also das empfinde ich bloß als schön weich, wenn du mich umarmst.«

»Träumst du wirklich von mir?«

»Nein.«

»Schade … Aber jetzt sag schon, bist du in ihn verliebt?«

»Was weiß denn ich. Du stellst vielleicht Fragen.«

»Du hast mit ihm geschlafen, aber du weißt nicht, ob du in ihn verliebt bist? Also, die Frauen von heute sind wirklich cool.«

»Ist das verwerflich?«

»Nein. Aber wieso hast du dann mit ihm geschlafen?«

»Damit wir uns gegenseitig guttun.«

»Und habt ihr das?«

»Ich glaube schon.«

»Passt auf, dass ihr euch nicht gegenseitig wehtut.«

»Und du?«

»Ich? Ich habe nicht mit ihr geschlafen.«

»Und das tut dir weh.«

»Das Leben ist schon irgendwie gemein. Du schläfst mit einem Mann, von dem du gar nicht weißt, ob du in ihn verliebt bist, und ich darf nicht mit einer Frau schlafen, die ich liebe.«

»Wenn es so einfach wäre, das Leben, dann hätte sich das schon rumgesprochen. Ich bin frei und du nicht, aber ich bin auch einsam und du nicht. Man kann nicht alles haben. Ich weiß nicht, was besser ist, aber wahrscheinlich tut es auf lange Sicht mehr weh, einsam zu sein als frustriert.«

»Kann sein. Aber Frust ist auch eine Belastung, weißt du.«

»Aber du bist zumindest nicht allein, während du ihn aushalten musst. Genieß das doch. Kannst du heute abschließen?«

»Schon wieder? Seit dieser Typ da ist, schließe ich jeden Tag ab.«

»Ich liebe dich auch!«

»Warum musst du heute schon wieder weg?«

»Um nicht schwanger zu werden.«

»Was soll das denn jetzt heißen?«

»Wir haben nicht verhütet.«

»Verdammt, Valentine! Und wenn er dich mit irgendetwas angesteckt hat?«

»Womit denn? Seit seine Frau gestorben ist, hat er niemanden mehr gehabt, und da sie schwanger war, hatte sie sämtliche Bluttests. Also mach dir keine Sorgen.«

»Sagt er.«

»Ich möchte ihm gern vertrauen.«

»Mach mit ihm, was du willst, aber pass auf dich auf.«

»Das sagt der Richtige.«

»Und was machst du jetzt, um nicht schwanger zu werden?«

»Ich fahre zu Sylvie.«

»Deine Frauenärztin-Freundin?«

»Genau. Sie hat bestimmt eine Lösung für mich. Die Einzelheiten erspare ich dir, das geht nur mich etwas an. Sie hat mich jedenfalls eingeschoben, da kann ich nicht zu spät kommen. Ich bringe die Kleine nach Hause und muss dann gleich weg.«

»Soll ich sie heimbringen? Dann lerne ich mal ihren Vater kennen.«

»Das würdest du tun?«

»Ich würde alles tun, um den behaarten Mann kennenzulernen, der dich zum Träumen bringt.«

»Könnte sogar sein, dass du ihn mit nacktem Oberkörper antriffst, er arbeitet ja am Wohnwagen. Und er ist so haarlos wie Yul Brynners Schädel.«

Ich liebe Gaël wie den Bruder, den ich nie hatte, da sich meine Mutter kurz nach meiner Geburt von meinem Vater getrennt hat. Sie hat das Leben zu dritt nicht ausgehalten. Sie wollte ihr Glück machen, dem Alltag entfliehen und ihre Prinzessinnenträume verwirklichen. Aber es wurde nichts daraus. Jetzt ist sie Mitte sechzig und immer noch allein. Sie lernt Männer kennen und trennt sich wieder von ihnen, bevor die Bindung zu eng wird. Sie brauche Luft zum Atmen, erzählt sie mir. Damit meint sie, etwas anderes zu atmen als den Geruch eines Mannes morgens unter ihrer Bettdecke. Mein Vater hat einfach neu angefangen, seine jetzige Frau ist sehr nett. Aber ich habe keinen Bruder.

Dafür habe ich Gaël.

Und ich bin die nervigste aller kleinen Schwestern. Aber auch wenn sie nerven, sind sie kostbar. Mit der Zeit haben wir ein solches Vertrauen zueinander entwickelt und eine so aufrichtige Zuneigung, dass uns nichts mehr auseinanderbringen kann. Wir wissen, dass wir bis zu unserem Tod verbunden sein werden.

Ich treffe schon ein paar Minuten vor meinem Termin bei Sylvie ein, aber das Warten macht mir nie etwas aus. Ihr Wartezimmer ist angenehm und es dauert nie lange. Wenn man einen Termin bei ihr macht, entscheidet sie, wie viel Zeit sie braucht, während andere ihrer Zunft die Leute im Zehn-Minuten-Takt einbestellen und am Ende drei Überstunden einlegen müssen.

»Schieß los«, sagt sie und schaut derweil in meine Akte.

»Du hast mir mal gesagt, dass man, um eine eventuelle Schwangerschaft zu verhindern, eine Spirale einsetzen kann.«

»Stimmt. Bis zu fünf Tage nach dem Geschlechtsverkehr.«

»Es war Samstagnacht.«

»Dann bist du zeitlich im Rahmen. Und es ist ausgeschlossen, dass du vorher schon schwanger geworden sein könntest?«

»Ausgeschlossen, ja.«

»Dann kann ich eine Spirale einsetzen. Du kannst dich dann schon mal bereit machen.«

»Und es ist nicht relevant, dass ich noch kein Kind bekommen habe?«

»Für dein Leben oder für das Verhütungsmittel?«

»Für das Verhütungsmittel.«

»Nein.«

»Was mein Leben angeht, ist das natürlich eine ganz andere Geschichte.«

»Willst du mir von ihm erzählen?«

»Er ist nur auf der Durchreise. Vor einer Woche, in dieser heftigen Gewitternacht, ist er mit seiner kranken Tochter auf dem Arm vor meiner Haustür gelandet.«

»Warum ausgerechnet bei dir?«

»Sein Wohnwagen stand ein Stück oberhalb, und ihm ist ein Baum aufs Dach gestürzt.«

»Ein Wohnwagen?«

»Lange Geschichte. Damit kann ich jetzt nicht anfangen, wo du mich doch sowieso nur eingeschoben hast. Jedenfalls ist er Single, und ich bin es auch, und wir hatten Lust, und das war's.«

»Brauchst du einen HIV-Test?«

»Ich vertraue ihm.«

»Na gut. Aber melde dich, wenn du es dir anders überlegst. Wenn du so weit bist, lege ich los.«

»Bin ich.«

Sylvie ist sehr achtsam mit ihrer Untersuchung, es tut nichts weh. Wir unterhalten uns noch ein wenig über diesen Mann, diese Begegnung, dann sagt sie mir, dass sie fertig sei. Die Spirale ist eingesetzt, ich habe nichts gespürt.

»Ab wann bin ich geschützt?«

»Ab sofort.«

»Tatsächlich?«

»Du kannst heute Abend mit ihm ins Bett gehen, wenn du willst.«

»Ich hätte wirklich Lust darauf. Es hat mir so gefehlt.«

»Na, dann nutz die Gelegenheit.«

»So einfach ist das nicht. Er wird wieder abreisen.«

»Na und?«

»Ich will mich emotional nicht zu sehr einlassen. Außerdem ist da noch seine Tochter.«

»Wie ich dich kenne, läufst du vor allem Gefahr, dich auf seine Tochter emotional einzulassen, oder?«

»Ich fürchte, das ist schon passiert. Wenn ich mich dann auch noch mit ihm vergnüge, dann wird mir ihre Abreise doppelt wehtun.«

»Denk nicht zu viel darüber nach. Tu, was dir jetzt gerade richtig erscheint. Du hast Lust auf ihn und er auf dich und ihr habt Gelegenheit? Na, dann los. Hier und jetzt. Und komm wieder, um mir noch mehr zu erzählen, wenn du willst, okay?«

»Aber nicht zwischen zwei Terminen.«

»Nein, aber gern zwischen zwei Tassen Tee.«

7. März 1944, am Vormittag

»Ich schaffe es nie im Leben zu Fuß bis nach Solbach hinauf.«

»Das müssen Sie aber. Oder sehen Sie eine andere Möglichkeit? Haben Sie ein Pferd auf Ihrem Hof?«

»Eigentlich ja. Aber das kommt nicht von allein herunter.«

»Dann gehe ich es holen. Sie warten in der Bahnhofshalle.«

»Es sind gut sechs Kilometer da hinauf, und du kennst das Dorf nicht.«

»Sie können es mir ja beschreiben. Und ich bin jung, ich kann schnell gehen.«

Suzanne beschrieb ihm den Weg zu dem kleinen Hof am oberen Ende des Dorfs und erzählte ihm von dem alten Nachbarn, der versprochen hatte, sich um die Tiere zu kümmern. Sie trug ihm auf, was er diesem sagen solle, damit der ihm glaubte und ihm die Stute aushändigen würde.

»Kannst du reiten?«

»Ja.«

Der Junge konnte es nicht, woher auch, aber es würde schon irgendwie klappen. Keinesfalls würde er jetzt die Waffen strecken.

Als der Zug in Fouday hielt, stellte der Junge sicher, dass Suzanne einen einigermaßen bequemen Platz fand, an dem sie ein paar Stunden ausharren konnte, bis er zum Dorf aufgestiegen war, sich dem Nachbarn vorgestellt hatte und mit dem Pferd zurückgekommen war. Wobei er noch nicht wusste, welche der drei Etappen die schwierigste würde.

Suzanne ergriff seine Hand, um sich noch einmal bei ihm zu bedanken, und setzte sich dann auf die Bank in der Bahnhofshalle, direkt neben den Holzofen. Sie freute sich auf ihr Zuhause, ihr vertrautes Heim, ihre eigenen Kleider, die Tiere, ihr Bett, das Foto von Léon auf dem Kaminsims. Was sie danach tun sollte, wusste sie nicht. Aber zumindest diese wohligen Augenblicke wollte sie erst einmal genießen.

Atemlos und mit roten Wangen betrat der Junge drei Stunden später wieder die Bahnhofshalle. Am meisten hatte ihn der Ritt angestrengt, unkontrolliert und in hohem Tempo bergab, aber er hatte es geschafft.

Er half Suzanne auf das Pferd und wollte es am Zügel führen, doch Suzanne forderte ihn bald auf, sich hinter sie zu setzen. So würden sie schneller vorankommen, und die Stute war kräftig genug, um sie beide zu tragen.

Der Nachbar erwartete sie bereits. Als sie auf den Hof kam, lief er herbei und fing Suzanne auf, die sich vor Erschöpfung und Kummer in seine Arme sinken ließ.

»Robert, Léon hat sich gestellt, damit sie mich freilassen. Womöglich werde ich ihn nie wiedersehen.«

»Was hätte er denn sonst tun sollen? Er konnte doch nicht zulassen, dass sie dir noch länger wehtun.«

»Woher wusste er es?«

»Wenn das Netz gut organisiert ist, weiß man alles.«

»Er hätte es niemals erfahren dürfen. Lieber wäre ich an seiner Stelle gestorben. Er ist viel wichtiger für den Kampf als ich.«

»Red nicht solchen Unsinn. Und das Baby? Was ist damit?«

»Ein Kind ohne Vater?«

»Wer sagt dir denn, dass er nicht wiederkommt? Eines Tages muss der Krieg aufhören.«

»Ja, aber sie werden ihn an die Front schicken, nach Russland.«

»Er wird wiederkommen.«

»Und wenn nicht?«

»Er kommt wieder. Aber du kannst hier nicht bleiben. Es ist zu gefährlich.«

»Und die Tiere?«

»Die Deutschen haben sie beschlagnahmt. Ich muss mich um sie kümmern, mir bleibt nichts anderes übrig. Sonst bringen sie mich ins Lager nach Schirmeck und finden jemand anderen, der sich liebend gern um das Vieh kümmert.«

»Unsere Tiere ...«

»Da ist es doch immer noch besser, ich mache das. Wenn der Krieg vorbei ist, sind die Tiere immer noch da, und ihr könnt hierher zurückkehren.«

»Und wo soll ich hin?«

»Sie wissen, wo du wohnst, und wenn Léon einen Ausbruchsversuch unternimmt oder desertiert, werden sie dich holen. Du musst dich irgendwo verstecken.«

»Aber wo denn? Dann geht jemand anderes ein großes Risiko ein! Niemand wird mich aufnehmen wollen. Noch dazu mit einem Baby. Da ist es leicht, mich zu denunzieren.«

»Dann musst du eben in die Vogesen gehen. Dort wird das Netzwerk eine Lösung für dich finden. Außerdem musst du in Sicherheit sein, wenn das Baby kommt.«

»Und wie komme ich dahin?«

»Wir finden eine Lösung«, schaltete sich der Junge ein.

»Du? Du kannst ja noch kaum deine Schnürsenkel binden!«

»Robert! Er hat schon so viel für mich getan. Er ist viel erwachsener, als du denkst.«

»Trotzdem! Kennt er sich vielleicht in den Vogesen aus?«

»Mein Vater ist Fluchthelfer in La Claquette.«

»Wie heißt er?«

»Raymond.«

»Der Raymond, der die Leute nur gegen gute Bezahlung rüberbringt und sie dann auf halber Strecke ihrem Schicksal überlässt, wenn sie den Zuschlag nicht zahlen können, den er plötzlich verlangt?«

»Ich habe nicht gesagt, dass ich einverstanden bin mit dem, was er macht. Ich schäme mich für ihn. Und ich habe schon Leute bis zu ihrem Ziel weitergeführt, damit sie nicht seinetwegen sterben. Ich kenne sämtliche Wege, die Gefahren, und die Orte, an denen man sich verstecken kann.«

»Und wie viel wirst du von Suzanne dafür verlangen?«

»Gar nichts. Jedenfalls wird sie mit ihrem Bauch sowieso niemanden finden, der sie rüberbringt.«

»Aber du würdest es machen?«

»Ja.«

»Und warum?«

»Weil ich nicht will, dass ihr jetzt noch etwas zustößt.«

»Was denkst du, Suzanne?«

»Hast du eine andere Idee?«

»Er hat schon recht, der Grünschnabel. Es wird nicht leicht sein, jemand anderen zu finden. Meinst du, du kannst so weit laufen?«

»Nach dem, was sie mit mir gemacht haben, ist das eine Kleinigkeit.«

»Weißt du, welche Strecke, Junge?«

»Haben Sie eine Karte von den Bergen?«

»Es muss noch eine da sein.«

»Ich muss mir die Wege genau einprägen, aber ich glaube, wenn wir in Champenay starten, erreichen wir die Grenzmarkierung direkt und umgehen La Chatte Pendue. Aber ich brauche eine Karte.«

»Suzanne, du ruhst dich aus und packst ein paar Sachen ein, so wenig wie möglich. Er muss alles tragen können. Und zieh dir morgen etwas Praktisches an. Am besten eine Hose von Léon. Wir bereiten inzwischen alles für die Reise vor. Wir brechen im Lauf des Tages auf. Ich bringe euch mit dem Pferd bis Champenay. Wir benutzen deinen Bauch als Passierschein. Schließlich musst du ja mal eine Hebamme sehen. Und danach, na ja…«

„Soll ich heute wieder zuschließen?«

Gaëls Ironie ist ganz liebevoll und ohne jeden Vorwurf. Wenn er sich beklagt, ist das wie eine zärtliche Geste. Und wenn ich ihn wirklich gebeten hätte, heute noch einmal abzuschließen, hätte er mir mit gespielter Entrüstung zugerufen, dass ich jetzt aber wirklich den Bogen überspanne. Und hätte es natürlich trotzdem übernommen. Er ist einfach ein herzensguter Kerl.

Mir gegenüber ist er nett und hilfsbereit wie immer, aber ich spüre trotzdem, dass er seit geraumer Zeit melancholisch ist. So etwas kenne ich von ihm nicht und ich habe den Eindruck, nicht richtig für ihn da zu sein wegen meines seit einer Woche etwas aus den Fugen geratenen Alltags. Gaël fehlt mir im Nu, dazu braucht es nicht viel. Und wenn ich umgekehrt das Gefühl habe, dass etwas nicht stimmt, beschleicht mich sofort die Furcht, dass ich ihm fehle, dass ich nicht da bin, wenn er mich braucht.

»Nein, heute habe ich nach Schulschluss nichts vor, wir können gern gemeinsam abschließen und uns Zeit lassen. Ich bin mir sicher, dass du was zu erzählen hast.«

»Ich bin wohl ein offenes Buch für dich, was?«

»Und ich glaube, ein paar Seiten haben ein Eselsohr.«

»Das sind die, die ich rausreißen muss. Mit dem Eselsohr finde ich sie leichter, wenn es so weit ist. Das geht schneller. Es tut mehr weh, dafür aber nicht so lang.«

»Ich habe so eine Ahnung, dass es heute dauern könnte mit dem Abschließen.«

»Hast du deinen Schlafsack dabei?«

»Auf mich wartet zu Hause niemand.«

»Sicher?«

»Vielleicht hofft jemand, dass ich komme, aber erwartet werde ich nicht.«

»Ich dagegen schon. Geneviève macht sich sonst Sorgen. Wo sie doch eh schon...«

»Wo sie doch eh schon wegen deiner Eselsohrseiten beunruhigt ist?«

»Obwohl ich sie vertusche.«

»Genau das sieht man als Allererstes, das solltest du wissen.«

Der Tag war angenehm, die Kinder recht ruhig. Im Juni sind sie sowohl müde vom Schuljahr als auch mit dem Kopf schon in den großen Ferien. Dabei haben wir laut Lehrplan noch einiges an Stoff vor uns. Und so ist mein freier Mittwoch bereits mit Korrekturen, Vorbereitungen für die zweite Wochenhälfte und obendrein den Zeugnissen verplant. Da ist noch allerhand zu tun.

Anna-Nina zuzuschauen ist eine Freude. Sie ist aufgeweckt, interessiert, neugierig, solidarisch und großzügig. Die anderen

Kinder haben sie schneller in ihrer Gemeinschaft aufgenommen, als ich gehofft hatte. Sie stellen keine Fragen ihretwegen, haben keine Vorbehalte, es ist ihnen egal, wo sie herkommt oder warum sie jetzt hier ist oder wann sie wieder geht. Sie sind im Hier und Jetzt, und sie haben so recht damit.

Während ich beobachte, mit welch unerwarteter Entspanntheit sich dieser Schultag entfaltet, frage ich mich auf einmal, wie sie je in die Enge des Wohnwagens zurückkehren soll, auch wenn die beiden darin eine enorme Freiheit genießen. Mir scheint, ich habe ihren Vater mit einer Faktenlage konfrontiert, auf die er nicht vorbereitet war. Aber wenn ich sehe, wie die Kleine hier aufblüht, sage ich mir, dass es so kommen musste. Man kann die Welt nicht retten, aber manchmal kann man jemanden vor seinem Schicksal bewahren, wenn man spürt, dass da etwas schiefläuft.

»Wer sagt dir denn, dass etwas schieflief bei diesem Kind?«

»Du musst mir nicht ständig widersprechen, Gaël.«

»Trotzdem. Wer sagt dir, dass nicht trotzdem alles gut für sie gelaufen wäre und dass sie sich sowieso wunderbar entwickelt hätte? Mal ganz abgesehen davon, dass sie ja immer noch in einer Woche abfahren können und du sie vielleicht nie wiedersiehst?«

»Stimmt.«

»Und dann wirst du leiden!«

»Wie soll man da nicht leiden, wenn man jemandem die Hand hinstreckt und er sie absichtlich loslässt.«

»Du kannst auch jemandem die Hand hinstrecken, ohne

gleich zu klammern. Und wenn du jemandem die Hand hinstreckst, um ihn aus dem Wasser zu ziehen, dann kann er sie ja loslassen, sobald er festen Boden spürt, oder?«

»Das kommt darauf an, wo für sie das Ufer ist.«

»Vielleicht ist das einfach bloß der reparierte Wohnwagen. Das bist nicht notwendigerweise du oder die Schule.«

»Und du? Wo bist du gerade? Am Ufer? Im Wasser?«

»Im Treibsand. Ich habe zwar Masse, aber ich versinke trotzdem.«

»Willst du meine andere Hand? Nagelneu, kaum gebraucht.«

»Ich will vor allem nicht mehr leiden.«

»Und warum leidest du?«

»Weil sie sich zurückzieht, ohne es mir zu erklären. Ich weiß nicht, womit ich das ausgelöst habe. Aber ich fühle mich zurückgewiesen.«

»Vielleicht ist eure Beziehung ja nicht so einfach für sie?«

»Das ist sie für mich auch nicht. Aber ich bekomme es hin.«

»Und wenn sie es nicht hinbekommt?«

»Vorher hat sie es hinbekommen.«

»Und wenn sie jetzt nicht mehr will?«

»Dann soll sie es mir sagen!«

»Vielleicht will sie dir nicht wehtun...«

»Aber dieses Schweigen tut noch viel mehr weh.«

»Weißt du, manche Menschen haben dieses Verhaltensmuster seit ihrer Kindheit nicht verändert: Sie glauben, wenn sie sich hinter ihrem Joghurtbecher verstecken und so tun, als würden sie niemanden sehen, dass sie dann unsichtbar seien.«

»Das ist ziemlich dumm für einen Erwachsenen, vor allem, wenn man merkt, dass jemand darunter leidet.«

»Das sieht man ja nicht! Man hat sich hinter seinem Joghurtbecher verkrochen! Gib acht auf dich! Geh auf Distanz!«

»Es tut schon weh, wenn ich mir bloß vorstelle, dass ich sie nicht mehr sehe.«

»Es zieht und zerrt an einem, aber es zerreißt einen nicht. Du hast doch deine Frau. Wende dich wieder ihr zu.«

»Das versuche ich ja, und ich liebe sie auch und will ihr auf keinen Fall Kummer bereiten. Aber es kommt mir vor, als ob da ein schwarzes Loch in meinem Inneren wäre, das alles in sich hineinzieht.«

»Ganz schwarz ist es selten. Wenn sich die Augen mal an die Dunkelheit gewöhnt haben, kann man meist ein paar Schemen ausmachen.«

»Wahrscheinlich würdest du mir am liebsten einen Tritt in den Hintern geben, oder? Dieser Bär von einem Mann, der wie ein Idiot einem Mädchen nachweint.«

»Zugegeben, ich hätte Lust. Aber ich kann dich schon verstehen, sonst wäre ich doch nicht deine beste Freundin. Und wenn dir die Sensibilität fehlen würde, dann wäre die ganze Männlichkeit nicht viel wert.«

Es folgt eine lange Umarmung. Anscheinend brauchen die Oxytocin-Rezeptoren zwanzig Sekunden Zeit, bis sie zu funktionieren anfangen und das Wohlfühlhormon ausschütten. Wir haben großzügig gerechnet, um es auf keinen Fall zu verpassen. Ich und Gaël, wir können uns minutenlang umarmen, ohne dass irgendwas daran seltsam wäre oder wir dessen müde würden. Ich habe ein paar unterdrückte Schluchzer gespürt. Es ist wichtig, dass die rauskommen. Ich hatte ihm gesagt, dass meine Schulter ihm jederzeit zur Verfügung stehe, aber dass er sie schon so bald brauchen würde, habe ich nicht gedacht. Aber wenn man sich zu schnell verliebt, zu hoch fliegt, dann hat man auch viel Schwung, um ins Leere zu fallen und umso härter aufzuschlagen. So ist das.

Anna-Nina ist noch für ein Stündchen mit zu Charlotte gegangen. Nachdem wir die Schule abgeschlossen haben und ich einen letzten – vergeblichen – Versuch gestartet habe, meinen Kollegen mit dem butterweichen gebrochenen Herzen zu trösten, hole ich sie dort ab.

Als wir auf dem Hof ankommen, sehen wir ihren Vater, der, beladen mit einem Turm von Kissen, Decken und Laken, zum Wohnwagen geht, der inzwischen einen Platz hinten im Hof, im Schatten der Platane, gefunden hat.

»Fahren wir ab?«, fragt mich Anna-Nina mit plötzlicher Unruhe.

»Ich denke nicht, er hätte mir doch sonst was gesagt.«

»Warum bringt er dann die Sachen in den Wohnwagen?«

»Vielleicht, damit sie im Haus nicht im Weg sind. Anscheinend ist er mit den Reparaturen fertig. Aber fragen wir ihn doch, dann wissen wir mehr, findest du nicht?«

Die Kleine wartet kaum ab, bis ich das Auto abgestellt habe, springt heraus und rennt zu ihrem Vater. Der kommt gerade wieder mit leeren Händen aus dem Wohnwagen und nimmt sie in die Arme. Sie drücken sich kurz, doch Anna-Nina macht sich rasch wieder los, um ihm die Frage zu stellen, die sie quält. Ich sehe, wie die beiden sich eine Weile unterhalten, dann rennt Anna-Nina nach hinten in den Garten.

»Fahren Sie ab?«

»Nein, ich habe nur den Wohnwagen umgeräumt.«

»Warum ist sie weinend weggelaufen?«

»Ich habe ihr gesagt, dass wir wieder darin schlafen werden, weil jetzt alles repariert ist. Dann haben wir wieder unsere Freiheit, und Sie auch.«

»Sie stören mich wirklich kein bisschen im Haus.«

»Trotzdem.«

»Vielleicht lassen Sie ihr ein wenig Übergangszeit?«

»Ich möchte jedenfalls gern mein Bett wiederhaben.«

»Das eine hat ja mit dem anderen nichts zu tun. Lassen sie ihr doch das Zimmer im Haus, und Sie schlafen wieder im Wohnwagen.«

»Und wer passt dann auf sie auf?«

»Sie enttäuschen mich, Éric. Ich schlafe im Zimmer gegenüber. Vielleicht fragen Sie sich ja in Wirklichkeit, wer auf Sie aufpasst?«

»Überhaupt nicht. Ich bin schon ein großer Junge.«

»Verbleiben wir also so?«

»Seit ich hier bin, habe ich ständig den Eindruck, dass über meinen Kopf hinweg entschieden wird. Ständig stellen Sie mich vor vollendete Tatsachen.«

»Aber nein, natürlich entscheiden Sie selbst!«

»Schon, aber Ihre Vorschläge sind für Anna-Nina alle so verlockend, dass sie die natürlich vorzieht! Das wird allmählich ärgerlich.«

»Aber für Anna-Nina ist es vielleicht so am besten?«

»Wollen Sie andeuten, dass ich mich nicht angemessen um meine Tochter kümmere?«

»Aber nein, ich deute gar nichts an. Ich mache Vorschläge, ich mache mir einfach Gedanken, was der Kleinen gefallen könnte. Sie können ja nicht leugnen, dass sie sich wohlfühlt.«

»Nein, kann ich nicht. Und ebendeshalb bleibt mir keine Wahl. Wenn ich von ihr verlange, wieder im Wohnwagen zu schlafen, dann bin ich der böse Papa, der schlechte Entscheidungen für seine Tochter trifft.«

»Das hier ist einfach alles ganz neu für sie. Es wird sich schon wieder legen, meinen Sie nicht?«

»Keine Ahnung. Ich sage ihr, dass sie das Zimmer behalten kann und ich allein im Wohnwagen schlafen werde.«

Beim Abendessen war die Stimmung gedämpft. Anna-Nina traute sich nicht, ihrer Freude freien Lauf zu lassen, und ihr Vater hatte offenbar an der Situation genauso schwer zu kauen wie an seinem Steak.

Ich verstehe nicht, wieso er wieder in den Wohnwagen ziehen will. Er hat es doch gut im Haus, und es ist ja genug Platz. Vielleicht will er mir signalisieren, dass sein Aufenthalt hier begrenzt ist?

Ich beschließe, noch einmal dasselbe Risiko einzugehen wie

am Samstagabend, um ihm zu zeigen, dass es zumindest einen Vorteil hat, wenn er allein im Wohnwagen schläft. Wenn er mich beim ersten Mal nicht weggeschickt hat, dann ja vielleicht heute auch nicht. Obendrein bin ich diesmal geschützt. Und ich möchte die Atmosphäre zwischen uns entspannen.

Ich stelle sicher, dass Anna-Nina fest schläft, indem ich noch einmal die Decke um sie feststecke. Sie hat sich ganz dem Schlaf ergeben. Ich lasse Croquette auf dem Läufer vor der Zimmertür als Leibwache zurück und schließe die Haustür von außen ab. Bei Gustave brennt noch Licht. Hoffentlich schaut er gerade nicht aus dem Fenster. Ich habe kein Interesse daran, dass er weiß, wie ich meine Nächte verbringe.

Dann klopfe ich an das Fenster der kleinen Wohnwagentür. Das Innere ist nur von zwei Kerzen erhellt. Éric öffnet mir und lässt sich keinerlei Gefühlsregung anmerken. Er lässt mich eintreten und an sich vorbeigehen und vermeidet beinahe meinen Blick. Es scheint fast, als ob wir den Moment der Lust mit Worten nur zerstören würden. Und er weiß genau, dass es darum geht, sonst hätte er etwas gesagt. So fragt er nur kurz: »Anna-Nina?«

»Sie schläft. Croquette hält vor ihrer Tür Wache.« Ich gehe ein paar Schritte in den Wohnwagen hinein, durch den kleinen Küchenraum hindurch, aber nicht allzu weit. Ich scheue mich ein bisschen, weiterzugehen. Als ich mich zu ihm umdrehe – ich spüre ihn direkt hinter mir –, bleibt mir nicht einmal Zeit, seinen Blick zu suchen. Er hat bereits die Hände um mein Gesicht gelegt und drückt seine Lippen auf meine. Am Samstag haben wir uns nicht geküsst. Heute möchte er das also gleich als Erstes nachholen. Seine Zunge begegnet meiner und spielt mit ihr, in allen Richtungen. Er presst sich an mich und ich spüre durch seine leichte Hose hindurch, dass er bereits Lust hat. Mein Schoß reagiert ebenfalls und meine Brustwarze versteift sich unter der Berührung seiner Finger. Er schiebt die Hand unter mein Shirt, lässt sie nach oben gleiten und umfasst meine Brust, meine kleine Brust, die kaum seine große Hand füllt. Seine zweite Hand macht dasselbe und legte sich um meine andere, bereits steife Brustwarze. Seine Handballen sind rau von der Arbeit – der Wohnwagen, die Pferde, das Leben in der Natur bei jedem Wetter. Die Essenz seiner Geschichte lässt sich an seinen Händen ablesen. Aus den Linien seiner Hand sind Frontlinien geworden und aus der Zartheit der Handflächen wurde ein Schlachtfeld. Sie sind rau, aber voller Leben, und jede noch so zarte Liebkosung lässt mich vor Erregung erschauern. Noch immer küsst er mich wild. Er sagte, dass es ihm gut gehe ohne Frau. Aber mit einer Frau geht es ihm offenbar auch nicht schlecht. Allerdings bin ich nicht hier, um ihm irgendetwas zu beweisen. Im Gegenteil, ich will ganz egoistisch seinen Körper genießen und auch mein Vergnügen haben. Aber ihn so außer sich zu erleben, so besessen, das erregt mich erst recht. Er manövriert mich nach hinten, zum Bett. Ich spüre seine Hände unter meinen leichten Rock gleiten und ganz sacht an meinen Schenkeln entlang nach oben streichen. Verwirrung der Sinne. Nach diesem ungestümen Beginn bevorzugt er nun plötzlich die Langsamkeit. Es kommt unerwartet und ist kaum auszuhalten. Am liebsten hätte ich ihn schon in mir gespürt, aber ich weiß, dass ich mich noch gedulden muss. So überlasse ich mich ganz und schließe die Augen. Er verhakt seine kleinen Finger in meinem Slip und zieht ihn mir herunter, genauso langsam, wie er sich eben dorthin vorgearbeitet hat. Dann bückt er sich, während er ihn vollends herunterzieht und zu Boden gleiten lässt. Seine Lippen wandern an meinem Bein empor. Ich spüre seine Zunge feucht an meinem Schenkel. Seine Hände kneten meine Pobacken und bringen sie mir ins Bewusstsein, als ob sie vorher noch nie existiert hätten. Ich stehe immer noch, meine Beine sind gefangen in seinen Armen. Ich möchte sie öffnen, damit er mich woanders als an den Schenkeln leckt, aber ich kann nicht. Er entscheidet, er führt diesen Tanz. Dann berührt er meine Klitoris und saugt ein paar Sekunden daran. Ich schwanke. Ich kann meinen Beinen nicht mehr trauen. Anscheinend merkt er es, denn er wirft mich aufs Bett, mitten in einen Berg weicher Kissen, während er auf dem Boden bleibt, meine Beine anhebt und mir die Schenkel öffnet. Endlich.

Und dann betrachtet er mich, betrachtet meinen entblößten Schoß im Schein der Kerze, die etwas entfernt auf dem Tisch steht. Betrachtet mich, während seine Hand näher kommt und sich sanft darauflegt. Ich halte es kaum aus vor Lust. Sein Gesicht kommt näher und pustet ganz leicht auf mich, während er mit Daumen und Zeigefinger meine Schamlippen öffnet. Die Kühle ist köstlich. Er taucht einen Finger in mich hinein, wie in einen Honigtopf, um zu kosten. Er kostet mich. Und tut es noch einmal. Ich kralle mich an den Kissen fest. Ich will, dass er sich weiter vorwagt, aber er bleibt außen. Diese qualvolle Langsamkeit steigert meine Lust ins Unerträgliche. Mit dem Daumen streichelt er meinen sensibelsten Punkt, während sein Zeigefinger sich in das feuchte Dunkel wagt. Ich stöhne, lechze nach mehr. Mein Körper zieht ihn förmlich in sich hinein, fleht ihn an, tiefer zu gehen, doch er zieht sich erneut zurück. Ich winde mich, aber er kommt nicht gleich wieder. Er lässt einige Augenblicke genüsslich verstreichen, nur mit seinem Daumen auf meiner Klitoris, die er liebkost. Ich spreize die Schenkel noch ein wenig mehr, um ihm zu signalisieren, dass er kommen soll. Stattdessen spüre ich seine Zunge. Zart und fest lässt er sie alles erkunden, mit einer köstlichen Leichtigkeit. Die Federfolter. Eine so genüssliche Folter, dass ich das Gefühl habe, mich ihm entgegenzustrecken, weil ich unbedingt will, dass er endlich die Zurückhaltung aufgibt und mich ganz in den Mund nimmt. Doch dann entscheidet er sich anders, ist mit einer raschen Bewegung plötzlich über mir und wartet darauf, mit seiner harten Männlichkeit in mich einzudringen. Er schaut mich an. Als würde er auf das Zeichen warten. Zum Teufel, ich würde ihm alles versprechen, damit er es endlich tut. Er lässt mich zappeln, und ich halte es kaum noch aus. Wenn er in mir ist, wird es schnell gehen, das weiß ich. Ich bin kurz vor dem Orgasmus, kann es kaum noch erwarten, dass er mich dorthin bringt. Er packt meine rechte Hand und fixiert sie mir über dem Kopf. Die Hand, mit der ich mich sonst zum Höhepunkt bringe. Darum wird er sich kümmern. Diesmal führt er die Regie, und zwar ganz und gar. Schließlich dringt er in mich ein, während er mich liebkost.

Mit Wucht und in seiner ganzen Länge. Er bewegt sich in schnellem Rhythmus und lässt mir keine Pause. Sein rascher Atem erregt und führt mich. Unser Stöhnen kommt gleichzeitig, ein paar Sekunden sind wir außerhalb der Zeit, jeder bei sich, aber miteinander, wie zwei Seifenblasen, die gleichzeitig zerplatzen und ihre Tropfen der Lust miteinander vermischen, bevor sie verlöschen und spurlos verschwinden.

Nur ein gemeinsamer Seufzer.

Und dann trennen wir uns ohne ein Wort, ohne einen Laut. Nur eine zarte Geste der Finger, die sich Auf Wiedersehen sagen.

Sie ist gegangen, wie sie gekommen ist: ohne ein Wort. Nur ihr Körper und ihre Lust.

Es fällt mir schwer, das alles auf die Reihe zu bekommen – die zwei Gesichter, die wir zeigen, am helllichten Tag und in diesen nächtlichen Begegnungen. Aber wie könnte ich diesen gestohlenen Momenten widerstehen? Wenn ich sie zurückweise, muss ich abfahren. Es würde nicht zusammenpassen, ihre Avancen abzulehnen und tagsüber so zu tun, als wäre nichts gewesen. Aber wenn ich fahre, nehme ich Anna-Nina mit und mache sie unglücklich. Ich war nicht darauf vorbereitet, dass meine Tochter so schnell all das erlebt, was sie gerade erlebt, und daran Gefallen findet.

Und letztlich hat es mir ja auch gefallen, Ja zu Valentine zu sagen.

Die Kerze auf dem Küchentisch brennt noch. Ich nehme mein Tagebuch und den Füllfederhalter und setze mich, nur in der Unterhose, auf den kleinen Holzstuhl. Es ist heiß im Wohnwagen, trotz der offenen Fenster und der frischen Abendluft hier in den Bergen. Ich glaube, die Hitze kommt aus meinem Innersten.

Geliebte Hélène,

mein Gewissen plagt mich, weil ich mich so wohlfühle in diesen Augenblicken. Ich konnte nicht Nein sagen. Mein Körper war stärker als mein Kopf. Dabei will ich nicht zum Sklaven meines Begehrens werden. Ich hatte das Gefühl, dich zu vergessen, dich zu verraten. Kaum ist sie gegangen, kommst du mir wieder in den Sinn, und dann leide ich, weil du diejenige bist, die gegangen ist. Mit dir sollte ich diese Lust erleben, die meinen Leib entfacht und mir das Rückgrat hinunterrinnt. Aber ich erlebe es mit ihr, mit dieser Frau, die ich nicht einmal richtig kenne.

Und nun schnappt die Falle zu, die sie mir gestellt hat, und ich weiß nicht, ob ich da noch einmal herauskomme, oder darin gefangen bleibe und leide, weil ich meine Freiheit verloren habe. Ich bin froh, wieder im Wohnwagen zu sein, aber traurig darüber, Anna-Nina drüben im Haus gelassen zu haben. Aber wenn sie es sich wünscht ... Ich werde das Gefühl nicht los, dass ich sie verliere. Dass sie in die entgegengesetzte Richtung geht und sich von meiner Umklammerung befreit.

Du fehlst mir, Hélène, du fehlst mir so. Und dein Körper auch. Alles an dir fehlt mir.

8. März 1944

Am Vorabend hatten der junge und der alte Mann beschlossen, dass es ratsam sei, sehr früh aufzubrechen. Je eher Suzanne aus der Gefahrenzone war, desto besser, und angesichts ihres Zustands würden sie nicht allzu rasch vorankommen. Für den Fall, dass ihr ungewöhnliches Trio irgendwo angehalten würde, hatten sie sich eine Geschichte zurechtgelegt: Robert würde sich als Suzannes Vater ausgeben und sagen, dass er sie für die letzten Tage der Schwangerschaft zu einer Tante nach Champenay bringen wolle; ihr jüngerer Bruder sollte sie begleiten und sich dort um sie kümmern und der Tante bei der täglichen Arbeit zur Hand gehen. Das würde auch das Gepäck erklären, das sie in einem Beutel bei sich hatten. In diesen Zeiten der Besatzung galt nämlich jeglicher Ortswechsel, noch dazu mit größerem Gepäck, als verdächtig. Suzannes Bauch war zwar ein Hemmschuh für die Reise, andererseits aber auch ein Alibi, zumindest bis zum letzten Dorf auf ihrer Route. Im Wald würde es sehr viel schwieriger werden, eine plausible Erklärung zu finden. Für den Weg über die Grenze und bis zu den ersten Dörfern in den Vogesen hatten sie mehrere Tage veranschlagt, in denen sie im

Freien übernachten und ein Mindestmaß an Verpflegung dabeihaben mussten.

Es war ein großes Risiko, aber was blieb ihnen anderes übrig?

So nahmen sie noch vor Tagesanbruch ein sättigendes Frühstück ein, während Robert die beiden auf dem Bauernhof verbliebenen Pferde sattelte. Er musste sich beeilen, um die Ziegen nicht zu lang allein zu lassen. Das Vieh hatte er bereits gemolken, war dafür zwei Stunden vorher aufgestanden, damit es bis zu seiner voraussichtlichen Rückkehr am späten Vormittag nicht unruhig wurde.

Der Himmel war bedeckt und die Kälte ging ihnen durch und durch. Suzanne hatte so viele Kleiderschichten übereinandergezogen, wie sie konnte. So war ihr wärmer und obendrein entlastete dies den sowieso schon schweren Beutel mit ihrem Gepäck. Sie hatte es nicht lassen können, ein paar Gegenstände einzupacken, die sie an Léon erinnerten. Ein Foto, das sie im Futter ihres Mantels versteckte, das wenige Geld, das sie besaß, ein bisschen Schmuck sowie die kleine Holzschatulle, die er ihr gemacht hatte, versehen mit seinem Heiratsantrag.

Als sie sich ein letztes Mal nach ihrem Haus umdrehte, war ihr schwer ums Herz und der Magen wie zugeschnürt. Sie war sich bewusst, was sie alles zurückließ, und hatte keine Ahnung, was sie erwartete.

Aber sie hatte keine Wahl.

Der Ritt bergab war gefährlich. In der Nacht hatte es erneut geschneit, und an einigen dem Wind ausgesetzten Stellen hatten sich Schneeverwehungen gebildet, durch die sich die Pferde mühsam hindurcharbeiten mussten. Der Junge saß hinter Suzanne wie ein Schutzwall. In Wirklichkeit war es jedoch sie, die ihm Sicherheit gab. Selbst schwanger saß sie sicher im Sattel. Allerdings fiel es ihr wegen ihres Bauchs schwer, sich nach hinten zu lehnen, um das Gewicht besser zu verteilen und dem Pferd dadurch die Arbeit zu erleichtern, und der Junge strengte sich maßlos an, mit seiner Körperkraft gegenzuhalten, damit sie sich anlehnen konnte. Robert ritt voraus, spurte den Weg, und drehte sich immer wieder um, um zu sehen, ob die beiden zurechtkamen.

Die drei, mit dem Pferd.

Die vier, mit dem Baby.

Er schlug wenig begangene Wege ein, manchmal auch quer durch den Wald, um nicht gesehen zu werden. Es war schwer, etwas geheim zu halten. Und dann wurde geredet, oft böswillig, und sei es, um die eigene Haut zu retten. Aber an diesem Tag galt es, Suzannes Haut zu retten. Und die ihres Kindes, nachdem schon Léons Schicksal so gut wie besiegelt war. Robert wusste, wie unwahrscheinlich es war, heil aus der Kommandantur herauszukommen, erst recht für einen Widerstandskämpfer. Er sagte sich, dass Suzanne schon Glück gehabt hatte, dass sie nicht seiner sofortigen Hinrichtung hatte beiwohnen müssen. Vermutlich hatten sie ihn nur verschont, weil sie Leute für die Front brauchten, Kanonenfutter. Er würde an die russische Front geschickt, in vorderster Linie, mit einer minimalen Überlebenschance.

Aber wie sollte er Suzanne das beibringen? In ihr wuchs ein

neues Leben und sie brauchte Hoffnung, um es schützen zu können. Hoffnung und Sicherheit. Und nicht jemanden, der ihr sagte, dass sie ihren Mann vermutlich nie wiedersehen würde.

Wenn er daran dachte, ballte sich alles in ihm zusammen. Was für eine Schweinerei war doch der Krieg, der die Hoffnungen der Menschen rücksichtslos zerstörte.

Am schlimmsten war der Moment, als er die beiden zu Fuß weiterziehen lassen musste, während er selbst zu Pferd und ein weiteres am Zügel führend nach Hause zurückkehrte: seine junge Nachbarin ziehen zu lassen, die ihm ans Herz gewachsen war, ohne zu wissen, ob er sie je wiedersehen würde. Womöglich würde sie da oben in den Bergen von einem Grenzposten einfach niedergeschossen, weil sie der Aufforderung, stehen zu bleiben, nicht Folge leistete? Wer konnte das schon sagen? Und wie sollte er da ruhig schlafen? Aber er war ja nicht der Einzige, der um den Schlaf ringen musste, ohne irgendetwas über das Schicksal seiner Angehörigen zu wissen. Schlafen, während einem die Angst in den Eingeweiden saß vom endlosen Warten. Schlafen, trotz der Wut im Bauch, trotz des Zorns, trotz der Ungerechtigkeit.

Dann schlummerte man vor purer Erschöpfung ein. Der Körper konnte nicht mehr. Aber am nächsten Morgen kam einem alles wieder in den Sinn und verlieh dem Erwachen einen bitteren Beigeschmack.

Den bitteren Beigeschmack des Lebens.

Er würde es über das Netzwerk erfahren.

Aber dann wäre es vermutlich zu spät.

Wie jeden Morgen ist mein erster Reflex beim Aufwachen, auf Anna-Ninas Atem zu lauschen. Es dauert ein paar Augenblicke, bis mir klar wird, dass ich allein im Wohnwagen bin, weil sie drüben im Haus in dem neuen Bett schläft, in dem neuen Zimmer, welches sie in nur ein paar Tagen zu ihrem eigenen gemacht hat.

Anstatt mich im Bett zu wälzen und Trübsal zu blasen, beschließe ich, rasch aufzustehen, um auf andere Gedanken zu kommen.

Ich schalte mein Telefon an, das über Nacht in der Ladestation war. Es zeigt eine Sprachnachricht von meinen Eltern an. Das kommt selten vor. So selten, dass es etwas Ernstes sein muss. Normalerweise rufe ich sie an, so hat sich das im Lauf der Jahre zwischen uns eingespielt. Ich ziehe mir ein T-Shirt über gegen die frühmorgendliche Frische, die durch die offenen Fenster hereindringt, und höre die Nachricht ab.

Danach sitze ich auf der Bettkante und überlege, wie ich es anstellen soll, Anna-Nina zum Abreisen zu bewegen, denn abreisen muss ich jetzt. Es war klar, dass das irgendwann passieren würde.

Es ist noch zu früh, um die Kleine zu wecken. Ich schlüpfe in meine Joggingschuhe und gehe eine Runde laufen. Das habe ich seit ewigen Zeiten nicht mehr gemacht. Eigentlich laufe ich nur, wenn ich bei meinen Eltern oder bei Freunden zu Besuch bin, die dann auf Anna-Nina aufpassen können. Heute brauche ich das Laufen, um all das loszuwerden, was ich seit Tagen mit mir herumschleppe. Oder vielleicht auch seit Jahren. Laufen, um zu vergessen. Oder um all das, was da in meinem Inneren gärt, durchzuschütteln, in der Hoffnung, dass es sich vielleicht ganz von selbst neu sortiert.

Schön wär's!

Eine Stunde später komme ich ausgepowert, entspannt und schweißtriefend wieder zurück. Ich hole mir ein paar Sachen aus dem Wohnwagen, trinke ein Glas Wasser und gehe ins Haus, um zu duschen. Und um ihnen die Situation zu erklären.

Sie sitzen beim Frühstück – schweigend. Anna-Nina hatte einen Albtraum und ist davon aufgewacht. Ihre Augen sind noch feucht und ihr Blick ist verschleiert. Vielleicht ist es ja doch ganz gut, dass wir normalerweise so nah beieinander schlafen. Ich gebe ihr einen Kuss auf die Wange, mit spitzen Lippen, um ihre zarte Haut nicht mit meinem Schweiß und meinen negativen Gefühlen zu beschmutzen. Sie erzählt mir von ihrem Traum. Ich verspreche ihr, dass ich den indianischen Traumfänger über ihrem Bett aufhängen werde, den wir zusammen aus Fäden und Federn gebastelt haben, nachdem wir im Wald auf die Überreste eines tierischen Gemetzels gestoßen waren.

Dann gebe ich mir einen Ruck.

»Ich habe leider schlechte Nachrichten. Meine Eltern haben angerufen. Der Gesundheitszustand meines Großvaters hat sich sehr verschlechtert, er hat Prostatakrebs. Vermutlich geht es jetzt zu Ende. Meine Eltern bitten mich zu kommen und es eilt. Mein Großvater liebt mich sehr und würde mich gern ein letztes Mal sehen.«

»Ist er in Paris?«

»Ja.«

»Muss ich mitkommen?«, fragt mich meine Tochter. Ihre Unruhe ist nicht zu überhören.

»Ich weiß nicht, mein Schatz. Am liebsten würde ich dir die Wahl lassen. Du kennst deinen Uropa ja kaum, und der Besuch wird sehr traurig sein. Aber ich weiß nicht, wie wir es sonst machen sollen.«

»Lassen Sie Anna-Nina bei mir. Ich kann mich um sie kümmern, während Sie weg sind.«

»Bitte sag Ja, Papa, sag Ja! Ich will doch die Schule nicht verpassen!«

»Es könnte aber ein paar Tage dauern. Ich weiß nicht, wann ich zurück sein werde.«

»Ich habe nicht vor, wegzufahren.«

»Bitte sag Ja, Papa.«

Gustave kommt mit zwei Eiern in der Hand herein. Anna-Nina springt sofort auf, schmiegt sich an ihn und verkündet stolz, dass sie ein paar Tage allein bei uns bleiben wird. Der Alte sieht uns fragend an, während er die Hände in die Höhe hält, um die Eier vor einer Kollision mit einem überschwänglichen kleinen Mädchen zu schützen. Ich werde ihm nach dem Duschen alles erklären, falls Valentine das bis dahin nicht schon erledigt hat.

Hat sie garantiert.

Ich habe nicht mal Danke gesagt.

Ich bleibe eine Weile mit geschlossenen Augen unter dem warmen Wasserstrahl der Dusche stehen und lasse mir den klebrigen Schweiß von der Haut spülen. Ich fühle mich allein, unglaublich allein. Vielleicht ist es das erste Mal überhaupt, dass mir meine Einsamkeit bewusst wird. Vorher gab es Hélène, dann die Kleine. Jeden Tag, jede Nacht. Jede einzelne Sekunde lang.

Heute kommt es mir vor, als ob sie sich von ihrer Basis löst. Sie kann ohne mich leben, und die Erkenntnis durchbohrt mich mit einem sengenden Gefühl der Ohnmacht, Hilflosigkeit, Nutzlosigkeit. Vielleicht hätte ich mir ja doch gewünscht, dass sie mitkommt, sie hätte ihre Großeltern gesehen, auch wenn der Zeitpunkt gerade äußerst ungünstig ist.

Aber es soll nicht sein.

Ich bemühe mich, nur an das Wohlergehen meiner Tochter zu denken, an ihre Ausgeglichenheit, an das, was sie braucht, und nicht an den Rest. Nicht an mich und meine Ohnmacht, meine Hilflosigkeit, meine Nutzlosigkeit.

Bloß an nichts denken, nur an das Hier und Jetzt, unter diesem Wasser, das über mich hinwegrinnt wie über einen leblosen Felsen.

Es ist ja nicht so, dass ich mich freuen würde, dass er wegfährt. Aber die Tatsache, dass er mir Anna-Nina anvertraut, macht mich glücklich. Er hat seine Eltern angerufen, und es scheint sehr kritisch zu sein. Ich habe ihm angeboten, ihn zum Bahnhof Fouday zu fahren, gleich nach dem Mittagessen, dann könnte er den TGV nach Straßburg nehmen und noch heute Abend in Paris sein. Aber er will lieber erst morgen früh fahren. Ich glaube, er muss sich innerlich noch wappnen – nicht dafür, seinem sterbenden Großvater zu begegnen, das ist nun mal der Lauf der Dinge, sondern dafür, sich von seiner Tochter zu trennen.

Auch gut. Ich warte.

Verstehen kann ich es ja. Es muss schwer sein, sie nach sieben Jahren ständigen Zusammenseins allein zu lassen. Sieben Jahre, in denen sie alles gemeinsam gemacht haben, spazieren gehen, basteln, spielen, sich ausruhen, lesen, sich umarmen, sich noch mal umarmen.

Es ist Abend geworden. Er kommt von oben herunter und sagt

mir, dass sie schläft. Er ist bei ihr geblieben, bis sie eingeschlafen war, um das Zusammensein mit ihr noch voll auszukosten. Morgen fahren wir ganz früh los, während sie noch schläft. Gustave wird sich unten aufs Sofa legen, bis ich wieder zurück bin. Um sechs Uhr morgens schläft er sowieso nicht mehr, sein Rhythmus entspricht dem unserer Hühner.

Éric verkündet, dass er sich ebenfalls gleich hinlegen will, weil er von diesem ereignisreichen Tag müde ist. Also kein Gute-Nacht-Tee heute. Kein Gespräch. Keine Liebesnacht. Nur ein klammes Vaterherz beim Abschied.

Es ist erst neun, und so setze ich mich an meine Arbeit: die Korrekturen von heute, die Vorbereitungen für morgen und Freitag, und falls ich danach noch den Elan habe, fange ich mit den Zeugnissen an.

Zuerst mache ich mir einen Tee und richte mir ein paar Stückchen Schokolade und etwas Trockenobst her, um für die Spätschicht gewappnet zu sein. Dann schicke ich Gaël eine SMS als gegenseitige Motivationshilfe. Ich weiß, dass er immer abends arbeitet, vor allem am Mittwoch.

»Wie geht's?«

»Treibsand. Arbeit als letzte Rettung. Du?«

»Bestens! Details morgen. Du scheinst Boden unter den Füßen zu haben, wenn der Kopf noch rausschaut. Gutes Zeichen!«

»Ich schwimme in Tränen. Salzwasser trägt ja bekanntlich. Mein Schwarzes Meer. So komme ich mir auch vor.«

»Denk an die radikale Lösung, wenn die sanfte dich absaufen lässt.«

»Kontaktabbruch? Niemals. Mach mal deine Arbeit, hast bestimmt noch nichts vorbereitet, wie ich dich kenne, du faules Stück.«

»Ich liebe dich auch.«

Dreiundzwanzig Uhr: Ich bin mit den Korrekturen und den Stundenvorbereitungen für morgen fertig. Gaël hat mir zwischendurch gesimst, dass er ins Bett gehen, mit seiner Frau kuscheln und wenigstens ein oder zwei Eselsohren an seinem offenen Buch zurückbiegen will, und zwar stumm, weil er ihr ja nicht erzählen kann, was ihn so quält. Nur ein bisschen kuscheln. Ich arbeite noch weiter, allein schon um des Vergnügens willen, ihm morgen um eine Nasenlänge voraus zu sein. Irgendwie schafft er es immer, mir Schwung zu geben, sogar wenn er schlafen geht.

Ich will gerade mit dem ersten Zeugnis anfangen, als Éric hereinkommt. Was er wohl will?

Er setzt sich mir gegenüber an den Tisch.

»Kannst du nicht schlafen?«

Das Du ist mir einfach so herausgerutscht. Schließlich haben wir miteinander geschlafen, und er ist nun schon eine ganze Weile hier und vertraut mir für ein paar Tage seine Tochter an. Da ist es doch wohl gerechtfertigt, von einer gewissen Nähe zwischen uns auszugehen, die das Du erlaubt. Aber es kam sowieso ganz intuitiv. Ich habe aufgehört mit dem ständigen Kampf zwischen Vernunft und Instinkt.

Er geht weder darauf ein, noch antwortet er auf die Frage.

Nach einer langen Pause, während derer ich mit dem ersten

Zeugnis angefangen habe, sagt er schließlich: »Sie arbeiten so spät noch?«

Also doch nichts mit Du. Anscheinend legt er Wert auf eine gewisse Distanz.

»Ich gehe selten vor Mitternacht ins Bett.«

»Und was machen Sie die ganze Zeit?«

»Korrigieren, den Unterricht für die kommenden Tage vorbereiten, und gerade eben fange ich mit den Zeugnissen an.«

»Ich hätte nicht gedacht, dass das so viel Zeit beansprucht.«

»Die meisten Leute denken, dass wir außerhalb der Schulzeit nichts arbeiten. Sie glauben, dass wir nach Schulschluss Feierabend machen und zu Hause die Fernsehzeitung lesen oder stricken. Und dass wir in den Ferien tatsächlich Ferien haben.«

»Und das stimmt nicht?«

»Haben Sie mal versucht, sich vorzustellen, was es heißt, einen Tag lang auf dreißig Schüler aufzupassen?«

»Nein.«

»Dann tun Sie's mal. Sie werden sehen, das ist lustig.«

»Ich könnte das nicht.«

»Ach ja, das ist auch so eine typische Reaktion. Die Leute denken, Lehrer zu sein ist ein netter und einfacher Beruf, aber gleichzeitig behaupten sie, sie könnten das nicht. Das hindert sie allerdings nicht daran, zu allem eine dezidierte Meinung zu haben, allein aufgrund der Tatsache, dass sie selbst ja schließlich auch mal in der Schule waren.«

»Es gibt aber doch schlimmere Berufe.«

»Zum Beispiel?«

»Müllmann? Der Gestank ist übel.«

»Da finde ich Abdecker noch schlimmer. Der Gestank von Tierkadavern ist unerträglich.«

»Feuerwehrmänner erleben auch nicht gerade allzu viel Erfreuliches.«

»Ja, aber sie retten immerhin Menschen. Und werden verehrt. Genau wie Leute in sozialen Berufen.«

»Stimmt. Dann vielleicht Fließbandarbeit. Nicht gerade förderlich für die persönliche Entfaltung. Sie hingegen haben die ehrenwerte Aufgabe, die Staatsbürger von morgen zu erziehen.«

»Das Vergnügen wiegt aber die Herausforderungen nicht auf. Ich beklage mich nicht, ich habe einen sicheren Arbeitsplatz, Ferien, viel Abwechslung im Beruf, aber ich kann es nicht leiden, wenn man mir sagt, dass ich nichts zu tun hätte. Von der Verantwortung ganz zu schweigen: Kinder zu beaufsichtigen, die nicht die eigenen sind. Wenn Sie jetzt wegfahren und mir Ihre Tochter anvertrauen, dann verlassen Sie sich darauf, dass ihr nichts zustößt und dass es ihr gut geht in meiner Obhut. Jetzt multiplizieren Sie das mal mit dreißig, Tag für Tag, dann bekommen sie eine Ahnung davon, was es heißt, Lehrer zu sein. Also, zumindest eine Seite davon.«

»Ist es so anstrengend?«

»Ja schon, weil dieser ständige Druck da ist. Man hat keinen Augenblick Pause. Außer, wenn die Schüler Pause haben, wobei, auch da müssen wir die ganze Zeit aufpassen. Im Unterricht muss man immer mehrere Dinge gleichzeitig im Auge behalten, störende Schüler, die manchmal sogar handgreiflich werden, und dann völlig zurückhaltende Kinder, die sich gar nicht aus sich heraustrauen, wenn man sie nicht bei der Hand nimmt. Wir müssen Schulausflüge organisieren, diplomatisch mit Eltern umgehen, stets die Ruhe bewahren, pädagogische Kompetenzen in sämtlichen Fächern besitzen, und physisch wie emotional belastbar sein. Singen, schwimmen, improvisieren, zeichnen, rechnen, sprechen, erfinderisch sein, bestrafen und trösten. Und Erbrochenes aufwischen, ohne sich selbst zu übergeben.«

»Gott sei Dank haben Sie mir das nicht erzählt, bevor Sie Anna-Nina in die Schule mitgenommen haben. Das Bild, das Sie da zeichnen, kann einem ja Angst machen.«

»Es gibt zum Glück auch magische Augenblicke. Zum Beispiel, wenn man ein Kind mit Lernschwierigkeiten hat, das weder in der ersten noch zu Beginn der zweiten Klasse lesen kann, und am Ende des Schuljahres sieht man, wie es gebannt vor einer Mauer steht, Augen und Lippen bewegt, und den Spruch entschlüsselt, der da hingeschmiert ist. Dann weiß man wieder, wieso man das alles macht. Ich beklage mich ja auch nicht, ich liebe meine Arbeit. Aber ja, manchmal sitze ich bis nach Mitternacht am Schreibtisch, weil ich meine Sache gut machen will und mir das wichtig ist und weil ich nicht denen recht geben will, die behaupten, Beamte seien Sozialschmarotzer und würden bloß fürs Däumchendrehen bezahlt und dass es sowieso viel zu viele von uns gebe. Stimmt, ich produziere nichts, außer: Schüler, die irgendwann mit etwas mehr Wissen und Fähigkeiten wieder in die Gesellschaft zurückkehren und unser Bruttosozialprodukt erwirtschaften. Schüler, denen ich Lesen, Rechnen, Denken, Verstehen beigebracht habe, denen ich den Gedanken des Teilens mit anderen nahegebracht habe, die Fähigkeit zu unterscheiden, aufmerksames Zuhören, auch ein wenig Kühnheit, und vor allem Lust am Lernen. Weil das Lernen doch der Grund dafür ist, dass wir jeden Morgen aufstehen wollen, oder?«

»Unter anderem. Was mich angeht, ist es vor allem die Aussicht auf ein Marmeladenbrot.«

»Sie sind ein hoffnungsloser Fall.«

»Das war ein Scherz. Ich dachte immer, die Mühe, die es mich kostet, meiner Tochter etwas beizubringen, kommt daher, dass das gar nicht mein Beruf ist, aber jetzt verstehe ich ein wenig besser, was da alles im Spiel ist. Aber ich will Sie nicht länger von Ihrer Arbeit abhalten. Wann fahren wir morgen los?«

»Um Viertel vor sechs.«

Er wendet sich zum Gehen und wünscht mir eine gute Nacht, ohne sich noch einmal umzudrehen.

Nur ein klammes Vaterherz beim Abschied.

Anna-Nina schläft tief und fest. Das Licht, das vom Flur hereinfällt, beleuchtet ihr friedliches Gesicht. Ich berühre sie nicht, weil ich sie nicht aufwecken will. Bloß keine herzzerreißende Abschiedsszene. So schicke ich ihr nur im Geiste meine liebevollen Gedanken. Außerdem werde ich in ein paar Tagen wieder zurück sein, so schlimm ist das ja nicht.

Leise ziehe ich die Zimmertür hinter mir zu.

Doch.

Es ist schlimm.

Ich steige über Croquette hinweg, die sich der Länge nach auf dem Läufer im Gang ausgestreckt hat. Gustave und der Hund werden gut auf meine Kleine aufpassen, da mache ich mir keine Sorgen. Überhaupt mache ich mir eigentlich weniger um Anna-Nina Sorgen als um mich. Ich habe Angst vor dem Loch, in das ich fallen könnte, wenn ich ohne sie bin. Allerdings muss ich irgendwann mal damit anfangen, mich darauf vorzubereiten. Sie verlässt mich ja noch nicht gleich, aber sie wird auch nicht ihr ganzes Leben mit mir verbringen.

Valentine erwartet mich an der Haustür. Ich werfe ihr wortlos einen Blick zu und schnappe mir meine Tasche. Wir können losfahren.

Es beginnt gerade erst zu dämmern, und während der ersten Kurven durch den Wald schweigen wir beide. Ich komme mir selbst fremd vor. Ich frage mich, ob ich ihr böse oder dankbar bin, dieser Frau, die mich zum Bahnhof fährt. Einerseits ermöglicht sie mir, meinen im Sterben liegenden Großvater zu besuchen, ohne Anna-Nina diesen Besuch antun zu müssen, andererseits ist sie dafür verantwortlich, dass ich zum ersten Mal längere Zeit von meiner Tochter getrennt sein werde. So spüre ich Dankbarkeit mit einem bitteren Beigeschmack. Oder ist es eher Groll mit einem Schuss Wohlwollen?

»Danke für Ihr Vertrauen«, sagt sie schließlich.

»Ich glaube, sie fühlt sich wohl bei Ihnen.«

»Sie werden ihr fehlen. Aber so ist es vermutlich besser, zumal sie ihn ja, wie Sie sagen, kaum kennt. Nehmen Sie sich die Zeit, die Sie brauchen. Und rufen Sie an, wann immer Sie mögen.«

»Ich melde mich, sobald ich dort bin.«

»Gönnen Sie sich eine Pause. Wie oft haben Sie denn in den letzten sieben Jahren mal ein paar Tage am Stück Zeit für sich gehabt?«

»Das ist das erste Mal.«

»Dann gönnen Sie sich das jetzt.«

»Ein erfreulicherer Anlass dafür wäre mir lieber gewesen.«

»Der wird auch kommen. Aber diesmal bleibt Ihnen keine Wahl. Und unter anderen Umständen wären Sie wahrscheinlich auch nicht gefahren, stimmt's?«

»Stimmt.«

»Machen Sie sich keine Sorgen um Anna-Nina.«

»Wie geht es denn mit ihr in der Schule?«

»Gut. Ich glaube, sie blüht dort auf, vor allem im Kontakt mit den anderen Kindern. Und ihr Lerntempo ist schwindelerregend. Das ist schön zu sehen.«

»Sie wird womöglich nicht mehr wegwollen ...«

»Die großen Ferien gehen ja bald los. Zwei Monate, das ist genügend Zeit, um Abstand zu gewinnen, meinen Sie nicht?«

»Wir werden sehen.«

Sie fragt mich nicht einmal, ob sie mich zum Bahnsteig begleiten soll, sondern ist bereits ausgestiegen, als ich die Autotür zuschlage. Der Bahnhof ist winzig und es stehen nur zwei weitere Reisende da. Kein Wunder, um diese Uhrzeit.

Ich drucke mir am Automaten eine Fahrkarte nach Straßburg aus und entwerte sie. Der Zug kommt in ein paar Minuten.

»Ich brauche Ihnen wohl keine letzten Anweisungen zu geben, was?«

»Wie Sie wollen. Wenn Ihnen dadurch leichter ums Herz wird, nur zu.«

»Mir wird durch gar nichts leicht ums Herz.«

»Aber Sie kommen ja bald zurück.«

Ich weiß nicht, wie ich mich von ihr verabschieden soll, es kann doch nicht nur diesen kühlen Abschied geben nach der Wärme unserer gemeinsamen Nächte, und so lege ich ihr einfach kurz eine Hand auf die Wange. Sie lächelt und geht dann mit einem Winken davon, ohne sich noch einmal nach mir umzusehen. Wahrscheinlich ist sie in Gedanken schon bei Anna-Nina. Die beiden haben einander ins Herz geschlossen, viel zu schnell und zu heftig. Je mehr Zeit verstreicht, desto gefangener fühle ich mich.

Die bevorstehenden paar Tage werden mir guttun. Auch wenn ich befürchte, dass die beiden dadurch noch enger zusammengeschweißt werden.

Ich bin nach oben gegangen, um die Kleine zu wecken. Ein paar Augenblicke beobachte ich sie: Ein schlafendes Kind ist ein berührender Anblick. Ein Erwachsener hat nie mehr diesen völlig unschuldigen Ausdruck im Schlaf, selbst wenn er sich in fernsten Traumwelten bewegt. Wenn man dagegen das Gesicht eines schlafenden Kindes betrachtet, ist es, als ob man ihm direkt ins Herz schaut.

Dann streckt sie sich und seufzt, immer noch mit geschlossenen Augen. Schließlich öffnet sie sie und lächelt.

»Ist Papa fort?«

»Ja, ich habe ihn zum Bahnhof gebracht. Er hat mir gesagt, ich soll dir ein Küsschen von ihm geben.«

»Er kommt doch bald wieder?«

»Natürlich. Die Zeit wird wie im Flug vergehen. Wir werden inzwischen allerlei unternehmen. Jetzt zum Beispiel erst mal aufstehen und zur Schule fahren.«

Sie frühstückt geräuschvoll, taucht ihr Brot in den Kakao, hält es über ihre Tasse und lässt es abtropfen. Sie liebt das Eintunken. Meine Mutter hat mir beigebracht, es zu lassen. Schlechte

Manieren! Aber die Kleine hat einen Heidenspaß daran. Seit die beiden da sind, finde ich mich damit ab, und ich muss zugeben, dass es das Vergnügen wert ist. Was soll's, dann hat man eben schlechte Manieren. Ist doch egal, Hauptsache, es macht Spaß und schadet niemandem.

Wir sind schon eine gute Viertelstunde vor Unterrichtsbeginn in der Schule. Eigentlich sollte ich das Schultor aufschließen, aber Gaël ist schon da. Entweder hat er nicht geschlafen oder viel geweint – seine müden, geröteten Augen verraten ihn. Er erzählt mir, dass er mit Stéphanie gestritten hat.

»Es kommt mir vor, als ob sie nur noch aus Höflichkeit mit mir redet. Da ist keine Herzlichkeit mehr in unseren Begegnungen, wie früher.«

»Eine Antwort ohne Herzenswärme ist wie ein ausweichender Blick.«

»Wer hat das gesagt?«

»Weiß ich nicht mehr. Wahrscheinlich irgend so ein kleiner kahlköpfiger Mann aus Tibet in oranger Kutte.«

»Lao Valentine Tse.«

»Es ist furchtbar, dich so zu sehen, Gaël.«

»Das wird schon wieder, mach dir keine Sorgen. Und wie steht's bei dir?«

»Ich passe ein paar Tage auf Anna-Nina auf.«

»Ist er weggefahren?«

»Familienangelegenheiten. Sein Großvater liegt im Sterben.«

»Und er überlässt dir einfach seine Tochter?«

»Ja und?«

»Na ja, da muss er dir ja ganz schön vertrauen. Und du schläfst mit ihm. Also, wenn das nicht der Mann deines Lebens ist.«

»Jetzt mach mal halblang. Ich habe keine Lust, mich an ihn zu binden.«

»Aber an seine Tochter schon.«

»Sie ist hinreißend. Die Tochter, die ich mir immer gewünscht habe.«

»Valentine! Hast du sie noch alle? Du kannst doch nicht dein Herz an das Mädchen verlieren, wenn du dich an den Vater nicht binden willst. Die beiden sind wie Sonne und Mond, wie die Lokomotive und die Waggons, wie der Sand und das Meer. Das eine geht nicht ohne das andere.«

»Ich weiß. Aber du kennst mich doch.«

»Eben deshalb! Versuch, ihn zu akzeptieren, wie er ist, oder lass die Kleine los. Sonst wirst du nämlich auch bald leiden.«

»Ich kann sie nicht einfach loslassen. Mich hat schon lange kein Kind mehr so bezaubert.«

»Valentine, Bezauberung ist bei dir ein Dauerzustand. Du bist auch fähig, dich von deinem Scheibenwischer bezaubern zu lassen, der im Takt der Musik aus dem Autoradio wischt.«

»Du etwa nicht?«

»Nein, ich nicht und die meisten anderen Menschen auch nicht. Wenn schon, lass dich gefälligst auch vom Vater bezaubern, und zwar nicht nur von seinem Körper.«

»Es ist Zeit für die Schulglocke.«

»Valentine! Lass dir von jemandem helfen. Du kannst nicht ständig vor den Männern weglaufen.«

»Von jemandem? Gehörst du auch zu denen, die das Wort Psychotherapeut nicht über die Lippen bekommen?«

»Such dir einen Psychotherapeuten oder sonst was, aber lass dir in Gottes Namen helfen.«

»Das sagt der Richtige!«

»Bei mir ist das was anderes, ich habe immer zu viel Liebe zu verschenken.«

»Und warum hast du dann heute Morgen ganz rote Augen? Wenn man sich nicht bindet, muss man wenigstens nicht leiden. Mit einem Mann im Haus würde ich keine Luft mehr bekommen.«

»Aber im Bett mit ihm kriegst du genug Luft? Das ist schon interessant.«

»So gefällt es mir eben.«

»Unsinn! Du bindest dich an ein Kind und willst nicht, dass wir über seinen Vater sprechen, obwohl die beiden ein Herz und eine Seele sind. Was erwartest du eigentlich?«

»Dass gleich ein Kind kommt und uns daran erinnert, dass es Zeit für den Unterricht ist – damit du endlich aufhörst, mir einen Vortrag zu halten.«

»Immer wenn du weißt, dass ich recht habe, spielst du die Karte mit dem Vortrag aus. Na, dann geh schon und erzähl deinen Schülern was übers Leben. Aber denk auch über dein eigenes nach!«

März 1944

Suzanne und ihr junger Weggefährte wanderten zwei Tage lang durch den Schnee, die Kälte und die nicht minder eisige Angst. Immer auf der Hut und bangend, nicht entdeckt zu werden. Suzanne zog ihre Kraft aus der Wut. Sie wollte sich unbedingt ihren Verfolgern entziehen und das Baby ihres Liebsten, das sie im Bauch trug, retten. Auch wenn sie langsam vorwärtskamen, wollte Suzanne beweisen, dass sie es schaffen würde, dass sie stark war, widerstandsfähig, trotz ihrer Erschöpfung, der Gefahr, des Hungers, der Ungewissheit, trotz ihres Kummers. Sie konnte doch nicht aufgeben, wenn Léon womöglich zur selben Zeit mutig sein eigenes Leben zu retten versuchte.

Der Junge lauschte auf jedes noch so kleine Geräusch und kannte sich im Wald bestens aus. Er wusste, wie man die Gefahren des Winters und das Unterholz umging, er spurte den Weg und gab ihr Anweisungen, manchmal nur per Zeichensprache, die sie vorab für jenen Abschnitt ihres Wegs vereinbart hatten, in dem absolute Stille eine Frage des Überlebens war.

Am ersten Abend war Suzanne im Schnee zusammengesackt, unfähig, dem Jungen beim Bau eines windgeschützten

Unterschlupfs im dichten Gehölz behilflich zu sein. Er hatte eine Decke über ihnen aufgespannt und an ein paar kräftigen Zweigen befestigt. Dann hatten sie sich aneinandergeschmiegt, um den Verlust ihrer Körperwärme so gering wie möglich zu halten. Geschlafen hatten sie nicht viel, zum einen, um nicht zu sehr auszukühlen, zum anderen, weil sie so schnell wie möglich weiterwollten, auf die andere Seite, wo sie hoffentlich in Sicherheit sein würden. Doch die paar Stunden, in denen er an Suzanne geschmiegt dagesessen hatte, hatten genügt, um durch die dicke Decke hindurch ein paar kräftige, entschlossene Bewegungen eines kleinen Wesens zu spüren, das von der Realität dieser Welt noch gar nichts wusste.

Mehrere Male war Suzanne unterwegs im Schnee zusammengesunken, während ihr vor Erschöpfung und Traurigkeit lautlos die Tränen übers Gesicht gelaufen waren. Aber sie hatte zwei Leben zu retten, und so war sie immer wieder aufgestanden.

Als sie einige Stunden nach Einbruch der Nacht die Kammlinie erreichten, waren sie an einer deutschen Patrouille vorbeigeschlichen. In der Dunkelheit hatten sie nur das Glimmen der Zigaretten gesehen, die die Soldaten sich in Abständen angesteckt hatten, und hatten zwischendurch das ein oder andere Lachen gehört. Die Soldaten waren offenbar entspannt und daher nicht so sehr auf der Hut. Suzanne vergaß komplett zu atmen. Dies war der kritische Augenblick, jetzt galt es, sich so leicht und lautlos zu bewegen wie eine Feder. Ihr junger Begleiter war unglaublich gewandt und mutig. Sie wusste, dass ihr Leben von ihm abhing, und umgekehrt: In dieser pechschwarzen

Nacht war es entscheidend, das Terrain zu kennen. Sich in der Richtung zu irren wäre ihnen zum Verhängnis geworden.

Und sie schafften es.

Sie waren danach noch eine Stunde weitermarschiert, bevor sie beschlossen, ein wenig zu schlafen. Das Dorf in den Vogesen, das sie ansteuerten, war noch einige Stunden Fußmarsch entfernt, und Suzannes Bauch zerrte sie zu Boden.

Die zweite Nacht war nicht ganz so kalt gewesen, da der Junge eine große Felsspalte kannte, die zwar ein ziemliches Stück abseits des Weges lag, aber Sicherheit und Schutz bot. Trotzdem saßen sie wieder eng umschlungen, um sich aneinander zu wärmen und sich zu trösten. Das Baby strampelte noch mehr als in der Nacht zuvor, als wolle es die erfolgreiche Flucht über die Grenze feiern und die Erleichterung zum Ausdruck bringen, die es, in den Gefühlen seiner Mutter badend, verspüren musste. Suzanne hatte dem Jungen ganz schlicht gedankt. Aber in dem Wort lag eine solche Aufrichtigkeit, dass es jede lange Rede überflüssig machte.

Wahrscheinlich hatte er gerade zwei Menschenleben gerettet. Und dabei war er erst vierzehn.

Geliebte Hélène,

während ich mich in diesem Zug mit rasendem Tempo entferne, kommt es mir vor, als ob ein Teil von mir zurückgeblieben ist.

Meinst du, sie wird mich noch lieb haben?

Meinst du, sie wird unser Leben noch mögen?

Meinst du, wir werden weiterfahren können?

Ich weiß nicht mehr, was ich denken soll. Bis zu dieser Gewitternacht war alles so einfach.

Oder war vielleicht alles zu kompliziert, und diese Nacht hat Klarheit geschaffen?

Anna-Nina schien bis dahin glücklich zu sein, aber jetzt blüht sie regelrecht auf.

Mit Valentine zu schlafen hatte etwas beinahe Jenseitiges, es war irgendwie aus der Zeit gefallen, ohne Konsequenzen, ohne Verpflichtung, und dennoch im Alltag verankert. Sie ist chaotisch und perfektionistisch zugleich. Ständig rennt sie der Zeit hinterher, und das ist ermüdend. Man hat den Eindruck, dass ihr die Zeit zwischen den Fingern zerrinnt. Sie bleibt an lauter materiellen oder emotionalen Nichtigkeiten hängen, während ich mich von allem Überflüssigen frei gemacht habe. Es kommt mir vor, als wäre ich in ihrem prall gefüllten Leben überflüssig, während unsere Tochter darin einen immer wichtigeren Platz einzunehmen scheint.

Ich verstehe sie nicht.

Bald wird es kein Zurück mehr geben. Soll ich bei Valentine bleiben? Oder im Dorf? Oder in einem anderen Dorf, damit Anna-Nina wenigstens auf dieser Schule bleiben kann, und wir lassen alles Weitere auf uns zukommen?

Ich habe das Gefühl, keine Frau mehr lieben zu können, weil du meine ganze Bereitschaft, jemanden ohne Furcht und Vorbehalte zu lieben, mit dir genommen hast. All meine Gewissheiten bezüglich eines Lebens als Paar sind mit deinem Tod ausgelöscht worden.

Es war so einfach, mit dir zusammen in Paris. Wir standen mitten im Leben und haben nicht groß nachgedacht über das Heute und Morgen. Wir wussten, was wir wollten, und hatten fast alles.

Und dann auf einmal das große Nichts. Leere. Und ein Baby.

Nur ein Baby. Es ist furchtbar, so etwas zu sagen. Aber für mich ist aus dem »nur« ein »alles« geworden.

Und jetzt habe ich Angst, dass aus dem »alles« wieder ein »nur« wird.

Falls du mir irgendein Zeichen schicken kannst, was ich denken, was ich tun, was ich fühlen soll, wünsche ich mir, dass du es jetzt tust.

Ich verlasse mich auf dich.

Du bist meine gute Fee.

Gestern Abend, als ihr Vater anrief, um zu sagen, dass er gut angekommen sei und dass ihre Großeltern sie grüßen ließen, hat Anna-Nina geweint.

»Kommst du bald wieder?«, hat sie ihn gefragt.

Nach dem Auflegen kam sie zu mir und hat sich an mich gedrückt. Sie hatte die Arme um meinen Hals geschlungen und streichelte mir mit ihren kleinen Kinderhänden über die Schultern, wie sie es wohl sonst bei ihrem Vater tut.

Ich habe vorgeschlagen, ihr eine lange Geschichte zu erzählen, und so kuschelten wir uns kurz darauf gemeinsam in ihr Bett, ihr Kuscheltier fest in der Hand. Es gibt eine enorme Diskrepanz zwischen ihrer kindlichen Sensibilität und ihrer außergewöhnlichen Intelligenz, fast als ob Ersteres als Korrektiv nötig wäre, damit sie auf Außenstehende nicht zu erwachsen wirkt.

Der heutige Tag lief gut. Sie wirkte überhaupt nicht traurig, so beschäftigt war sie, mit ihren Schulkameradinnen zu spielen und die Aufgabe zu erledigen, die ich ihr gab, während ich mit den anderen eine Lektion durchnahm, die sie längst beherrschte.

Sie hat mit Gaël und mir zu Mittag gegessen. Danach habe ich die beiden für eine Weile allein gelassen, weil ich einen Termin mit Eltern hatte. Als ich die beiden kurz vor Beginn des Nachmittagsunterrichts auf dem Pausenhof wiedertraf, schaute Gaël ihr – mit unübersehbarer Rührung in den Augen – beim Seilspringen zu.

»Die ist unglaublich, die Kleine.«

»Ah ja? Du bist aber nicht etwa verzaubert?«

»Sie hat mich doch tatsächlich gefragt, warum ich traurig bin.«

»Sie liest andauernd Bücher, bestimmt kann sie auch in deinem lesen! Und was hast du ihr geantwortet?«

»Dass ich jemanden sehr liebe, der mich wahrscheinlich nicht liebt. Und dass mir das wehtut.«

»Und was hat sie gesagt?«

»Sie hat gefragt, ob ich nicht irgendwas tun könnte, damit diese Person mich mehr liebt. Aber ich wusste keine Antwort darauf.«

»Vielleicht gibt es darauf keine.«

»Und dann hat sie mich noch gefragt, ob es nicht Leute gibt, die mich lieben, wie ich bin, ohne dass ich was ändern müsste.«

»Und?«

»Und ich habe an dich gedacht. Und an Geneviève, die mich seit fünfzehn Jahren vorbehaltlos liebt. Auch mit dreißig Kilo zu viel oder fünfzig zu wenig. Mit oder ohne Bart, und auch wenn ich vom Werkunterricht heimkomme und nach Erde, Schweiß und Dreck rieche. Die mich liebt, auch wenn ich krank oder müde, gereizt oder verzweifelt bin. Weil sie liebt, was ich bin, und dabei meine Schwächen akzeptiert, und nicht, was ich gern wäre, nämlich perfekt.«

»Und warum bist du dann so hoffnungslos in eine andere vernarrt?«

»Wenn ich das bloß wüsste!«

»Vielleicht willst du dich irgendwie absichern? Für den Fall, dass Geneviève einmal nicht mehr da sein könnte?«

»Liebt man nicht hauptsächlich aus diesem Grund? Um sich abzusichern?«

»Man liebt, weil das Leben sonst viel zu einfach wäre und damit himmelschreiend langweilig.«

»Gibt es nicht einen Mittelweg zwischen himmelschreiend langweilig und einem heillosen Chaos?«

»Oh, Mittelwege gibt es zuhauf. Mindestens so viele, wie es Menschen gibt. Manche sind eben mittiger als andere. Und ich bin mir nicht mal sicher, ob man sich die eigene Position wirklich aussuchen kann. Der eigene Cursor steht da, wo ihn das Leben für dich gesetzt hat.«

»Aber den kann man doch bewegen, den Cursor?«

»Ich schätze schon. Ich glaube, dafür sind die ›jemands‹ da.«

»Welche ›jemands‹?«

»Die Psychotherapeuten.«

Daraufhin schaute Gaël zum Himmel und verschwand in Richtung Klassenzimmer.

Ich habe meine Arbeit auf später verschoben, wenn die Kleine schläft. Ich fand, ich war es ihr schuldig, den Spätnachmittag mit ihr zu verbringen. Wir sind Einkaufen gefahren, ich habe ihr Haargummis und Klammern gekauft, dann haben wir uns einen gigantischen süßen Imbiss gegönnt, nachdem wir beschlossen hatten, dass als Abendessen eine Suppe und ein Stück Obst genügen würden. Sie war absolut einverstanden und strahlte.

Eben ist sie aus dem Bad gekommen, wo sie gut und gern eine Stunde in der Wanne gelegen hat. Sie hat immer wieder heißes Wasser nachlaufen lassen – vermutlich ist das eine der Annehmlichkeiten, die ihr im Wohnwagen fehlen: eine Badewanne voll heißem Wasser. Ich habe ein bisschen Angst, neue Bedürfnisse in ihr zu wecken, indem ich sie hier beherberge. Aber ist so etwas im einundzwanzigsten Jahrhundert nicht ganz normal? Ihr Vater ist da offenbar anderer Ansicht. Ich hingegen würde das eindeutig bejahen.

Jetzt sitzt sie in ein großes Badetuch gewickelt da und betrachtet grinsend ihre Zehen. Die sind verschrumpelt wie Kartoffeln am Ende des Winters. Ich schlage ihr vor, dass sie schon mal in ihren Schlafanzug schlüpft und wir uns dann an die Zöpfe machen, die sie so gern haben möchte. Nun sitzt sie in meinem von dem langen Bad noch feuchtwarmen Badezimmer auf einem kleinen Hocker, während ich mich auf den Toilettendeckel gesetzt habe. So habe ich genau die richtige Höhe, um ihr Zöpfe flechten zu können.

»Willst du zwei große oder viele kleine?«

»Viele kleine, dann habe ich ganz wellige Haare, wenn ich sie wieder aufmache, oder?«

»Genau.«

»Das wird eine Überraschung für Papa, wenn er wiederkommt.«

»Hast du nicht Angst, ihn ein bisschen zu sehr zu überrumpeln? Vielleicht wünscht er sich ja, sein kleines Mädchen so wiederzusehen, wie er es in Erinnerung hat.«

»Aber nein. Ich bleibe doch die Gleiche, auch wenn ich mal andere Haare habe.«

Eigentlich habe ich Angst, er könnte mir vorwerfen, sie mit meinen Vorstellungen zu beeinflussen. Er scheint es mir sowieso schon anzukreiden, dass sie sich von ihm entfernt. Ich bin gerade beim ersten Zopf, als sie mir die Frage stellt.

»Könntest du dich nicht in meinen Papa verlieben?«

Ich flechte weiter, ohne mir meine Überraschung anmerken zu lassen, aber ich überlege einen Moment, bevor ich antworte.

»Warum willst du das denn wissen?«

»Weil das doch gut wäre. Wenn du in ihn verliebt wärst, dann könnten wir hierbleiben und ich könnte weiter in die Schule gehen.«

»Falls er eines Tages beschließt, dass er hierbleiben möchte, kann er auch woanders wohnen, weißt du? Du könntest zu mir in die Schule kommen, aber woanders als bei mir wohnen.«

»Aber ich habe dich so lieb, und Gustave habe ich auch lieb, und den Garten, und die Kaninchen, und die Hühner, und das Basteln, und den Hund, und das Haus.«

»Du könntest vorbeikommen, sooft du willst.«

Es folgt eine längere Pause, in der ich den ersten Zopf vollende und mit einem Haargummi fixiere. Ungefähr bei der Hälfte des zweiten – ich ziehe gerade die Haarsträhnen etwas zurecht, damit es schön gleichmäßig wird –, fügt sie hinzu:

»Und außerdem wäre er dann nicht so allein.«

»Glaubst du denn, dass er sich allein fühlt?«

»Er hat ja mich, aber das ist doch nicht das Gleiche wie eine Frau. Er ist traurig, dass Mama nicht mehr da ist. Ich glaube, er versteht nicht, dass sie nie wiederkommen wird.«

»Vielleicht versteht er es, kann es aber nicht akzeptieren. Das ist etwas anderes.«

»Trotzdem ist er allein.«

»Hast du mal mit ihm darüber gesprochen?«

»Nein. Das geht mich ja nichts an.«

»Aber du darfst ihm trotzdem sagen, was du denkst und was du dir für ihn wünschst.«

»Ich wünsche mir nur, dass er glücklich ist.«

»Glaubst du denn, dass er mit mir glücklich sein könnte?«

»Mehr als mit meiner Mama. Weil du ja lebendig bist.«

»Weißt du, manchmal fällt es einem schwer, eine Seite umzublättern, wenn das vorige Kapitel so schön war und man es unfair findet, ein neues lesen zu müssen.«

»Aber im neuen Kapitel passieren doch auch viele spannende Dinge.«

»Ja, aber solange man das nicht weiß, bleibt man lieber bei dem, was man schon gelesen hat und schon kennt.«

»Was könnte ich denn tun, damit er Lust bekommt, das nächste Kapitel zu lesen?«

»Ich bin sicher, dass du selbst schon eine Idee hast ...«

»Soll ich ihm sagen, dass ich gern eine andere Mama hätte? Und dass es total cool wäre, wenn du das wärst?«

»Ich glaube, du kannst ihm ruhig sagen, dass du gern eine andere Mama hättest, aber vielleicht solltest du ihm die Freiheit lassen, selbst zu wählen, wer das sein soll. Weißt du, wir sind sehr verschieden, dein Papa und ich, und es wäre wohl nicht ganz einfach, wenn wir zusammenleben würden.«

»Aber du, hättest du denn Lust?«

»Es ist zu früh, um das zu sagen. Und, weißt du, ich bin mir nicht so ganz sicher, ob ich wirklich mit einem Mann zusammenleben will.«

»Warum denn?«

»Weil ich jedes Mal, wenn ich es versucht habe, das Gefühl hatte, keine Luft mehr zu bekommen.«

»Er kann Mund-zu-Mund-Beatmung«, sagte sie, bricht in schallendes Gelächter aus, lässt den Oberköper nach vorn fallen und vergräbt das Gesicht in den Händen. Offenbar geniert sie sich angesichts ihrer eigenen Kühnheit.

»Also, hör mal!«, erwidere ich und tue so, als wäre ich empört. Allerdings muss ich mich sehr zusammenreißen, um nicht selbst loszulachen. Der Zopf ist mir aus den Fingern gerutscht. »Nicht bewegen, sonst werden wir hier nie fertig.«

»Also, dann könnten wir ja meinem Papa sagen, dass er dir ab und zu Luft zum Atmen lassen muss«, setzt sie ernst hinzu.

Was soll man da antworten? Während ich weiter Zöpfe flechte, denke ich an Gaël, der mir gesagt hat, dass ich mir bei

»jemandem« Hilfe holen solle, und an Sylvie, die mir angeboten hat, dass wir uns noch mal darüber unterhalten könnten. Und an diesen ermüdenden Zwiespalt in mir: dass ich einerseits seit Jahren traurig bin, allein zu sein, und es mir andererseits unmöglich erscheint, es nicht mehr zu sein. Ich weiß nicht, was der Grund dafür ist, aber ich kann mir einfach nicht vorstellen, einem Mann einen dauerhaften Platz in meinem Leben einzuräumen.

Warum geht es dann mit einem Kind?

Ich sage mir, dass die Zeit mir schon eine Antwort geben wird. Und Éric auch. Ich habe keine Ahnung, was er für Absichten hat, ob er Lust hat, noch zu bleiben, oder nur darauf wartet, abreisen zu können und nie wiederzukommen. Ich weiß nicht, ob er mich mag, oder nur meinen Körper, den ich ihm zweimal angeboten habe. Ich mochte jedenfalls seinen, aber ob ich ihn lieben könnte, auch dann noch, wenn er seine Socken im Bad herumliegen ließe, wenn er jeden Morgen neben mir aufwachen würde, nachdem er die halbe Nacht hindurch geschnarcht hätte, oder wenn er mir widerspräche, weil er nämlich garantiert nicht immer meiner Meinung sein würde? Wäre ich wirklich bereit, mir all das anzutun? Man muss richtig lieben, um zusammenleben zu können, und ich weiß nicht, ob ich ihn überhaupt liebe oder ob sich das mit der Zeit einstellen würde.

»Weißt du, Anna-Nina, ich glaube, es ist nicht gut, allzu viel über die Zukunft nachzudenken. Du kannst ihm ja einfach sagen, was du empfindest, und dann wird er seine Entscheidungen treffen und dabei immer an dich und auch an sich selbst denken. Aber du sollst wissen, dass dein Papa immer versucht, so zu handeln, dass es gut für dich ist. Und egal, wie er sich entscheidet, du bist mir hier immer willkommen.«

»Er fehlt mir.«

»Das ist ganz normal. Sollen wir ihn anrufen, wenn deine Zöpfe fertig sind?«

»Ja.«

Den Rest der Frisierstunde verbringen wir schweigend. Einmal spähe ich in den Spiegel, um einen Blick auf ihr Gesicht zu erhaschen, und sehe, dass sie vor sich hin lächelt, mit halb geschlossenen Augen, wie eine Katze, die gestreichelt wird.

»Ich hätte gern eine Mama wie dich.«

Jetzt bloß nicht weich werden. Meine eigenen Bedürfnisse vergessen. Denk daran, was für eine irrwitzige Entwicklung sie durchlaufen hat, seit sie hier gelandet ist: die Schule zu entdecken, die Mütter zu sehen, die ihre Kinder am Schultor abholen, Charlottes Mama kennenzulernen und einen Abend und einen Morgen bei ihnen zu wohnen. Man merkt ja oft erst, was einem fehlt, wenn man es bei anderen sieht.

Mir wird plötzlich die ganze Komplexität der Situation klar, in die uns alle ein Gewitter vor gar nicht allzu langer Zeit gestürzt hat. Kann so ein Gewitter tatsächlich das Koordinatensystem gleich mehrerer Menschen sprengen? Ihr Bewusstsein und ihre Ängste wie Donner grollen lassen? Ihre tiefsten Seelenbedürfnisse blitzartig taghell erleuchten?

Ich habe auf einmal richtig Schiss vor dem, was mein Bewusstsein gerade in mir anrichtet. Ich habe mein Herz verloren, und es wird schrecklich wehtun, wenn ich mich wieder lösen muss, von beiden, und von dem, was sie beide zusammen sind.

Verfluchtes Gewitter. Ich hatte mich doch so gemütlich in meinem Leben eingerichtet.

Ja, gemütlich, und mit einem Gewissen wie ein kerzengerader Bambus. Jetzt ist daraus eine Trauerweide geworden.

Aber es hat nichts mehr in mir geprickelt.

Es hat nichts mehr geprickelt ...

Also, jetzt hast du die Wahl!

Mai 1944

Seit einigen Wochen lebten Suzanne und ihr junger Fluchthelfer nun schon auf diesem abgelegenen Bergbauernhof in den Vogesen. Sie hatten das Dorf Moussey durchquert, wo sich das Netzwerk ihrer rasch angenommen hatte. Danach mussten sie noch ein Stück weitermarschieren, allerdings konnte für Suzanne ein Pferd mit Karren aufgetrieben werden.

Nein, leicht würde es nicht werden. Man hatte ihnen erklärt, dass sie als Gegenleistung für das Versteck Arbeit leisten müssten, landwirtschaftliche Arbeit für den Jungen, weniger anstrengende, aber kontinuierliche Arbeit für Suzanne, also zumindest in dem Maße, wie sie es mit ihrem Bauch bewerkstelligen könnte.

Die Leute waren nicht gemein zu ihnen, im Gegenteil, sie halfen, so gut sie konnten. Aber jeder musste zusehen, wie er durchkam.

Auf dem Hof gab es vier Kinder, und Suzanne war erleichtert zu hören, dass die Bäuerin alle vier normal zur Welt gebracht hatte. Das ließ darauf hoffen, dass sie ihr, wenn es bei ihr so weit war, beistehen konnte. Die nächste Hebamme war vermutlich kilometerweit weg, falls es überhaupt noch eine in der Gegend gab...

Der Junge war, fast zufällig, seinem Vater begegnet. Er war nach Moussey zurückgekehrt, um an einem Treffen des Netzwerks teilzunehmen. Sein Vater gehörte nicht dazu, da er die Leute nicht aus Überzeugung, sondern gegen Geld über die Grenzen schmuggelte. Trotzdem standen sie sich plötzlich auf der Straße gegenüber.

Vermutlich spürte der Vater, dass sein Sohn seit den Tagen, als er mit der deutlich älteren Frau verschwunden war, auf einen Schlag gereift war, und dass er nicht mehr den Einfluss auf ihn hatte wie früher. Wenn er nicht auf der Stelle mit ihm zurückkehre, hatte er ihm verkündet, dann brauche er sich zu Hause nicht mehr blicken zu lassen.

Der Junge hatte sich geweigert.

Er konnte in diesem Augenblick nicht ahnen, dass er seinen Vater zum letzten Mal sehen sollte und dass er auch seine Mutter und seine beiden jüngeren Schwestern nie wiedersehen würde.

Aber er konnte einfach nicht zu dem unwürdigen Leben als Sohn eines profitgierigen Menschenschmugglers zurückkehren. Er wollte ein echter Fluchthelfer sein, einer, der Leib und Leben riskierte, um andere Menschenleben zu retten, großmütig und gänzlich ohne nach persönlichem Gewinn zu streben: ein echter Widerstandskämpfer, der gegen die Verursacher des Schreckens kämpfte, indem er Unschuldige in Sicherheit brachte.

Vor allem wollte er Suzanne nicht allein lassen, nicht in diesem Zustand und nach allem was sie zusammen durchgestanden hatten, und nicht, bevor er das Baby gesehen hatte.

Und so hatte er sich geweigert, mit dem Vater zurückzugehen und sich damit unwissentlich entschieden, seine Familie nie wiederzusehen.

Aber warum schaffst du das denn nicht?«

Gaël klappt den Mund auf und zu wie ein Fisch auf dem Trockenen und macht kugelrunde Augen. Er sucht verzweifelt nach einer Antwort, findet aber keine.

»Es ist doch nicht so schwierig, zu sagen: ›Ich mache Schluss‹!«

»Es ist stärker als ich.«

»Stärker als du? Du hast die Kraft eines australischen Kampfringers!«

»Vielleicht, um Kinder aufzuziehen oder Sandsäcke zu schleppen. Aber meine Willensstärke ist lausig.«

»Na, dann verpass ihr einen Schlag gegen den Hinterkopf und sag ihr, sie soll gefälligst mal in die Puschen kommen und ihren Job machen. Und das nächste Mal, wenn du Stéphanie eine SMS schicken willst, rufst du diese lausige Willenskraft auf den Plan, damit sie dir ein NEIN entgegenschreit und dir einbläut, dass das eine ganz schlechte Idee ist.«

»Sie wird den ganzen Tag lang schreien müssen.«

»Also, ich persönlich hätte lieber kaputte Ohren als ein gebrochenes Herz, aber das musst du selbst entscheiden.«

»Ich schaffe es einfach nicht, ich kann mir noch so oft sagen: ›Nein, tu das nicht, schreib ihr nicht, warte, bis sie sich meldet‹, aber irgendwann gebe ich dann doch auf. Immerhin schaffe ich es manchmal, diesen Augenblick hinauszuzögern.«

»Wie lange?«

»Volle fünf Minuten.«

»Ah. Fünf Minuten! Gaël, du müsstest das mindestens fünf Tage durchhalten, damit es was bringt.«

»Fünf Tage???«

Wieder habe ich den Fisch auf dem Trockenen vor mir. Wie er sich quält!

»Ja, fünf Tage, bloß um mal zu sehen, ob du ihr fehlst.«

»Aber ich will doch nicht, dass sie glaubt, ich hätte sie vergessen und würde nicht mehr an sie denken.«

»Nehmen wir einfach mal an, dass sie genau das glaubt ... und dann?«

»Na, dann würde sie sich doch sagen, dass es besser ist, auf Distanz zu mir zu gehen.«

»Und?«

»Und sie würde es tun.«

»Und tut sie das nicht sowieso schon?«

»Doch, ja.«

»Also, was würde es dann ändern?«

»Dann müsste ich mir vorwerfen, dass ich nicht alles versucht habe, um sie nicht zu verlieren.«

»Aber wenn du ein bisschen auf Abstand gehst, dann ist das auch ein Versuch. Eine andere Strategie, aber auch ein Versuch.«

»Ich kann das nicht. Ich habe zu große Angst, dass das der falsche Ansatz sein könnte.«

»Schieb deine Ängste beiseite!«

»Zu riskant.«

»Was riskierst du denn?«

»Sie zu verlieren.«

»Du verlierst sie auch, wenn du dich wie ein Idiot an den Ast klammerst, den sie gerade absägt. Steig herunter von dem Baum und warte unten auf sie, das tut weniger weh, als herunterzufallen.«

»Und wenn sie nicht runterkommt?«

»Und wenn sie runterkommt?«

»Und wenn sie nicht runterkommt?«

»Also, dann war sie die ganze Mühe sowieso nicht wert.«

»Oder ich war die ganze Mühe nicht wert.«

»Das ist schon bekloppt, dass manche Leute denken, wenn man sie nicht liebt, sei das ihretwegen. Dabei ist doch derjenige für das Gefühl verantwortlich, der es spürt oder nicht spürt, und nicht das Objekt, auf das es sich richtet.«

»Heißt das, ich bin für die Liebe verantwortlich, die ich für sie empfinde?«

»Ja, wer denn sonst? Und deshalb versuche ich ja auch, dich davon zu heilen.«

»Aber ich bin doch nicht krank.«

»Soll das ein Witz sein? Das ist, als ob einer meiner Schüler mit Rotz unter der Nase und heißer Stirn angelaufen kommt und mir sagt: ›Ich bin aber nicht krank‹!«

»Das ist doch was ganz anderes?«

»Nein, denn dein ganzes Herz heult Rotz und Wasser. Schnäuz dich mal!«

Die Ärzte haben uns gesagt, dass das Ende nah ist, ohne sich genauer festzulegen. Mein Großvater ist immer wieder für längere Phasen ohne Bewusstsein. Die nächste Etappe ist wahrscheinlich das Koma, dann der Tod.

Es ist mein Opa mütterlicherseits, und meine Mutter ist sehr betroffen, ebenso wie meine Großmutter. Sie sind erleichtert, dass ich gekommen bin, wenn auch ein wenig enttäuscht, dass Anna-Nina nicht dabei ist.

In schwierigen Augenblicken öffnen sich die Menschen und sagen, was sie wirklich fühlen und denken. Ich erkläre ihnen, dass ich sie nicht so unvorbereitet dieser düsteren Stimmung aussetzen wollte, während sie gerade die Schule entdeckt und vor Lebensfreude nur so strotzt. Natürlich haben sie das eingesehen, aber mir ist trotzdem bewusst, dass ich ihnen ihre Enkelin und Urenkelin vorenthalte. Mit dem Pferdewohnwagen hätte ich Tage gebraucht, um herzukommen, so bin ich in gerade mal gut zwei Stunden durch halb Frankreich gereist. Fast könnte man da Lust bekommen, in der Nähe eines Bahnhofs sesshaft zu werden und die Pferde in Pension zu schicken.

Meine Mutter hat sich mit der Frage vorgewagt, ob ich denn nicht bald einmal wieder in Paris leben wolle, doch meine Antwort war entschieden: unmöglich. Zu viele schmerzliche Erinnerungen. Außerdem bin ich ein bisschen verwildert. Das Getriebe der Großstadt würde ich nicht mehr ertragen, so schön es auch sein mag.

»Und wirst du nun dort bleiben oder weiter durch die Lande ziehen?«

»Ich hatte eigentlich nicht vor, sesshaft zu werden, aber...«

»Aber?«

»Aber ich denke darüber nach.«

»Worüber?«

»Über Anna-Ninas Zukunft. Sie braucht Stabilität. Und sie wird ja älter. Was kann ich ihr schon bieten? Ich sehe im Augenblick, wie diese Frau ihr Dinge gibt, die ich ihr gar nicht geben kann.«

»Also willst du dort bleiben?«

»Ich weiß nicht. Wir sind zu unterschiedlich, das würde nicht klappen. Außerdem denke ich an Hélène.«

»Ihr zwei fehlt uns hier. Außerdem musst du doch eines Tages wieder arbeiten, oder?«

»Ich weiß schon, Mama. Momentan bin ich etwas orientierungslos. Ich werde den Ferienbeginn abwarten und dann wieder aufbrechen. Und danach sehen wir weiter. Ich habe keine Lust, mir jetzt schon den Kopf zu zerbrechen, wenn ich noch nicht einmal weiß, was morgen sein wird. Die Arbeit ist zweitrangig. Das kann ich mir in aller Ruhe überlegen.«

»Du kannst ihr nicht ewig ein Leben auf der Straße zumuten.«

»Und warum nicht?«

»Weil das kein richtiges Leben ist.«

»Und was ist ein richtiges Leben, Mama?«

»Eine Familie, ein Haus, eine Arbeit, Kinder, Freunde. Das richtige Leben eben...«

»Ich hatte all das. Und wenn es aufhört?«

»Alles hört irgendwann auf. Papa wird sterben...«

Sie braucht nicht mehr zu sagen. Ich spüre ihren Kummer darüber, dass er geht, dass sie ihn bald wird beerdigen müssen, die Einsamkeit, die dann folgen wird, obwohl sie Menschen um sich hat. Niemand von denen absorbiert die Trauer, die sich in einem einnistet. Das ist ein unterirdischer Fluss, der mal nach oben sprudelt und sich ergießt, mal stagniert und zum Morast wird. Kein anderes Wesen ist in der Lage, dieses Wasser in unserem tiefsten Inneren aufzusaugen.

Man hofft einfach, dass es mit der Zeit und ein wenig Sonnenschein allmählich verdunsten wird.

Am schwierigsten ist es, noch an die Sonne zu glauben.

Meine Sonne ist Anna-Nina. Aber der Sumpf ist so riesig.

„Ich will alles lernen, was du kannst!"

Anna-Nina hat den Mund halb voll mit ihrem in heißen Kakao getunkten Brot, während sie das sagt. Wir sitzen bei unserem geliebten Imbiss nach der Schule.

»Alles, was ich kann? Und was wäre das?«

»Töpfern und schreinern und gärtnern und kochen und einmachen und Marmelade kochen und schreiben und singen und Gitarre spielen und basteln und nähen und stricken.«

»Aber es hat Jahre gedauert, bis ich das alles konnte.«

»Ich lerne schnell, weißt du.«

»Das weiß ich allerdings, mein Schatz, aber es wird trotzdem lange dauern. Und wenn nun dein Papa nicht hierbleiben will?«

»Aber mein Papa kann mir doch das gar nicht alles beibringen.«

»Aber du kannst es von anderen Leuten lernen.«

»Ich will es aber von dir lernen, weil es mir gefällt, wie du alles machst. Es gefällt mir, wie du Gitarre spielst, und es gefällt mir, was du schreibst.«

»Hast du denn Sachen gelesen, die ich geschrieben habe?«

»Es gibt Poesiealben im Bücherregal.«

»Oh, die hast du gefunden?«

»Ja. Die sind hübsch.«

»Welches magst du denn am liebsten?«

»Alle. Und du?«

»Es gibt eins, das mag ich besonders gern. Ich lasse dich raten.«

»Ich will, dass du mir das alles beibringst.«

»Wir tun, was wir können, einverstanden? Womit willst du anfangen?«

»Töpfern.«

»Gut. Dann räumen wir den Tisch ab und fangen an, in Ordnung?«

Anna-Nina ist das reinste Energiebündel. Sie kann gar nicht genug kriegen. Sie verschlingt alles, was sie lernen kann, als wäre Neugier ihr tägliches Brot. Nie hält sie sich mit nutzlosen Fragen auf, sondern interessiert sich dafür, was in der Natur und im Universum passiert. Und auch, was im Herzen der Menschen passiert, glaube ich. Eigentlich liegen die beiden Bereiche gar nicht so weit auseinander, wenn man darüber nachdenkt. Sterne, die für immer funkeln, Meteoriten, die auf der Erde zerschellen und viel Schaden anrichten, Kometen, die bloß vorbeiziehen, feste Planeten und Fixsterne. Schwarze Löcher, die das Geheimnis des Menschseins in sich hineinziehen, auf den Grund, ins Grenzenlose.

Wir sind alle kleine Teile des Universums.

Anna-Nina ist eine kleine Galaxie für sich, von der ich mir gar nicht mehr vorstellen kann, dass sie weiterzieht. Sonst würde mein eigenes Himmelsgewölbe über mir einbrechen.

Ich versuche, nicht daran zu denken. Sylvie sagt mir immer: »Komm ins Hier und Jetzt zurück. Wenn du Karotten schälst, denk nicht über dein Leben nach, denk an die Karotten.«

Mit den Karotten funktioniert das einigermaßen, aber leider nicht mit dem ganzen Rest.

Wir spülen das Geschirr mehr schlecht als recht und lassen es im Abtropfgitter stehen, um so schnell wie möglich unsere erste Töpferstunde zu beginnen. Ich habe Töpfern gelernt, als ich noch klein war. Wie alle Kinder habe ich mit Schnecken angefangen, mich dann an kleinen Tieren versucht, und ich erinnere mich noch an den Tag, als ich zum ersten Mal an die Drehscheibe durfte. Ich hatte das Gefühl, dieser Tag würde der schönste meines Lebens werden. Natürlich ist mir mein Tonklumpen unter der zentrifugalen Kraft der Scheibe in alle Richtungen zerronnen. Ich wusste ja nicht, wie ich es anpacken muss, und darüber hinaus waren meine Hände noch viel zu klein und hatten nicht genug Kraft, um die Masse zu bändigen.

Aber ich hatte mich an die Scheibe herangewagt und damit einen Bereich betreten, der bisher den Erwachsenen vorbehalten gewesen war.

Einige Workshops und viele Jahre Erfahrung später gehe ich in meine Töpferwerkstatt, wenn ich den Kopf freibekommen will. Die feuchten Hände auf dem kühlen Ton, der sich beim Drehen allmählich erwärmt, den Blick auf die Kugel gerichtet, in dem Wissen, dass die kleinste Zuckung das Werk zunichtemachen kann –, das versetzt mich in einen Zustand der Konzentration, der fast an Meditation grenzt. Ich denke dann an nichts mehr außer an diesen Gegenstand, den ich nachher in meinen Brennofen stecken will.

Die Tonmeditation. Ich sollte ein Buch über Persönlichkeitsentfaltung schreiben.

Und weil das mit der Gitarre und dem Garten genauso funktioniert, könnte es gleich eine ganze Serie werden.

Heute gilt es, diesen Erfahrungsschatz einem kleinen wissbegierigen Mädchen zu eröffnen, das mich mit großen Augen ansieht. Sie hat die Ärmel bis über die Ellbogen hochgekrempelt, und eine lange Haarsträhne, die sich über Nacht aus einem der Zöpfe gelöst hat, hängt ihr in die Stirn.

Ich habe sie mir gegenüber an die Scheibe gesetzt und ihren Hocker so hoch gestellt wie möglich. Wir haben einen Klumpen Ton in die Mitte der Scheibe gelegt und ihn angefeuchtet. Ich fange ganz langsam an, damit sie nachvollziehen kann, wie es funktioniert. Beide halten wir die Hände um die Kugel gelegt, die sich bereits zu einer Art Kühlturm eines Atomkraftwerks verformt hat.

»Ich lasse dich jetzt mal allein machen. Du kannst einen Finger an den Rand legen und beobachten, was das mit der Form deiner Vase macht. Ist es denn eine Vase, was du machen möchtest?«

»Nein, eine Milchkaffeeschale für Papa, für sein Frühstück.«
»Mit einem Henkel dran?«
»Nein, er legt immer beide Hände um seine Kaffeeschale, um

sie zu wärmen, wenn es morgens noch kalt ist im Wohnwagen.«

»Gut. Also, die richtige Höhe hast du schon mal, nun musst du die Finger in die Mitte drücken, damit da ein Loch entsteht. Du musst aufpassen, es ist nicht leicht. Wenn du nicht überall gleichmäßig Druck ausübst, dann verformt sich der Ton, wie er gerade will.«

Kaum habe ich das gesagt, ist aus der Schale auch schon ein undefinierbares Etwas geworden. Ich halte die Scheibe an und beobachte Anna-Nina: Sie schaut tief enttäuscht auf die Missgeburt, die die letzten Drehungen ihres misslungenen Walzers hinlegt. Dann blickt sie mit einem kleinen Lächeln in den Augen zu mir auf, als wäre die Enttäuschung nur etwas Flüchtiges gewesen.

»Macht nichts. Kann ich es wieder zu einer Kugel formen?«

Bewundernswert, wie Kinder sich nach einer Niederlage einfach wieder aufraffen! Schließlich lernt man aus Fehlern, wie es richtig geht. Und dies umso mehr, je weniger man sich von Perfektionsansprüchen einengen lässt.

Anna-Nina hat sich auf ihren Stuhl gestellt, um ihr Körpergewicht, so gering es auch sein mag, mit einzubringen und so die anarchische Masse zu bändigen, die sie zu einer runden, glatten Kugel zu formen versucht. Ich beobachte, wie sie mit Freude und Geschick zur Sache geht und die Strähne auf ihrer Stirn im Rhythmus ihrer Bewegungen auf und ab hüpft.

»Darf ich es ganz allein noch einmal versuchen?«

»Natürlich.«

»Und hilfst du mir, wenn ich es nicht schaffe?«

»Du schaffst das. Und wenn nicht, fängst du eben noch einmal an. Wir haben ja den ganzen Tag Zeit, und den Abend auch noch. Morgen können wir ausschlafen.«

»Wann kommt Papa wieder?«

»Ich weiß nicht. Vielleicht am Sonntag?«

Ich liebe Kinder, die alles selber machen wollen. Ich finde, so lernt man am besten, viel besser als nur durch Zusehen. Da sie sowieso ganz vertieft ist, frage ich Anna-Nina, ob es sie stört, wenn ich mir die Schulhefte zum Korrigieren hole, um mit meiner Arbeit voranzukommen. Sie schaut bloß auf, ohne etwas zu sagen, und in ihrem Blick liegt ein Ja. Ihre Fähigkeit, mit einem einzigen Blick etwas auszudrücken, ist so ausgeprägt wie bei nur wenigen Menschen. Bestimmt hilft ihr das bei der Kommunikation mit ihrem Vater, der ja nicht allzu viel spricht.

Ich wünschte, er würde mir fehlen, aber er tut es nicht. Nur sein Körper, der es schafft, den Mangel an Nähe auszugleichen, den ich empfinde. Warum fehlt er mir nicht? Ich fürchte, im Grunde weiß ich es. Und es macht mich traurig, mir das einzugestehen. Ob es mir noch einmal vergönnt sein wird, jemanden zu lieben und dabei zu spüren, dass meine Freiheit dadurch nicht eingeschränkt wird? Oder zumindest nicht so sehr, dass ich lieber ganz ablehne? Oder werde ich dieses Gefühl der Bedrückung nie loswerden, das mich stets beschleicht, wenn ich mir eine Beziehung vorstelle? Ich trinke ein großes Glas Wasser in der Küche, dann schnappe ich mir meine Tasche mit den Heften und kehre in die Werkstatt zurück. Dort allein lassen will ich eine Siebenjährige dann doch nicht, wie reif sie auch sein mag.

Sie hat mit ihrer Kugel bereits dreimal aufs Neue begonnen. Die rebellische Haarsträhne hat sie inzwischen in den Griff bekommen, indem sie sie mit ihren klebrigen braunen Tonfingern nach hinten gestrichen und auf ihrem Haarschopf fixiert hat. Da ist heute Abend dringend ein Bad nötig.

Ich korrigiere die Schularbeiten dieses Vormittags: Die Schüler sollten in ihren Heften auf ein paar Fragen zum Alltagsleben antworten. Ich genieße diese Augenblicke, ganz für mich allein und vor allen anderen in den Genuss dieser kleinen Kostbarkeiten zu kommen, die mir die Schüler ganz unschuldig offerieren. Diesmal ist die wohl interessanteste Frage die nach ihren Ängsten. Sie sollten den Satz vervollständigen: »Ich habe Angst vor ...«

Nachdem ich mit Anna-Ninas Antworten durch bin, ruht mein Blick für eine Weile auf ihr, wie sie an ihrer Tonschale arbeitet, und ich denke an ihre bisherige Lebensgeschichte, an ihre Gegenwart und Zukunft, staune darüber, dass sie jetzt hier ist, in meiner Werkstatt, frage mich, was die Zukunft wohl für sie bereithält, sinniere darüber, was ihr Vater ihr alles vermittelt hat, was sie aus ihren Prüfungen gelernt hat und was sie dazu gebracht hat, heute zu schreiben: »Ich habe Angst vor ... gar nichts.«

Ich selbst hätte nicht genug Platz im Heft gehabt für alles, was mir dazu eingefallen wäre. Ich habe Angst vor Spinnen, Ratten, Kellerasseln und Leuten, die ihnen ähnlich sehen. Ich habe Angst, mich zu täuschen, falsche Entscheidungen zu treffen, anderen wehzutun, und dass andere mir wehtun, Angst, den Anforderungen des Lebens nicht gewachsen zu sein, Angst, dass man mir Dinge vorwirft, dass ich nicht geliebt werde, aber auch

Angst, selbst zu lieben, mich zu binden, zu ersticken. Angst vor Verlust. Angst vor dem Alleinsein.

Anna-Nina hat die Zunge herausgestreckt, ein Zeichen ihrer vollkommenen Konzentration, und hat ihre Schale losgelassen, die sich jetzt mit großer Geschwindigkeit und in nahezu perfekter Regelmäßigkeit dreht. Sie hat sich nicht mehr verzogen. Vielleicht sind die Ränder noch etwas dick, aber es ist ja ihre erste Arbeit an der Scheibe, und dafür ist das Ergebnis fabelhaft.

Als die Scheibe stehen bleibt, halte ich ihr ein Stück Draht hin und erkläre ihr, wie sie es an der Oberfläche der Scheibe entlang zu sich herziehen muss, um ihr Kunstwerk von der Scheibe zu lösen. Es gelingt hervorragend, weil sie sich alle Zeit nimmt, um es ganz langsam und genau auszuführen. Dann hebt sie ihre Schale hoch und hält sie mir mit sichtlichem Stolz hin.

»Willst du sie signieren, deine Schale?«

»Signieren?«

»Deinen Namen oder ein Zeichen im Boden einritzen.«

»Oh ja!«

Ich reiche ihr den Stift, mit dem ich immer mein V in meine eigenen Produktionen ritze, und sie kratzt, ganz vorsichtig, um ihr noch weiches Kunstwerk nicht zu zerstören, ein »Nanie« in den Boden.

»Morgen werden wir es brennen.«

»Können wir Farbe draufmachen?«

»Aber natürlich! Die darfst du dir aussuchen. Was hat denn dein Papa für eine Lieblingsfarbe?«

»Grün. Wie die Augen von Mama.«

»Eine schöne Farbe. Die Farbe der Hoffnung.«

»Die hat mein Papa aber nicht.«

»Warum sagst du das?«

»Weil man das doch sieht, oder?«

»Er ist ein bisschen melancholisch, aber das ist doch normal, meinst du nicht?«

»Nein. Wir haben doch alles, was wir zum Glücklichsein brauchen.«

»Aber er hat seine Frau nicht mehr.«

»Aber das kann er doch nicht ändern. Und wenn er traurig ist, bringt sie das doch auch nicht zurück.«

»Wahrscheinlich macht er sich auch viele Gedanken über euer Leben, meinst du nicht?«

»Vielleicht.«

»Es ist nicht leicht, sich allein um ein Kind zu kümmern, weil man doch das Allerbeste für es will.«

»Ich weiß, was das Allerbeste für mich ist.«

»Nämlich?«

»Hierzubleiben. Und dass er auf Dauer genauso froh darüber wäre, hier zu sein, wie ich.«

»Eines Tages wird dein Papa wieder froh sein, da bin ich ganz sicher. Das wird er schon, wenn du ihm die Schale schenkst. Ich denke, er wird am Sonntag wiederkommen.«

»Hat er dir das gesagt? Heißt das, dass sein Opa gestorben ist?«

»Ich weiß es nicht. Er wird dir alles erzählen, wenn er zurück ist.«

Meine Knie schmerzen allmählich von den kleinen weißen Steinchen. Aber ich werde einfach darüberreiben, wenn ich aufstehe, und die Abdrücke auf der Haut werden samt den Schmerzen verschwinden. Ich wünschte, ich könnte meine Erinnerungen ebenso einfach wegwischen.

Wie schön sie ist. Ich betrachte ihr Bild in dem Porzellanmedaillon, das seit sieben Jahren der Witterung trotzt, und stelle fest, dass ich als Einziger von uns beiden gealtert bin.

Meine Hände liegen auf dem Rand des Steins, der sich in der Nachmittagssonne erwärmt hat. Vereinzelt hat er grüne Stellen bekommen. Grabsteine setzen Moos an. Ich hatte mich damals mit meiner Mutter gestritten, die mich unbedingt zu Marmor überreden wollte, weil der pflegeleichter sei. Meine Schwiegereltern standen so unter Schock, dass sie nicht einmal eine Meinung dazu hatten. Mir war die Grabpflege egal. Und was die Leute dachten war mir auch egal. Marmor ist kalt, und ich wollte einen warmen, lebendigen Stein. Hélène hatte Collonge-la-Rouge geliebt, den Ort unseres letzten gemeinsamen Urlaubs, als Anna-Nina noch eine kleine Erbse in einer winzigen Blase voll Flüssigkeit war, und so ließ ich einen Stein von dort kommen. Jahre später ging mir die Symbolik auf: Meine Frau verblutete und ruht nun unter einem roten Stein.

Noch immer ist mir die Grabpflege und was die Leute denken egal. Er altert schön, dieser Stein, in der Atmosphäre eines ruhigen Pariser Vororts. Und das Grab lebt irgendwie weiter, anstelle von Hélène sozusagen.

Ich habe einen Strauß Hahnenfuß mitgebracht, ihre Lieblingsblumen. Ein Marienkäfer krabbelt über einen der Stängel und eine Biene schwirrt wieder ab, die Beine voller Pollen.

Das Leben geht weiter, selbst auf Grabsteinen.

Und mein eigenes Leben?

Ich bin allein an diesem Grab, meine Knie sind taub geworden, und ich frage mich, welche Richtung ich einschlagen soll, wenn ich diesen Friedhof verlasse. Ich bin allein. Meine Eltern wünschen sich, dass ich zu ihnen zurückkomme, meine Tochter wünscht sich, dass ich mit ihr dort unten bleibe, und meine wenigen Freunde äußern sich nicht. Ich muss mich entscheiden und blicke auf den roten Stein in der Hoffnung, dass er mir ein Zeichen schickt. Dass er mir irgendwie mitteilt, was ich tun soll. Dass er es mir entgegenbrüllt.

Aber ich höre nichts.

Ich weiß nicht mal, was ich gern hören würde.

Mein Blick verschwimmt. Ein paar Tropfen eines stehenden Gewässers dringen nach oben. Und so sehe ich zuerst nur einen verschwommenen gelben Fleck. Wische mir, wie ein kleiner Rotzlöffel, mit dem Ärmel das Gesicht ab, und erkenne einen

Schmetterling. Einen herrlich gelben Zitronenfalter. Er hebt sich scharf von dem Rot des Steins ab und flattert zu dem Medaillon hinauf, kreist darum. Vielleicht ziehen ihn die Farben auf dem Foto an. Dann setzt er sich für einen Augenblick mit ausgebreiteten Flügeln darauf und bedeckt Hélènes Gesicht.

Vielleicht wärmt er sich in der Sonne auf oder ruht sich aus. Oder überlegt, ob er nachher nach links oder nach rechts weiterfliegen soll.

Ich denke an nichts mehr. Ich betrachte ihn und warte darauf, dass er wegfliegt. Vielleicht spricht er ja mit mir.

Und dann taucht auf einmal wieder das lachende Gesicht meiner Frau vor mir auf und der gelbe Fleck ist bereits Richtung Himmel geflattert. Ich schaue ihm nach, seiner Flugbahn, die zufällig, eckig, total unregelmäßig ist. Ein Schmetterling fliegt niemals in gerader Linie. Vermutlich weil er nicht danach trachtet, irgendwohin zu kommen.

Vielleicht ist das die Antwort.

Eine Gewitternacht 1944

Es musste ja in einer Gewitternacht kommen.

Der Junge saß angespannt neben ihr. Bei Blitz und Donner und strömendem Regen war er zum Bauernhaus gerannt, um Hilfe zu holen, und dann sofort wieder zurückgeeilt, um Suzanne nicht allein zu lassen.

Sie atmete ruhig. Ihr Bauch verzerrte sich in unregelmäßigen Abständen, immer noch mit Pausen dazwischen. Aber es würde eindeutig heute geschehen. Die weißliche Flüssigkeit, die an ihren Beinen heruntergelaufen war, als sie sich in dem kleinen Häuschen am Rand des Hofs erleichtert hatte, hatte es bestätigt.

Sie lebten in dieser Scheune, seit sie hier angekommen waren. Es war angenehm dort, die Tiere unter ihnen wärmten den Heuboden, auf dem sie sich eingerichtet hatten, jeder mit ein bisschen Raum für sich, abgeteilt durch ein zwischen ihnen aufgehängtes Laken. Manchmal trennten auch nur ihre Kleider sie voneinander, wenn sie schliefen, das brauchten sie in manchen Nächten einfach, wenn Geschützfeuer aus der Ferne zu hören war oder wenn ihnen das Herz beim Gedanken an ihre Liebsten allzu schwer wurde. Der Junge verspürte keinerlei Traurigkeit darüber, nicht bei seinen Eltern zu sein, und hatte auch keine Schuldgefühle deswegen. Sie hatten ihm oft genug das Leben schwer gemacht, sodass er mit zwölf Jahren bereits aufgehört hatte, sie zu lieben. Aber seine kleinen Schwestern fehlten ihm.

Für Suzanne verging kein Tag, an dem sie nicht an ihren Mann dachte und darunter litt, dass Gott ihn ihr vorenthielt. Sie schaute sein Foto an, küsste es, steckte es wieder in die kleine Schachtel zurück und sprach ein Gebet, die Hände um ihren Rosenkranz aus Holzperlen gefaltet und den Kopf zum Herzen geneigt. Sie betete darum, dass er zurückkam, dass er nicht zu Schlimmes erleiden musste, dass sein Kind unter guten Bedingungen zur Welt kommen und eines Tages seinen Vater kennenlernen würde. Beten war das Einzige, was sie noch tun konnte.

Und auch jetzt, zwischen zwei Kontraktionen, betete Suzanne: dass sie die bevorstehende Prüfung überleben würde, weil Frauen noch allzu oft dabei ihr Leben ließen. Außerdem war Krieg, und sie lebten in einem sehr abgeschiedenen Ort, wo bestimmt keine Hebamme kommen würde. Erst recht nicht in einer Gewitternacht.

Die Bäuerin kam mit ein paar sauberen Laken. Sie hatte Mühe, in ihrem Rock die Leiter heraufzusteigen, und der Junge half ihr, nachdem er ihr die Tücher abgenommen hatte, über die letzten Streben hinweg, die über den Heuboden hinausstanden. Sie lächelte Suzanne an, vermutlich, um sie zu beruhigen, vielleicht auch, weil sie sich über eine Geburt freute, selbst wenn das die Dinge zusätzlich verkomplizierte – ein Baby unter solchen Bedingungen, das würde nicht einfach werden. Trotzdem, so ein kleines, unschuldiges Menschlein war ein Licht in der Finsternis des Krieges. Und deshalb freute sie sich.

Der Junge kniete sich neben die Frau, die er gerettet hatte, und tat das Einzige, was er in dieser Situation für sie tun konnte: Er hielt ihre Hand.

Die Bäuerin hob Suzannes Rock hoch, sodass ihr geröteter, geschwollener Schoß zu sehen war, der sich darauf vorbereitete, sich zu öffnen. Sie steckte zwei Finger in Suzannes Vagina und winkelte den Unterarm ab, um etwas weiter hineinzukommen.

»Ich spüre was Hartes und Rundes, das muss der Kopf sein. Das ist schon mal gut. Was den Rest angeht, werden wir sehen, ich bin ja keine Hebamme.«

»Hattest du eine, als du deine Kinder geboren hast?«, fragte Suzanne kurzatmig.

»Ja, die ersten dreimal. Beim vierten Mal hatte sie keine Zeit zu kommen. Das wird schon. Ich kann den Kopf deutlich spüren. Du hast wohl schon seit einer Weile Wehen?«

»Seit Stunden.«

»Ich gehe ins Haus rüber und mache Wasser heiß. Mein Mann hilft mir dann, es herüberzutragen.«

»Und wenn es vorher kommt?«

»Es kommt nicht vorher. Das ist dein Erstes, oder? Es wird noch eine Weile dauern.«

»Und was mache ich, bis Sie wiederkommen?«, fragte der Junge besorgt.

»Halt ihr weiter schön die Hand, das ist schon gut.«

Jedes Mal, wenn ihr Bauch sich entspannte, legte Suzanne

den Kopf an die Schulter des Jungen, der ihr übers Haar strich und gleichmäßig mit ihr atmete. Sein angewinkeltes Bein tat ihm furchtbar weh, weil ihrer beider Körpergewicht darauflag, aber er wagte nicht, sich anders hinzusetzen. Auch er konnte Schmerz ertragen, genau wie Suzanne.

Die Bäuerin war wohl seit einer guten Viertelstunde fort, als Suzanne bei der nächsten Wehe auf einmal heftiger stöhnte.

»Ich spüre, wie es schiebt.«

»Was meinst du, wie es schiebt?«, fragte der Junge zurück, in der Hoffnung, sie falsch verstanden zu haben.

»Das Baby kommt, ich kann es nicht aufhalten, es kommt! ES KOMMT!«

»Ich hole Germaine!«

»Nein, bleib hier bei mir, bitte, lass mich jetzt nicht allein. Es kommt.«

»GERMAINE! GERMAINE!«

Er schrie aus vollem Hals, ohne Suzannes Hand loszulassen, aber es war zwecklos. Durch den prasselnden Regen und das Donnergrollen hindurch konnte sein Schrei unmöglich über den Hof bis zum Bauernhaus hinüberdringen.

»Es kommt, es kommt, ich spüre es.«

Der Junge ließ Suzannes Hand los und kniete sich dorthin, wo vorher die Bäuerin gesessen hatte, um Suzanne zu untersuchen. Zitternd hob er ihren Rock hoch und sah zwischen Suzannes gespreizten, blutigen Schenkeln eine dichte schwarze Masse umgeben von einer zum Zerreißen gespannten Haut. Suzanne schrie und flehte ihn an, etwas zu tun, um sie von diesem brennenden Schmerz zu erlösen. Er saß wie erstarrt da, hypnotisiert von dem, was da Millimeter um Millimeter zum Vorschein kam und dabei rücksichtslos die umliegende Haut auseinanderschob. Es musste sich ja einen Weg bahnen, es musste ja heraus. Das Leben drängte das Baby immer weiter zum Licht, und da war es nicht von Bedeutung, ob die Frau litt, der Mechanismus war in Gang gesetzt, ein Zurück gab es nicht mehr. Immer noch rief der Junge nach Germaine, doch jetzt war es nur noch ein Flüstern, so gebannt war er von dem Geschehen. Mechanisch wiederholte er immer wieder den Namen der Frau, die jetzt hier an seiner Stelle hätte sitzen sollen, und beschwor sie, doch noch zu kommen.

Er erschrak, als der Kopf plötzlich herauskam. Eine rötliche Flüssigkeit lief heraus und rann in das Laken, das sie unter Suzanne ausgebreitet hatten. Ein Seufzer entrang sich Suzannes Brust, so unbeschreiblich war die Erleichterung, die sie verspürte, dass dieser Kopf herausgepresst war und der enorme Druck nun etwas nachließ. Doch schon setzte eine neue Wehe ein, der Kopf des Kindes drehte sich ein wenig, dann meinte der Junge zu sehen, dass die Schulter auftauchte. Instinktiv hielt er die Hände wie eine Schale unter das Baby, damit es nicht auf das Laken fiel. Es war warm und klebrig. Eine letzte, noch stärkere Wehe als die zuvor presste zügig den restlichen Körper des Babys hervor, und der Junge hatte das Gefühl, dass es ihm fast aus den Händen glitt. Immer noch lief Flüssigkeit aus Suzannes Schoß, das Laken war schon ganz nass und schmutzig. Vorsichtig griff er nach einem frischen Laken und fing an, das Baby damit abzureiben, das sich nicht bewegte.

»Warum schreit es nicht?«

»Ich weiß nicht, ich glaube, es spuckt.«

»Lebt es?«

Der raue, schleimige Schrei des Kindes war die Antwort auf die Frage der Mutter. Ein entschlossenes Brüllen, mit dem es der Welt seine erfolgreiche Ankunft verkündete.

»Was ist es?«, fragte sie.

»Ich glaube, es ist ein Mädchen«, sagte der Junge, nachdem er einen Blick auf die kleine Falte zwischen den fleischigen Beinchen geworfen hatte.

Er nahm ein drittes Laken, deckte Suzanne damit zu, und legte ihr das Kind auf den Bauch. Sie hatte ihr Oberteil geöffnet und ihre Brüste frei gemacht, um ihren Säugling zu nähren. In diesem Augenblick hörte er das Scheunentor knarren. Beim Hereinkommen riefen der Bauer und die Bäuerin zu ihnen herauf, ob alles in Ordnung sei, und wieder kam die Antwort in Form des hellen Schreis eines Kindes, das fest entschlossen war, sich dem Leben zu stellen. Und für die Antwort, dass alles in Ordnung war, bedurfte es keines Wortes.

Der Junge eilte dem Bauern zu Hilfe, der den Eimer mit heißem Wasser die Leiter heraufschleppte. Wie erleichtert war er, als er hinter ihm die Bäuerin heraufsteigen sah, die sich nun um die Frau und das Baby kümmern konnte. Er trat ein paar Schritte zur Seite und ließ sich hinter dem improvisierten Vorhang in das festgedrückte Stroh fallen. Sein Gesicht war so weiß wie das Laken seines Lagers. Zum ersten Mal, seit er Suzanne auf der Straße vor der Kommandantur aufgelesen hatte, liefen ihm Tränen übers Gesicht. Das hier war einfach zu viel für einen Jungen seines Alters. Er weinte vor Freude darüber, dass alles gut gegangen war, aber auch aus Angst vor der Zukunft, aus Rührung über das friedliche Lächeln auf Suzannes Gesicht und aus Zerrissenheit darüber, von seinen kleinen Schwestern getrennt zu sein. Er weinte darüber, allein zu sein. Menschen tauchten in seinem Leben auf und verschwanden wieder, und er fühlte sich zutiefst einsam. Dieses Baby war Léons Kind, auf den Suzanne wartete. Er war hier mit ihr, war für sie da, für sie beide, in diesem Augenblick, weit weg von seiner Familie, seinem Zuhause, seinem früheren Leben, und er fühlte sich mutterseelenallein, ohne jede Ahnung, wo ihn das Leben wohl hinführen würde. Allein inmitten des verheerenden Krieges und außerstande, sich irgendeine Zukunft vorzustellen.

Der Bauer trat zu ihm, reichte ihm eine Flasche und bedeutete ihm zu trinken. Er nahm sie und trank gierig einige Schlucke, bis er bemerkte, dass es Schnaps war. Schlagartig breitete sich eine Wärme in ihm aus, er legte sich auf den Rücken, schloss die Augen, und endlich spürte er Freude im Herzen. Es war schön, ein Baby zwischen den Schenkeln der Mutter hervor- und auf die Welt kommen zu sehen und zu erleben, wie es mit einer kräftigen Anstrengung seiner Lungen der Menschheit stolz verkündete, dass diese in Zukunft mit ihm zu rechnen habe.

Kurz darauf ging er wieder zu der jungen Mutter zurück. Germaine war noch damit beschäftigt, die schmutzigen Laken einzusammeln, samt der Nachgeburt. Er scheute sich, zu Suzanne zu gehen, doch sie winkte ihm. Das Kleine war in eine Wolldecke gewickelt und nuckelte gierig an der Brustwarze seiner Mutter. Seine zarten, kleinen Fingerchen bewegten sich dabei auf der perlmuttfarbenen Haut ihrer Brust.

Er lächelte Suzanne an und erhielt als Antwort ein Lächeln, wie er es noch nie bei einer Frau gesehen hatte. Es war eine Mischung aus Zärtlichkeit und Triumph, Wut und Entschlossenheit, seliger Erschöpfung und unverhohlener Zuversicht. Und so viel Liebe stand in ihren Augen, die Liebe einer Frau, die beinahe in einem schmutzigen Keller für ihren Mann gestorben wäre. Kein Wunder, dass dieser Ausdruck hartnäckiger Unbeugsamkeit in ihren Augen war, hielt sie doch heute ein quicklebendiges Neugeborenes im Arm, und selbst wenn der Vater nicht zurückkehren sollte, so wäre dieses Kind der lebendige Zeuge ihrer Liebe.

»Ich werde sie Léonie nennen.«

»Das ist hübsch.«

»Ihrem Vater würde es ganz sicher auch gefallen.«

In diesem Augenblick ging dem Jungen auf, dass er Suzanne liebte.

Und daran sollte er nie mehr zweifeln.

Anna-Nina ist gerade eingeschlafen.

Es ist Samstagabend. Gustave ist bei sich drüben. Ich weiß, dass er noch liest.

Croquette schnarcht friedlich auf dem Läufer vor dem Zimmer der Kleinen, oben im ersten Stock.

Ich sitze auf dem Sofa mit je einer Katze auf meinen Schenkeln, die ich mit beiden Händen streiche. Ich schaue vor mich hin, ins Leere. Wahrscheinlich werde ich auch noch etwas lesen, aber gerade genieße ich es, gar nichts zu tun, einfach innezuhalten und mit den beiden mitzuschnurren. Zumindest für ein paar Minuten. Mehr gesteht mir mein Gehirn nämlich nicht zu, dann erinnert es mich wieder daran, was ich noch alles vorhabe, bevor ich schlafen gehe.

Mein Handy vibriert.

»Komme morgen Nachmittag zurück. Können Sie mir sagen, ob es einen Regionalzug zu dem kleinen Bahnhof gibt, an dem Sie mich abgesetzt haben?«

»Guten Abend.«

»Oh, guten Abend.«

»Wir holen Sie am Bahnhof ab. Es soll sonnig werden, ich gehe mit Anna-Nina in Straßburg ein Eis essen.«

»Mein Zug kommt um 14.59 Uhr an.«

»Sie freut sich auf Sie.«

»Ich mich auch. Bis morgen, und danke.«

»Gute Reise.«

Knapp, präzise, kühl. Man könnte auch sagen frostig.

Habe ich etwas anderes erwartet?

Er klang nicht sehr fröhlich. War er das überhaupt jemals, seit er hier aufgetaucht ist? Anna-Nina hat schon recht, wenn sie sagt, dass er keine Hoffnung hat. Dafür bleibt kein Raum neben der ganzen Trauer. Manchmal hätte ich gute Lust, ihn zu schütteln, damit er endlich aufwacht und damit aufhört, seine Tochter mit seiner miesen Laune zu belasten. Aber das ist seine Sache. Ich muss aufhören, mich in das Leben anderer Leute einzumischen. Stattdessen sollte ich mich um mein eigenes kümmern. Hm, das klingt fast wie ein Vortrag von Gaël.

Gaël ist für mich eine ganze Familie: Er ist mein Seelenbruder, meine Seelenschwester, und manchmal auch Vater und Mutter zugleich. Jedenfalls der Vater und die Mutter, die ich nie hatte, weil meine eigenen Eltern sich zwar um meine materiellen Bedürfnisse gekümmert, aber sich nie dafür interessiert haben, wie es mir geht. Sie haben getan, was sie angesichts ihrer eigenen chaotischen und komplizierten Beziehungsgeschichte konnten, und meine Geburt ist Ausdruck ihres gescheiterten Versuchs, die Bruchstücke zu kitten.

Gaël kenne ich seit dem Gymnasium, und seither sind wir füreinander da. Wenn Leute sagen, dass eine Freundschaft zwischen Mann und Frau ohne körperliche Anziehung nicht möglich sei, entgegne ich: »Für mich schon!« Ich hatte noch nie Lust auf ihn, und er umgekehrt auch nicht. Das heißt nicht, dass es keine Zärtlichkeit zwischen uns gäbe, im Gegenteil, jede Menge. Ich liebe es, mich in seine Arme zu flüchten, und er liebt es, mich zu umschlingen wie eine fleischfressende Pflanze eine Fliege. Manchmal gucken dann nur noch meine Hände raus. Aber ich fühle mich immer geborgen in seiner Umarmung. Er ist meine Decke, mein Kaminfeuer, meine Frühlingssonne, mein Lieblingskuschelpulli. Er hält mich, hält mich zusammen, hält mich zurück, hält mich auf den Beinen. Und ich weiß, dass es ihm umgekehrt genauso geht.

Gaël und ich sind wie ein Klettverschluss: Ich bin die raue Seite, er ist die weiche. Und deshalb kleben wir so aneinander. Und wenn man uns auseinanderreißen will, dann gibt es einen so schauderhaften Krach und einen so heftigen Widerstand, dass es einfach nicht gelingt. Was sollte man auch mit einer Hälfte eines Klettverschlusses anfangen?

Trotzdem hatten wir noch nie das Bedürfnis, zusammenzuleben. Das ist gar nicht vorstellbar, weil es keine Anziehung zwischen uns gibt. So haben wir beide unser Leben eingerichtet und unsere potenziellen Anhängsel gewarnt, dass es da noch diesen Klettverschluss gibt.

Mit Geneviève verstehe ich mich prima, vor allem seit sie verstanden hat, dass ich keine Gefahr für sie bin. Das hat gedauert, doch als es endlich passiert ist, war eine immense Last von unseren Schultern genommen, eine Riesenerleichterung für alle. Was meine Abenteuer angeht, ist Gaël etwas misstrauisch, weil es bloß Abenteuer sind, im Gegensatz zu der Stabilität und Kraft seiner Beziehung. Wahrscheinlich schwingt er sich deshalb manchmal zum Tempelhüter auf und will dafür sorgen, dass niemand ihn beschmutzt.

Wenn der wüsste, wie Éric mich beschmutzt! Wobei, er weiß es ja, ich erzähle ihm ja alles. Und er sagt nichts dazu. Halt, doch, er hat behauptet, dass Éric der Mann meines Lebens sein könnte.

Éric ist der Vater seiner Tochter und der Mann seiner verstorbenen Frau. Ich hingegen wünsche mir einen lebensfrohen Mann meines Lebens. Lebendig ist Éric nur beim Sex. Aber man kann ja nicht sein ganzes Leben im Bett verbringen und sich zwischen den Höhepunkten selbst auslöschen. Ich will Feuer und Leidenschaft, Champagnerprickeln, Herzenswärme und Romantik, und das alles so oft wie möglich.

Wieder vibriert mein Telefon.

»Hör auf, an ihn zu denken, und sag mir, ob ich dich anrufen kann.«

Verdammt noch mal. Wenn Gaël mich spät noch anrufen will, muss es ihm wirklich schlecht gehen. Dann werde ich also heute Abend nicht mehr lesen und eine der beiden Katzen wird meckern, weil ich die Hand, die das Telefon halten muss, nicht mehr zum Streicheln frei habe. So schnappe ich mir die Kopfhörer und teile Gaël mit, dass ich bereit bin, mit je einer Hand auf einer Katze, um seine Qualen sogleich auf mich umzulenken, wie es sich für eine gute Lenkerin negativer Emotionen gehört. Wohlgemerkt, ich lenke nur und behalte nichts davon für mich. Meine Katzen können sich problemlos beim Mäusejagen in der Scheune abreagieren.

»Wie geht's?«

»Na ja, nicht besonders, sonst würde ich dir nicht den Samstagabend verderben«, erwidert er in einem Ton, der keine Zweifel aufkommen lässt.

»Den verdirbst du höchstens meinen Katzen, ich gebe nur weiter.«

»Was gibst du weiter?«

»Alles, was du mir sagst.«

»An wen?«

»An die Katzen. Die haben eine hohe Aufnahmekapazität für menschliche Seelennöte. Unter diesem Gesichtspunkt habe ich sie ausgesucht. Das ist vertraglich zwischen uns festgelegt. Außerdem müssen die ja irgendeine Gegenleistung erbringen, dafür, dass sie sich bei mir den Bauch vollschlagen und es sich auf meinem Sofa gemütlich machen dürfen. Du kannst loslegen, ich bin bereit.«

»Du spinnst total.«

»Ich weiß, aber dafür liebst du mich ja. Jetzt erzähl schon.«

»Es gibt nichts Neues zu erzählen. Alles wie gehabt: Funkstille. Und ich warte wie ein Idiot darauf, dass alles wieder wird wie vorher.«

»Immerhin, was das betrifft, beweist du Scharfblick. ›Wie ein Idiot‹, das trifft den Nagel auf den Kopf. Dann hör auf damit.«

»Warum schaffe ich das nicht?«

»Weil du sie liebst. Oder weil du es nicht erträgst, dass sie nichts mehr von dir wissen will.«

»Beides wäre möglich?«

»Natürlich.«

»Und von beidem kann man sich wieder erholen?«

»Aber klar! Mit ein bisschen gutem Willen.«

»Ich hege noch immer die Hoffnung, dass sie wieder zu der wird, die ich kennengelernt habe. Da war alles so eindeutig.«

»Hör auf zu hoffen, dann wirst du nicht enttäuscht.«

»Aber ohne Hoffnung ist das Leben so traurig.«

»Dafür ist es einfacher. Du musst schon wissen, was du willst.«

»Und ohne Liebe?«

»Also, das, nein, das ist unmöglich. Ohne Liebe kann man nicht leben. Aber man kann ohne ›die eine große Liebe seines Lebens‹ leben. Und du brauchst bestimmt nicht zwei davon.«

»Und wenn Geneviève mich verlässt?«

»Wie kommst du darauf, dass sie dich verlassen könnte?«

»Vielleicht, weil ich mich unbewusst von ihr abwende?«

»Gaël, du bist dabei, dich von ihr abzuwenden, um dich abzusichern für den Fall, dass sie sich von dir abwendet, oder wie? Also, jetzt kriege ich Kopfschmerzen.«

»Ich auch. Du bringst mich ganz durcheinander.«

»Geh und schäl deine Karotten.«

»Karotten?«

»Wenn du Karotten schälst, denk nicht an was anderes. Nur an das Hier und Jetzt. Du schälst Karotten, und Punkt. Wenn du mit Geneviève zusammen bist, denk an Geneviève, wenn du in der Schule bist, denk an deine Schüler, wenn du Auto fährst, denk ans Autofahren. Und da du Stéphanie nicht mehr siehst, brauchst du auch nicht mehr an sie zu denken. Aber vergiss ja nicht, an mich zu denken.«

»Du bist jedenfalls meine Lieblingskarotte.«

»Das ist das schönste Kompliment, das mir je gemacht wurde.«

»Du wolltest ja noch nie, dass ich dich schäle.«

»Das wolltest du umgekehrt auch nie! Ich hätte es sowieso nicht länger als drei Tage mit dir ausgehalten.«

»Und ich wäre nach zwei Tagen abgehauen.«

»Ich gehe jetzt schlafen, du erschöpfst mich.«

»Was machen denn die Katzen?«

»Die schweben überm Sofa in der Luft, so aufgeblasen sind sie von deinen Seelenzuständen. Levitation nennt man das.«

»Katzen, die überm Sofa in der Luft schweben, nachdem sie sich meine Herzensnöte angehört haben. Es geht schon seltsam zu bei dir.«

»Und dabei wollte ich eigentlich ›Madame Bovary‹ lesen.«

»Dann kannst du dich bei mir bedanken. Mit mir hast du dich weniger gelangweilt.«

Mama, ich kann dir keine Antwort darauf geben. Ich tue mein Bestes. Es ist mein Leben.«

»Aber auch das deiner Tochter.«

»Eben. Und ich bemühe mich, das zu tun, was am besten für sie ist.«

»Wäre es dann nicht vielleicht an der Zeit zurückzukommen?«

»Wir haben das doch schon besprochen. Ich ziehe nicht mehr nach Paris.«

»Einen Vorort?«

»Ich kann das nicht mehr, Mama. Ich kann so nicht mehr leben.«

»Aber die Kleine hat doch ein Anrecht auf ein normales Leben, oder nicht?«

»Sie ist glücklich.«

»Wie lange wohl noch?«

»Wir sprechen ein andermal weiter. Ich verpasse sonst meinen Zug.«

»Gib ihr einen Kuss von mir. Ihr kommt doch diesen Sommer?«

»Ich gebe dir noch Bescheid.«

Selbst wenn sie leer ist, widerstrebt es mir, in die Metro zu steigen. Am Sonntagvormittag fahren nur Leute damit, die das Pech haben, an diesem Tag arbeiten zu müssen, oder kaputte Gestalten aus der Banlieue, die von den Irrfahrten einer durchzechten Nacht heimkehren. Ein anderes Publikum als unter der Woche, aber auch nicht besser. Ich bin früher oft genug mit diesen Vorortzügen gefahren, um sie zu verabscheuen. Ihretwegen bin ich klaustrophobisch geworden. Die überfüllten Bahnsteige um acht Uhr morgens, auf die die Menschen in Wogen quellen, immer in der Hoffnung, dass ihre Tasche nicht zwischen den Zugtüren eingeklemmt wird, wenn diese sich mitten im Gewimmel schließen wie eine Beißzange über einem Eisendraht. Ein glatter Schnitt durch die Masse, die eine Hälfte im Zug, die andere noch auf dem Bahnsteig, um auf den nächsten Zug zu warten und dort erneut durchgeschnitten zu werden, und nie weiß man genau, wohin man taumelt und auf welcher Seite man landet. An die Umstehenden gepresst zu stehen, ungeachtet ihrer Statur, ihres Mundgeruchs und ihrer Ausdünstungen. In der Hoffnung, sich beim Ausstieg schnell genug einen Weg durch die Masse bahnen zu können, um durch die Sperre zu kommen, bevor der nächste große Engpass entsteht. Nicht an Attentate denken oder an das Risiko, Opfer eines Raubs oder einer Tätlichkeit zu werden.

Vor allem aber kann ich diese drückende Stimmung kaum aushalten, die entsteht, wenn Menschen zusammengepfercht sind, ohne sich etwas zu sagen zu haben. Selbst unseren engsten

Freunden kommen wir nie freiwillig so irritierend nah, es wäre ein Einbruch in die eigene Sicherheitszone. Ich könnte da nicht mehr atmen. Da würde ich mir lieber ein Fahrrad kaufen und jeden Tag eine Stunde zur Arbeit fahren. Nach meinem Bohème-Leben, meiner absoluten Freiheit, der unvergleichlichen Stille und wohltuenden Einsamkeit, sind bestimmte Lebensformen für mich einfach unerträglich geworden.

Meine Mutter versteht das nicht. Sie wird es nie verstehen. Sicher, ihre Enkelin fehlt ihr, aber ich kann das nicht mehr.

Opa ist gestern gestorben. Ich wollte nicht bis zur Beerdigung bleiben. Ich wollte ihn noch ein letztes Mal sehen, ihm noch einmal in die Augen schauen, aber der Rest... Da kehre ich lieber zu meiner Tochter zurück. Nicht dass ich mir Sorgen machen würde, ich weiß sie in guten Händen, aber sie fehlt mir.

Die Metro spuckt mich am Ostbahnhof aus.

Der halbe Liter Kaffee von heute Morgen, um die Croissants hinunterzuspülen, die Mama liebevoll gebacken hatte, sodass es unmöglich war, abzulehnen, und dazu meine Aversion gegen Zugtoiletten – zweifelsohne ein Kindheitstrauma – zwingen mich dazu, die öffentlichen Toiletten am Bahnhof zu benutzen. In einem dunklen Winkel im Untergeschoss ist der Preis angeschrieben. Ein Euro, um zur Toilette zu dürfen. Wenn ich daran denke, dass ich seit sieben Jahren niemanden um Erlaubnis gebeten habe, um mich im Wald oder an einem Feldrand erleichtern zu dürfen! Ich stecke die Münze in den Schlitz und gehe durch das Drehkreuz, während die Maschine ein Billett ausspuckt. 50 Centime Ermäßigung bei meinem nächsten Besuch hier.

Sogar für so etwas gibt es Treuepunkte. Die Welt wird immer idiotischer. Der rotierende, sich selbstreinigende Toilettensitz ist ein Kronjuwel der modernen Zivilisation und lässt dem Toilettenpersonal mehr Zeit, zu kontrollieren, ob auch jeder seinen Besuch ordentlich bezahlt hat. Ob es ihnen ein Mehr an Würde verschafft, wenn sie die Leute anpöbeln, anstatt hinter ihnen herzuputzen? Meine Vermutung ist düster.

Bis zur Abfahrt meines TGV ist noch Zeit, und so setze ich mich auf eine Bank und beobachte die Leute. Manche flanieren, andere rennen. Die einen nehmen Abschied, die anderen feiern Wiedersehen. Riesige Rollkoffer, Gepäcksäcke mit Camouflage-Muster, Kinderwagen, alte und junge Menschen, große und kleine Menschen – und niemand sieht sich an. Niemand sagt Guten Tag. In Valentines Dorf grüßt man jeden, dem man auf der Straße begegnet. Alles andere wäre unnormal. Zweierlei Leben, zweierlei Welten. Und meine Mutter versteht nicht, dass mir das Land und die Wildnis, zusammen mit meiner Tochter, meinem Wohnwagen und den Pferden lieber ist als die anonyme, wimmelnde Stadt. Je mehr Menschen auf einem Haufen leben, umso weniger menschliche Wärme spürt man.

In meinem Blickfeld taucht plötzlich ein rosaroter Fleck auf und fällt einen Meter vor meinen Füßen auf den Boden. Ich denke zunächst an einen großen Bazooka-Kaugummi, den ein Kind frech über die Schulter gespuckt hat. Aber Kaugummis zucken nicht. Als ich genau hinschaue, entdecke ich, dass es ein kleiner Vogel ist, so federlos, als wäre er frisch geschlüpft. Ich schaue nach oben und mir wird klar, dass er keine Chance hatte. Die

Nester sind zig Meter hoch direkt unterm Glasdach der Bahnhofshalle. Es war sein erster und letzter Flug ...

Ich bin ein erwachsener Mann in einem mehr oder weniger reifen Alter, mit Haaren auf der Brust und anderswo, Vater einer siebenjährigen Göre, ich habe in meinem Leben so manchen Stürmen und Gewittern getrotzt, buchstäblich und im übertragenen Sinn, aber jetzt würde ich am liebsten weinen wegen dieses kleinen sterbenden Vogels auf dem Bahnsteig eines Bahnhofs, wo niemand den anderen sieht. Ich bin der einzige Zeuge seines Todeskampfs und kann nichts tun.

Ich denke an Anna-Nina. Zumindest ist sie nicht aus dem Nest gefallen. Ich habe sie aufgefangen, so gut ich es konnte – nur ihre Mutter konnte ich nicht retten.

Der Vogel bewegt sich nicht mehr, und mein Zug ist auf der Anzeige aufgetaucht. Ich stehe auf und gehe rasch im Slalom zwischen den Passanten hindurch zu meinem Bahnsteig. Ich glaube, ich habe eine Überdosis Menschengewimmel abbekommen: zu viele davon, ständig, überall, zu hektisch, zu gestresst. Hoffentlich ist das Abteil leer.

Von wegen.

Letzter Tag, letzte Minuten, letzte Augenblicke allein mit der Kleinen.

Wir stehen in der großen Glashalle des Straßburger Bahnhofs, Érics Zug soll in zehn Minuten ankommen. Ich atme angestrengt. Anna-Nina hüpft vor Ungeduld herum. Sie ist rührend.

Sie schlief noch, als ich heute Morgen aufstand. Ich habe mit Gustave gefrühstückt und in aller Ruhe Zeitung gelesen. So habe ich sie gar nicht die Treppen herunterkommen hören, sondern erst beim Patsch Patsch ihrer nackten Füße auf dem gekachelten Küchenboden aufgeblickt. Sie ist lächelnd zu mir gekommen, das zerknitterte Gesicht halb bedeckt von losen Haarsträhnen, die aus ihren Zöpfen gerutscht waren und die sie sich mit der Handfläche beiläufig nach hinten gestrichen hatte. Ganz um den Tisch herum ist sie gegangen, um mich mit ihren noch bettwarmen Ärmchen zu umarmen und mir ein Küsschen auf die Wange zu geben.

»Heute kommt Papa zurück...«

Dann hat sie in aller Ruhe gefrühstückt, ihr großes Marmeladenbrot in den heißen Kakao getunkt und sich immer wieder die Milch abgewischt, die ihr übers Kinn herunterlief. Ich habe sie schweigend betrachtet, mit einem leisen Lächeln auf den Lippen. Einem traurigen Lächeln, weil mir aufging, dass ich am liebsten die Zeit anhalten würde, damit alles so bliebe wie jetzt. Aber sie tut ja genau das Gegenteil, die Zeit, sie rennt, wirft alle Fixpunkte, die wir uns regelmäßig ganz brav zur Sicherheit setzen, über den Haufen. Sie schert sich nicht darum, was wir wollen, und wir können nichts dagegen ausrichten.

Ich wünschte, ihr Vater würde verwandelt von seiner Paris-Reise zurückkommen, offen, lächelnd, glücklich, zärtlich, dynamisch, von denselben Dingen motiviert wie ich.

Aber ich habe so meine Zweifel.

Manchmal bedaure ich die Gewitternacht, und im nächsten Augenblick danke ich wieder dem Himmel, dass er sich an diesem Abend über ihrem Wohnwagen ergossen hat, ganz in meiner Nähe.

Etwas später, nachdem wir uns fertig gemacht und vor allem ihre Zöpfe aufgemacht hatten, was ihr einen unglaublich voluminösen Haarschopf eingetragen hat, sind wir mit dem Auto nach Straßburg gefahren, um uns an diesem strahlenden Frühsommertag ein wenig die Stadt anzusehen. Anna-Nina trägt das Kleidchen, das ich ihr letzte Woche gekauft habe. Sie liebt es heiß und innig, weil der Rock sich ausbreitet wie ein Sonnenschirm, wenn sie sich dreht.

Sie hat sich für eine Bootsfahrt auf einem der Bateau-Mouche entschieden, inmitten von lauter deutschen und japanischen

Touristen, dann haben wir uns auf eine Café-Terrasse gesetzt und uns ein kleines Mittagessen mit einer Riesenportion Eis zum Nachtisch gegönnt. Sie hat zuerst einen Teil der Schlagsahne mit dem Finger gegessen und abgeschleckt, dann ihre zwei Eissorten zu einer cremigen Masse verrührt und bis auf die letzten Fitzelchen im Glas genossen.

Da wir genug Zeit hatten, sind wir zu Fuß zum Bahnhof zurückgeschlendert, wo ich sowieso das Auto geparkt hatte. Von der Place Kleber aus haben wir einen kleinen Umweg durch la Petite France gemacht. Anna-Nina hatte einen Riesenspaß daran, hinter den Tauben herzurennen. Ich liebe dieses Viertel mit den alten elsässischen Häusern, den Farben, dem Wasser, den Holzbrücken, den Blumenkästen, dem Licht, der Süße des Lebens. Zu meiner Studienzeit habe ich hier gewohnt. Natürlich in einem Zimmerchen unterm Dach, der hohen Mieten wegen, aber ich liebte meine Unabhängigkeit und diese Vorfreude, mit der ich jeden Morgen auf die Straße getreten bin.

Letzter Tag, letzte Minuten, letzte Augenblicke allein mit der Kleinen. Wir haben uns gegenüber der großen Eingangshalle aufgestellt. Ein Strom von Reisenden ergießt sich auf einmal in den Mittelgang, wo die Bahnsteige zusammenkommen. Der Zug ihres Vaters ist eingefahren.

Ich entdecke ihn vor ihr, der armen kleinen Maus, die sich inmitten all der großen Leute schwertut, irgendetwas zu sehen. Ich fasse ihre Hand und zeige mit der anderen in die Richtung, in der sie nach ihm Ausschau halten soll.

Sie lässt meine Hand sofort los und rennt auf ihn zu.

»Papaaaa«, schallt es durch die Bahnhofshalle. Ein paar Leute drehen sich um, mit einem Lächeln auf den Lippen.

Die beiden fallen sich in die Arme. Wie ein einrastender Sicherheitsgurt. Ich kann das Klicken bis hierher hören. Den beiden kann jetzt nichts mehr passieren. Er streicht ihr neugierig über die Haare und wirft mir einen strengen Blick zu. Auf eine solche Veränderung war er offenbar nicht vorbereitet.

Als die beiden bei mir angelangt sind, begrüßt er mich, ohne mich zu berühren. Ich hätte gedacht, dass er mir zumindest ein Küsschen auf die Wange gibt. Aber stattdessen signalisiert er auf Anhieb Distanz.

»Hatten Sie eine gute Reise?«

»Es geht. Was haben Sie mit ihren Haaren gemacht?«

»Sie wollte, dass ich ihr kleine Zöpfchen flechte und dass wir sie wieder aufmachen, bevor Sie zurückkommen. Als Überraschung.«

»Die ist gelungen! Ich hätte sie beinahe nicht wiedererkannt.«

»Einmal Haare waschen und es ist wieder weg.«

»Gefällt es dir nicht, Papa?«

»Nicht so sehr.«

Da ist er wieder, dieser Ton: weder offen, noch heiter, noch fröhlich, noch zärtlich. Éric bleibt sich treu.

Das Atmen fällt mir auf einmal noch schwerer als vorher.

Auf der Rückfahrt redet er nur mit Anna-Nina, spricht mich praktisch gar nicht an, und als wir auf dem Hof ankommen, verschwindet er schnurstracks mit Anna-Nina im Wohnwagen.

So viel dazu.

S ag ihm, dass er bleiben soll.«

»Sag mal, geht's noch?«

»Willst du nicht, dass er bleibt?«

»Doch, natürlich.«

»Na, und soll er das vielleicht erraten?«

»Wenn ich ihm das sage, dann denkt er, dass ich an ihm hänge.«

»Valentine! Jetzt erklär mir mal, wie das gehen soll, mit jemandem zusammenleben zu wollen, ohne an ihm zu hängen. An der Kleinen hängst du doch auch, oder?«

»Das ist was anderes. Du weißt doch, dass ich einen Mann in meinem Revier nicht ertrage. Schon gar nicht einen mit so einem Charakter.«

»Also wird er wegfahren, und seine Tochter mit ihm.«

»Ich kann es nicht ändern.«

»Doch! Indem du aufhörst, dir ständig zu sagen, dass du ersticken wirst. Was für ein blödsinniger Gedanke!«

»Und du? Hast du etwa keine Ängste, die dich überfordern?«

»Nein. Ich bin ein Nachkomme des Ritters ohne Furcht und

Tadel. Mit meinen hundertdreißig Kilo Muskelmasse habe ich vor nichts und niemandem Angst.«

»Mach mal halblang, Superman, und spar dir deine Muskeln für den Augenblick auf, wo du mich aus dem widerlichen, kalten Sumpf ziehen darfst, in dem ich versinke, wenn sie abgefahren sind.«

»›ICH – WILL – DASS – DU – BLEIBST!‹ Das ist doch nicht so schwer zu artikulieren.«

»Steht mir das nicht in dicken Lettern auf die Stirn geschrieben?«

»Nicht jeder, der es möchte, ist ein offenes Buch! Außerdem macht dein unausstehliches Temperament so viel Lärm, dass man gar nicht zum Lesen kommt…«

Seit zwei Tagen spricht er kaum mit mir, igelt sich im Wohnwagen ein und kommt nicht mal mehr zum Essen herüber. Anna-Nina wirkt ein wenig verloren. Sie hat Angst, ihm Kummer zu bereiten, wenn sie Zeit mit Gustave und mir verbringt, und bedauert doch, dass sie das nicht mehr nach Lust und Laune tun kann. Wir nutzen unsere Fahrten zur Schule und zurück, um uns zu unterhalten. Ich versuche ihr, so gut ich kann, die Verstimmtheit ihres Vaters zu erklären, soweit ich es mir überhaupt selbst erklären kann. Er hat das alles nicht kommen sehen, hat auf einmal das Gefühl mit dem Rücken zur Wand zu stehen, hat den Eindruck, dass seine Tochter ihm entgleitet, ihn nicht mehr so lieb hat wie vorher, er weiß nicht, was er mit seinem Leben anfangen soll, mit ihrer beider Leben.

»Aber ich habe ihn doch genauso lieb wie vorher. Ich finde bloß, dass es einfacher wäre, hierzubleiben.«

»Für dich schon, aber nicht für ihn.«

»Er müsste nicht mehr überlegen, wo wir anhalten, damit die Pferde zu fressen haben. Und nicht, wo wir eine Waschmaschine herbekommen oder ein Schwimmbad finden oder ab und zu mal eine Dusche. Und auch nicht, wie er mir irgendwas beibringen kann.«

»Er ist ein bisschen durcheinander. Für deinen Papa ist es wichtig, dass sich die Dinge langsam entwickeln, weißt du?«

»Aber das Leben vergeht doch so schnell, man muss es nutzen und lauter Sachen machen. Sonst ist es vorbei.«

»Lass ihm ein bisschen Zeit.«

Das Gespräch führten wir auf der Heimfahrt von der Schule. Als wir ankamen, rannte Anna-Nina direkt zu ihrem Vater, der gerade dabei war, den Wohnwagen frisch zu streichen. Sie blieb gut zwei Stunden bei ihm, bevor sie herüberkam, um zu duschen, mit mir zu Abend zu essen und schlafen zu gehen. Sie war erschöpft von unserem Schulausflug auf den Champ du Feu, vom Herumkraxeln im Wald, dem Suchen nach Blättern, Rinden, Tannenzapfen und Eicheln. Sie kennt mehr Baumarten als ich. Sehr beeindruckend.

Ich kann Spannungen nicht aushalten, schon gar nicht in meinem eigenen Haus, auch wenn Éric sich entschlossen hat, es nicht mehr zu betreten. Es ist immer noch derselbe Hof, derselbe Ort, dasselbe Kind, das in der Zwickmühle steckt.

Nachdem ich geduscht habe, vergewissere ich mich, dass die Kleine schläft, indem ich über Croquette hinwegsteige, die kaum eine Augenbraue hochzieht.

Alles ist ruhig.

Außer mir.

Ich muss meinen ganzen Mut zusammennehmen. Ich will die Spannungen lösen, und ich will meine Lust befriedigen. Ich weiß nicht, ob ich diesen Mann liebe, aber jedenfalls liebe ich es, wenn er mit mir schläft. Ich habe Freundinnen, die alle halbe Jahre einmal mit ihrem Mann schlafen und damit vollauf zufrieden sind, während ich das am liebsten täglich hätte, nur leider fehlt mir die Gelegenheit.

Es ist komisch, aber diesmal habe ich mehr Angst, dass er mich abweist als beim letzten Mal. Vielleicht weil ich diesmal das konkrete Risiko spüre, das ich eingehe. Ich glaube, er will hier weg. Und da rede ich Idiot mir ein, dass mein Hintern und meine Brüste ihn vielleicht davon abhalten könnten. Zumindest kann ich mich damit trösten, dass es nicht schlimmer zwischen uns werden kann, als es momentan sowieso schon ist, selbst wenn er mich abweist...

Geliebte Hélène,
ich komme mir vor wie der Schmetterling auf deinem roten Grabstein, der beim Wegfliegen wirkte, als wüsste er nicht so genau, wo er hinwollte. Hast du ihn mir geschickt, um mir zu sagen, dass ich mich einfach wie er vom Wind tragen lassen soll?
Seit meiner Rückkehr hierher geht es mir schlecht. Anna-Nina mit ihren welligen Haaren zu sehen, war ein Schock für mich. Es ist im Grunde eine Lappalie, aber mir hat es einen solchen Stich gegeben, als ob sie während meiner Abwesenheit eine andere geworden wäre. Und dazu diese Verbundenheit zwischen den beiden. Ich hatte tatsächlich das Gefühl, zu stören. Nanie hat sich gefreut, mich wiederzusehen, sie hat es gezeigt und ich habe es gespürt. Trotzdem wirkte sie so glücklich, diese paar Tage fern von mir verbracht zu haben. Die zwei

sind ein Herz und eine Seele, das spürt man sofort. Ich bin Valentine nicht böse, auch wenn ich den Eindruck habe, dass sie mich, seit ich hier bin, ständig vor vollendete Tatsachen stellt. Und dass sie alles tut, damit ich nicht abfahre, aber nichts, um mich zu bewegen, bleiben zu wollen. Außer dem Sex.
Ich merke, wie der Wohnwagen wackelt. Das muss sie sein. Womöglich deswegen. Bist du mir böse, Hélène, weil ich mit einer anderen Frau schlafe und dabei solche Lust empfinde? Es hat mir so gefehlt, und es tut so gut. Es fällt mir schwer, Nein zu sagen. Seit du fort bist, hat sich mir keine einzige Gelegenheit geboten. Bis ich in diesem Nest gelandet bin. Ich war längst so weit, den Mangel nicht mehr zu spüren. Und jetzt hat sie mich wieder damit infiziert wie mit einem Virus. Ich muss aufhören, sie kommt herein ...

Er muss doch merken, dass ich da bin, hinter der Tür. Sobald jemand die drei Trittstufen hinaufsteigt, wackelt der ganze Wohnwagen. Aber er dreht sich nicht um. Er schreibt etwas in ein Heft. Ich betrachte seinen leicht gebeugten Rücken. Éric ist nicht sehr groß, aber er hat kräftige Arme vom Lenken der Pferde. Meine Hand liegt auf der Türklinke. Ich zittere. Und wenn er mich nun zum Teufel jagt?

Gaël würde jetzt sagen, dass mir nicht mehr zu helfen ist, weil das ja geradezu eine Steilvorlage für eine schallende Ohrfeige ist. Aber mir geht es um etwas anderes, und ich will es jedenfalls versuchen.

Ich klopfe nicht. Mir ist bewusst, dass es einer gewissen Frechheit bedarf, um einfach so in seine vier Wände einzudringen, aber er weiß, dass ich da bin, und rührt sich nicht. Also vermute ich, dass er abwartet.

Erst als ich die Tür hinter mir zuziehe und der Riegel geräuschvoll einrastet, legt er seinen Stift weg, schließt das Heft und schiebt es an den Rand des Tischs. Er setzt sich aufrecht hin und schaut ins Leere. Die Lampe über der kleinen Spüle erhellt zwar nur spärlich den Tisch, verbreitet in dem winzigen Raum aber ein weiches Licht.

Ich gehe zu ihm, ohne so recht zu wissen, wie ich ihn ansprechen soll. Stattdessen hoffe ich inbrünstig, dass er sich umdreht und die Dinge in die Hand nimmt. Tut er aber nicht. So lehne ich mich neben ihm an den Tisch, sehe ihn an und lege ihm die Hand auf die Schulter.

Er starrt immer noch stur vor sich hin, ohne auf meine Berührung zu reagieren. Ich warte also einfach. An den Schatten in seinem Gesicht, dem Zittern seines Kiefers merke ich, dass er den Tränen nahe ist, dass in diesem Augenblick etwas Schwieriges in ihm arbeitet. Flüchtig richtet er den Blick auf das Heft, wendet ihn dann wieder ab und fixiert erneut einen Punkt in der Dunkelheit hinter der Fensterscheibe.

Da spüre ich seine Hand auf meinem Schenkel, fest und entschlossen. Ein paar Augenblicke später liege ich auf seinem Tisch, spüre die Brotkrümel seines Abendessens an meinem nackten Rücken. Ich will mehr als bloß die Krümel der Liebe, ich will ein Gelage, eine Orgie. Ich will den Rausch.

Ich kann mir nicht einmal vorstellen, dass er eines Tages nicht mehr da sein könnte. Die Leere wäre unerträglich.

Vor einer Stunde ist sie gegangen. Ich muss eingedöst sein. Ich fühle mich leer, nachdem ich mit ihr geschlafen habe, und gleichzeitig erfüllt. Das ist eine Art Ekstase, die ich nirgends sonst in meinem Leben finde.
Ich mache Sachen mit ihr, die wir nie getan haben, du und ich, weil wir jung waren, weil sich das nicht ergeben hat, weil wir uns liebten und auf ganz einfache Weise miteinander glücklich waren. Mit Valentine ist das anders. Der Sex mit ihr wiegt alle Unzulänglichkeiten auf. Man muss den anderen transzendieren, um ihn zu ertragen. Außerdem denke ich währenddessen sowieso nicht nach, ihr Körper schreit vor Lust und ich folge dem einfach.
Ich erzähle dir das, obwohl du meine Frau bist. Obwohl du tot bist. Bist du womöglich meine beste Freundin, meine Vertraute geworden? Werde ich allmählich wahnsinnig, weil ich mit einem Notizbuch rede, als ob es mein innerer Führer wäre?
Dieser Schmetterling, der auf deinem Grabstein saß, ist schließlich neuen Horizonten entgegengeflogen.
Ist es das, was ich auch tun soll? Soll ich aufhören, mich an dein Phantom zu klammern und lieber mit meinen eigenen Flügeln fliegen, um nicht zu enden wie das kleine Vögelchen am Ostbahnhof? Ich dachte, ich läge selbst im Sterben, aber ich bewege mich immer noch und bin wieder aufgestanden. Glaube ich jedenfalls. Unserer Tochter wegen, ich hatte ja keine Wahl. Jetzt frage ich mich, ob ich noch mal Lust zum Fliegen habe. Ich glaube ja. Mit wem, wohin, wie und warum weiß ich nicht, aber ich habe Lust.
Hast du uns dieses furchtbare Gewitter vielleicht geschickt?

Noch mal?«

»Manchmal hilft es dabei, zerschlagenes Porzellan zu kitten.«

»Und hat es funktioniert?«

»Ja, heute Morgen hat er wieder mit uns zusammen gefrühstückt. Und er hat mich beinahe angelächelt.«

»Aber nur beinahe.«

»Das ist ja schon was. Wenn du wüsstest, wie gut das tut.«

»Dass er dich anlächelt?«

»Dass da ein ›bei Gefallen auch mehr‹ mitschwingt.«

»Wenn du wüsstest, wie traurig ich bin.«

»Weil Stéphanie dich nicht anlächelt?«

»Weil es kein ›bei Gefallen auch mehr‹ mehr gibt.«

»Vielleicht kommt es wieder?«

»Mumpitz!«

»Oh, là, là, also, wenn du auf mittelalterlichen Wortschatz zurückgreifst, um zu schimpfen, dann musst du ja wirklich verzweifelt sein.«

»Ich bin am Boden zerstört.«

»Gaël, findest du nicht, dass du da einem Menschen, der auf deine Seelennöte keine große Rücksicht nimmt, ein wenig zu viel Bedeutung in deinem Leben beimisst?«

»Doch, natürlich. Aber ich kann sie einfach nicht vergessen. Mir fehlen die Gespräche, mir fehlt ihr Trost und dass ich sie nicht mehr trösten kann, mir fehlt, dass ich nicht mehr lache und sie mich nicht mehr zum Lachen bringen kann. Selbst ihre Ablehnung fehlt mir, ihr Schweigen. Alles an ihr fehlt mir. Ich bin ein großer leerer Krater, in mir ist eine gähnende Leere.«

»Ach, weißt du, in ein paar Jahrzehnten wird der leere Krater sich in einen hübschen kleinen Natursee verwandelt haben, in dem ein Haufen Fische schwimmen, und mit etwas Glück vielleicht sogar noch ein paar Sirenen mit langen seidigen Haaren und üppigem Busen.«

»Oder es bleibt ein vertrocknetes Becken mit rissigem Grund.«

»Und deine Tränen, wo fließen die hin?«

»Auf deine Schulter.«

»Sei geduldig, Gaël. Das vergeht schon mit der Zeit.«

»Ich will aber nicht, dass Stéphanie mit der Zeit vergeht.«

»Den Lauf der Dinge kannst du nicht ändern, also hör auf, es zu versuchen und herumzujammern, weil es nicht klappt. Es ist eben, wie es ist.«

»Aber ich will eben, was ich will.«

»Verzogener Bengel! Anscheinend haben dir deine Eltern keine Frustrationstoleranz beigebracht.«

»Nicht in Bezug auf Frauen.«

»Sieh einer an! Hast du dir noch nie eine Abfuhr geholt?«

»Doch, auf dem Gymnasium, als wir uns kennengelernt haben, du und ich. Bevor ich dich kennenlernte, habe ich nämlich deine damalige Freundin kennengelernt.«

»Stimmt! Sie hieß Céline und hat mit dir gespielt wie eine Katze mit ihrer Maus. Und du hast ziemlich gelitten!«

»Genau.«

»Und was empfindest du heute für Céline?«

»Nichts mehr natürlich. Es ist ja lange her.«

»Ah! Q. e. d.! Damals dachtest du, sie wäre die Frau deines Lebens, und die zwei Dinge, die dich davon abgehalten haben, von der Brücke zu springen, waren der Gedanke, wie weh das deinen Eltern tun würde, und die Aussicht, nie wieder den Käsekuchen deiner Oma essen zu können.«

»Aber sie war ja nicht die Frau meines Lebens.«

»Stéphanie ist es auch nicht.«

»...«

»Aha! Siehst du, ich habe recht! Dieses ganze Theater für jemanden, den du in fünf Jahren vergessen haben wirst.«

»Mit Stéphanie ist es anders.«

»Klar ist es da anders, weil sie dir gerade das Herz gebrochen hat, aber jetzt lass die Wunde erst mal verheilen, und dann wirst du sehen, ob es danach auch noch anders ist.«

»Vielleicht hast du recht.«

»Brich dir bloß keinen Zacken aus der Krone, wenn du so was sagst!«

»Und glaub du bloß nicht, dass du jetzt gewonnen hast...«

Ich verstaue meine Sachen im Wohnwagen. Anna-Nina habe ich noch nichts gesagt – ich schiebe den Augenblick hinaus, solange es geht. Wobei ich es nicht im allerletzten Moment tun darf, aber ich habe Angst davor, ihr das Herz zu brechen mit meinen verrohten Umgangsformen, asozialer Wilder, der ich geworden bin. Ich werde ihr sagen, dass wir für eine Weile wegfahren, um Martine und Benoît zu besuchen, Freunde von mir in den Vogesen, und dass wir danach weitersehen werden. Da die großen Ferien beginnen, kann sie nicht mehr mit der Schule argumentieren, und so kann ich ein wenig Abstand gewinnen, und sie auch.

Ich fürchte mich vor ihrer Reaktion, aber ich bin nun mal ihr Vater und treffe die Entscheidungen – und nicht Valentine, die sie mit ihrer Bastelei und Töpferei, ihren Schulheften und ihren betörenden Parfums um den Finger gewickelt hat.

Gustave hat sich auf die Stufen vor dem Hauseingang gesetzt. Sie bestehen aus drei großen Quadern aus Vogesen-Sandstein, die von unzähligen Schritten schon ganz ausgetreten sind. Ich habe ihn noch nicht oft rauchen sehen, aber die Zigarette, an der er gerade zieht, scheint ihm Genuss zu bereiten. Es ist die Pause, die er sich inmitten der vielen Arbeit gönnt. Um diese Zeit, Ende Juni, kostet ihn der Garten einige Mühe.

Er hält sein Bier in der Hand und gibt mir mit einem Augenzwinkern zu verstehen, dass ich mich gern zu ihm setzen kann.

Ich mag seine Diskretion und seine Schlichtheit, seinen Blick auf das Leben und seine zurückhaltende Art. Er macht keine Geschichten, akzeptiert aber auch keine. Er versteht es, zu verschwinden, bevor er sich über irgendwas aufregt. So tut er niemandem weh. Und er ist so wohlwollend Anna-Nina gegenüber. »Meine Prinzessin«, nennt er sie.

Wir tauschen ein paar Bemerkungen über das Wetter aus, dann wechselt er übergangslos das Thema, bevor ich mich aus dem Staub machen kann.

»Hör mal, Junge! Ich bin es nicht gewohnt, über mein Leben zu reden, aber ich würde es später bereuen, wenn ich es nicht getan hätte, bevor du fährst. Du glaubst doch nicht, ich hätte dein Spiel nicht durchschaut? Du bist nervös, wie einer, der versucht, seinen Coup auf die sanfte Tour zu landen. Ich werde dir nicht sagen, dass du bleiben sollst. Aber ich sage dir, überleg dir gut, was du tust, für dich, für die kleine Prinzessin und für meine Valentine. Oh, ich weiß sehr wohl, dass ihr miteinander geschlafen habt. Ich habe nicht extra darauf geachtet, aber es ist mir nicht entgangen. Und in ein paar Sekunden hat man dann die Puzzleteile zusammengesetzt. Zieh die Vorhänge zu, wenn du abends Licht in deinem Wohnwagen anhast! Valentine ist ein prima Kerl, aber sie braucht einen Mann in ihrem Leben. Sie kann es nur nicht zugeben. Und du, mein Junge, du brauchst eine Frau in deinem Leben, und du kannst es auch nicht zugeben.«

»Man kann auch ohne.«

»Lass mich ausreden, sonst verliere ich den Faden! Und dabei hast du die Chance, dein Leben noch mal neu anzufangen. Ich sage nicht, dass das leicht war, was du hinter dir hast. Das ist furchtbar, so was sollte niemandem passieren, und ich weiß nicht, was ich an deiner Stelle getan hätte, aber auch wenn deine Frau dir furchtbar fehlt – immerhin hast du das Glück, zu wissen, was mit ihr passiert ist. Und du weißt, dass sie nie wiederkommen wird. Und da könntest du dir ja vielleicht erlauben, diese Seite umzublättern? Und deshalb erzähle ich dir jetzt von meinem Leben, denn von nicht umgeblätterten Seiten verstehe ich was, das hab ich selbst erlebt, und das war nicht einfach zu verdauen.«

Gustave schweigt einen Moment, während er mit dem Kronkorken der Bierflasche über seine schwieligen Hände schabt.

»Ich war vierzehn, als mein Leben angefangen hat, und just im selben Augenblick ist es eingefroren. Manchmal frage ich mich, was passiert wäre, wenn ich an jenem Tag nicht diese Entscheidung getroffen hätte, was wäre dann wohl mein Schicksal gewesen? Aber das ist die Art von Frage, die man sich nie stellen soll, weil das uferlos ist und es doch keine Antwort darauf gibt. Also, ich war auf dem Heimweg, und da finde ich diese Frau auf der Straße. Sie war übel dran, und weil es auf dem Trottoir vor der Kommandantur war, konnte ich davon ausgehen, dass sie von den Nazis malträtiert worden war. Ich konnte sie doch nicht einfach so dalassen, noch dazu, wo sie einen Bauch so rund wie ein Fußball hatte. Also hab ich sie mit nach Hause genommen, um mich um sie zu kümmern, bei uns oben auf den Dachboden, weil meine Mutter das nicht gern sah. Sie hatten ihr den Bauch mit Zigarettenstummeln verbrannt, das muss man sich mal vorstellen, mit dem Kleinen direkt darunter. Diese Barbaren! Das ist etwas, das man den Kindern heutzutage erzählen sollte, was damals für Gräuel geschehen sind in diesem Krieg. Denn wenn man das nicht selbst erlebt hat, dann kann man es fast nicht glauben. Am nächsten Morgen hab ich sie hierhergebracht, das war ihr Bauernhof, den sie gemeinsam mit ihrem Mann Léon betrieben hat. Eigentlich war es auch Léon, den sie damals gesucht haben, nur deshalb haben sie sie gequält. Aber sie hat nicht geredet. Sie hatte Mumm, meine Suzanne. Trotzdem war es zu riskant, auf dem Bauernhof zu bleiben. Ihr alter Nachbar hatte ihr versprochen, sich um das Vieh zu kümmern, und ihr geraten, in die Vogesen zu gehen. Und so habe ich sie über die Grenze in die Vogesen geführt, wie ich es zuvor schon x-mal zusammen mit meinem Vater, diesem Dreckskerl, getan hatte. Er hat nämlich Juden über die Grenze geschleust, aber nicht um Leben zu retten, sondern des Geldes wegen. Ich hingegen habe die Fluchthelfer bewundert, die ihre Haut riskierten, um andere zu retten, und das wollte ich auch. Also habe ich Suzanne über die Grenze gebracht, um sie auf einem abgelegenen Bauernhof auf der anderen Seite, in der besetzten Zone, zu verstecken, oben in den Bergen. Oh, leicht war das nicht. Wenigstens konnte das Baby im Bauch nicht schreien. Wir waren mucksmäuschenstill, aber sie musste stundenlang durch den Schnee waten, und zweimal mussten wir bei Minusgraden im Wald übernachten. Aber wir haben es geschafft, wir hatten ja diese Wut im Bauch und wollten leben. Sie wollte Léon beweisen, dass sie nicht umsonst durchgehalten hatte, nicht umsonst die Folter in diesem Keller mit dem Wassereimer und den Brandwunden ertragen hatte. Ich wollte sie unbedingt retten, um Wiedergutmachung zu leisten für diejenigen, die durch die Schuld meines Vaters umgekommen waren. Wir blieben also auf diesem Bauernhof, bei dieser Familie, gesprächig waren die nicht gerade, aber freundlich allemal. Ich habe hart gearbeitet, Suzanne auch, aber vor der Entbindung eben nur so viel, wie es ging. In einer Gewitternacht war es dann so weit, und es ging so schnell, dass die Bäuerin nicht rechtzeitig kommen und helfen konnte. So musste ich, mit meinen vierzehn Jahren wohlgemerkt, das Baby in Empfang nehmen, als es aus Suzannes Bauch kam. Es war ein Mädchen. Sie hat es Léonie genannt, nach dem Vater. Alles ist gut gegangen, und es ist ein unvergesslicher Augenblick für mich, auch wenn ich nicht stolz auf mich war oder so. Ich hatte ja noch nie eine nackte Frau gesehen. Als dann die Amerikaner eingerückt sind, sind wir hinter ihnen her und auf den Bauernhof zurück. Da war viel zu tun, um alles wieder in Gang zu bringen. Sie hat mir gezeigt, wie man die Ziegen versorgt, den Käse macht, die Grundlagen eben. Ihr Leben lang hat sie auf Léons Rückkehr gewartet, aber nie eine Nachricht bekommen. Ihre letzte Begegnung war in der Kommandantur gewesen, als er sich den Deutschen ausgeliefert hatte, um sie auszulösen. Das Einzige, was man später erfahren konnte, war, dass er mit den Malgré-nous zusammen weggeschickt worden war. Außerhalb des Elsass' weiß kaum jemand, was das ist. Weißt du es?«

»Nein.«

»Ab 1942 haben die Deutschen ganze Jahrgänge zwangsrekrutiert und sie an die russische Front geschickt. Ich war noch zu jung. Aber die etwas Älteren hatten keine Wahl. Oh, natürlich gab es auch welche, die man nicht lange bitten musste, Abschaum gibt's überall, aber die überwiegende Mehrheit ist nur unter Gewaltandrohung mitgegangen. Die Jungen, die sich weigerten oder desertierten, mussten davon ausgehen, dass ihre ganze Familie ins Arbeitslager geschickt wurde. Und man wusste ja, wozu die Nazis fähig waren, insofern blieb einem keine große Wahl. Im Lager Struthof fand man Jahre nach dem Krieg noch Berge von Schuhen, Brillen, Haaren – das war das Einzige, was übrig geblieben war von denen, die dort gelandet und nie wieder herausgekommen waren. Vergast oder erschossen oder verbrannt wurden sie, bloß weil sie Juden oder Zigeuner oder behindert waren. In den Fünfzigerjahren sind die Kinder aus den Dörfern weiter unten da manchmal noch hingegangen, es war ja alles offen zugänglich, und so hatten die Kleinen die greifbaren Spuren des Horrors direkt vor Augen. So war das damals, und so konnten die jungen Elsässer nicht das Risiko eingehen, ihre Familie zu gefährden, und sind deshalb mitgegangen. Viele von ihnen sind nicht mehr heimgekehrt. Wenn die Familien erfuhren, was mit ihnen geschehen war, konnten sie zumindest trauern, aber von vielen hat man einfach nie wieder gehört. Suzanne hat auf ihren Mann gewartet, und ich habe ihr beim Warten zugesehen. Sie konnte es sich nicht gestatten, ihn zu vergessen und sich auf einen anderen Mann einzulassen, solange sie nicht wusste, ob ihrer eines Tages wiederkommen würde. Das ist wie bei den Seeleuten, weißt du, wenn man keine Leiche findet ... Manche sind Jahre nach dem Krieg zurückgekommen, ohne dass man so recht verstanden hat, wieso es so lange dauern konnte. Und so hat sie eben gewartet. Und ich hab darauf gewartet, dass sie aufhört zu warten. Vergeblich. Ich glaube, wir haben uns geliebt. Wir haben uns oft in den Arm genommen, abends vor dem Feuer im Kamin. Und mich hat es erregt, das zu tun, aber es ist nie etwas zwischen uns geschehen. Ich hätte mir gewünscht, ihr Ehemann zu sein, ihr echter, legitimer Mann. Aber ich war der Knabe, der ihr mit seinen vierzehn Jahren das Leben gerettet hat, und es hat gedauert, bis sie in mir überhaupt einen richtigen Mann sehen konnte. Außerdem war sie ja um einiges älter, und so was ging damals nicht. Ich war so eine Art kleiner Bruder für sie. Aber miteinander schlafen ... Nun ja, der erste nackte Schoß einer Frau, den ich gesehen habe, war ihrer, und zwar mit dem Kopf eines Babys von zehn Zentimeter Durchmesser mittendrin. Ich glaube, das hat mir einen Knacks gegeben. Ich habe das ein oder andere Mal mein Glück bei den Mädchen aus dem Dorf versucht, die leicht zu haben waren, aber das war nicht gerade glorreich. Ich habe die ganze Zeit immer diesen riesigen Kopf vor mir gesehen. Immerhin, so hat mir dieser Aspekt eigentlich nie wirklich gefehlt. Diese Geburt hat bei mir was abgetötet, bevor es so richtig in Gang gekommen war. Und du siehst, ich hab's überlebt. Mag sein, dass ich da etwas verpasst habe, aber ich habe mein Leben mit der Frau verbracht, die ich liebte. Was sie angeht, weiß ich es nicht so genau, aber ich glaube, sie liebte mich auch. Gesagt hat sie es nie. Sie hing an mir, aber geliebt hat sie in erster Linie ihren Léon. Der Krieg hat ihr Leben verpfuscht, weil sie sein Schicksal nicht kannte und ihr Leben daher nicht weiterleben konnte. Du verstehst jetzt sicher, wieso ich dir gesagt habe, dass du das Glück hast, Bescheid zu wissen? Das mit deiner Frau ist traurig, aber du kannst nichts mehr dagegen tun. Du kannst sie nicht zurückbringen, und es besteht auch keine Hoffnung, dass sie irgendwann wiederkommt, auch nicht in zehn Jahren. Und so hast du jetzt die Wahl, dein Leben mit einem Phantom zu verbringen und das auch noch an deine Tochter weiterzugeben, oder du machst einen Strich drunter und fängst wieder ein normales Leben an, mit einer Familie, mit der Liebe und allem, was einen lebendig macht. Klar, ich kann dich nicht dazu zwingen, meine Valentine zu lieben, sie hat schon ihre Eigenheiten. Aber ihr zwei zusammen, das ergibt was Interessantes. Und die Kleine ist ein herrliches Bindeglied zwischen euch. Und zwei zusammen ergeben noch mal etwas ganz anderes als zwei Einzelteile, verstehst du?«

»Ja.«

»Aber es ist dein Leben. Ich sag dir nicht, was du tun oder lassen sollst. Aber dass du mal drüber nachdenken sollst, das will ich dir schon sagen, und es riskieren sollst, diese Seite umzublättern. Du scheinst ein ganz ordentlicher Kerl zu sein, sonst wäre deine Kleine nicht so, wie sie ist. Niemand kann an deiner Stelle entscheiden, aber wir anderen können zumindest sagen, wie wir es sehen. Und das habe ich jetzt getan, und jetzt mach damit, was du willst. Jedenfalls seid ihr hier immer willkommen. Leb dein Leben, verdammt noch mal! Deine Tochter scheint es ja für zwei zu tun. Und das wird sie irgendwann müde machen...«

Ich weiß, dass er abfahren wird, aber ich kann Anna-Nina nichts sagen. Es ist auch nicht meine Aufgabe. Den ganzen gestrigen Abend hat er versucht, so zu tun, als wäre nichts, aber ihm war eindeutig nicht wohl dabei, das konnte man sehen und spüren. Wahrscheinlich schiebt er es bis zum letzten Augenblick hinaus.

Ich sehe ihr zu, wie sie auf dem Pausenhof mit den anderen Kindern spielt. Wenn ich mir vorstelle, dass sie nicht einmal weiß, ob sie ihre Freunde nach den Ferien noch einmal wiedersehen wird!

Und ob ich sie noch einmal wiedersehen werde, weiß ich auch nicht.

Gaël ist noch nicht da. Es geht ihm nicht gut. Er kommt schlurfend zur Schule, er geht schlurfend wieder nach Hause, er macht alles in seinem Leben nur noch schlurfend. Es nervt mich, dass diese Frau ihm nicht klipp und klar sagt, woran er mit ihr ist. Ihretwegen wird er mir noch durchdrehen, mein Gaël, und das hat er nicht verdient, mit seinem großen Herzen und seiner zarten Seele.

Ich frage mich, was er an ihr findet, abgesehen von ein paar Gemeinsamkeiten, ein bisschen Würze im Leben, ein bisschen Champagnerprickeln, und dass er jemanden hat, für den er wichtig ist. Und wenn man mal für jemanden wichtig war und es dann nicht mehr ist, dann stellt man sinnlose Rechnungen auf. Das macht er seit einigen Wochen. Hundertdreißig Kilo Leiden aufzurütteln – das ist, als wolle man ein großes Kalb trösten, das von seiner Mutter getrennt ist. Ich gebe mir alle Mühe, ihn anzurempeln, ihn zu streicheln, ihn zum Nachdenken zu bringen, ich versuche, meine Schulter aufzuplustern, damit sie ihn besser trösten kann, aber nichts hilft.

Die andere Schulter hebe ich mir für mich selbst auf, um mich daran auszuheulen. Das werde ich ihm nicht zumuten, auch wenn ich den Eindruck habe, dass ich gerade kaum besser dran bin als er. Im Augenblick geben wir wohl leider ein richtig jämmerliches Duo ab.

Aber das gehört auch zu einer großen Freundschaft: in guten wie in schlechten Tagen. Wie ein altes Ehepaar.

Da kommt er endlich! Es ist Zeit, den Unterricht anzufangen, wir werden in der Pause miteinander sprechen. Er hat ein Lächeln auf den Lippen, was nichts Gutes verheißt. Womöglich hat sie ihm wieder ein bisschen Hoffnung gemacht, wo er sie doch vergessen sollte. Er kommt mir vor wie ein Kind auf einem Karussellpferdchen: auf und ab, immer im Kreis herum. Ich wünschte, das Karussell würde kaputtgehen und die Fliehkraft ihn herauskatapultieren, und ihm dabei so wehtun, dass er nie wieder auf dieses Karussell steigen will, oder aber, dass es einfach anhält und er in aller Ruhe absteigen kann, weil sein Interesse daran erlahmt ist.

Mittagspause. Wie jedes Jahr vor den Ferien picknicken wir auf einer Obstbaumwiese hinter der Schule. Das Wetter ist herrlich. Die Kinder lachen, spielen, rennen herum, entfernen sich ein Stück, aber nicht weiter, als sie dürfen. Sie atmen Unbeschwertheit und genießen den Augenblick und dazu ihr Sandwich und den Inhalt ihrer kleinen Chipstüten. Gaël klaut mir meine Chips mit dem Argument, dass das zu viel für meinen zarten Magen sei. Und wohl auch, um mich ein bisschen zu ärgern.

»Sie hat mir eine sehr nette Nachricht geschickt.«

»Das war mir klar«, erwidere ich verdrossen.

»Danke, dass du dich so mit mir freust.«

»Du weißt genau, dass das kein Grund zur Freude ist. Dahinter lauert nur die nächste Enttäuschung. Aber gut, du willst ja nichts von meinen Zukunftsprognosen wissen, also musst du die Zukunft eben selbst erleben, um es zu kapieren. Manchmal muss man sich ordentlich die Finger verbrennen, um nicht am nächsten Tag wieder in die Glut zu langen. Dafür gibt es kein wirksameres Mittel als eine Brandwunde.«

»Du kannst mir ja dann einen Breiumschlag auflegen.«

»Vor oder nach der Ohrfeige mit dem Etikett ›Ich hab's dir ja gleich gesagt‹?«

»Wird Anna-Nina zum neuen Schuljahr wieder da sein?«

»Wenn ich das wüsste ...«

»Er hat dir nichts gesagt?«

»Nein, aber ich habe ein ungutes Gefühl.«

»Geh noch mal mit ihm ins Bett.«

»Das reicht nicht. Und wenn sie nun abfahren?«

»Denk nicht daran.«

»Und denk du nicht an Stéphanie.«

»Und wo ist bitte der Ausschaltknopf für die Gedanken?«

»Ich glaube, da hilft nur eine Lobotomie.«

»Ein bisschen radikal«, sagt er enttäuscht.

»Vielleicht Realityshows gucken?«

»Das ist ja noch schlimmer!«

»Aber nicht so irreversibel wie eine Lobotomie.«

»Da wäre ich mir nicht so sicher.«

»Was machst du am Wochenende?«

»Meine Schultasche aufräumen. Geneviève ist unterwegs auf einer Messe.«

»Räum lieber dein Leben auf.«

»Und du?«

»Ich lege mich auf meine Chaiselongue und tue erst mal zwei Tage lang gar nichts.«

»Dass ich nicht lache!«

»Unerträglich, wie gut du mich kennst. Na gut, ein bisschen Gartenarbeit vielleicht.«

»Und ein bisschen töpfern und ein bisschen Haushalt und schreiben und lesen und die Nähmaschine herausholen und vielleicht noch die Möbel umstellen, weil das letzte Mal schon so lange her ist, und dann noch drei Ladungen Wäsche waschen, weil das Wetter so schön ist, ach, und die Weckgläser für die nächste Einmachrunde spülen, ein bisschen Marmelade einkochen, wo doch die Erdbeeren gerade in Hülle und Fülle wachsen. Und vielleicht fängst du noch mit den Vorbereitungen für den Schulbeginn im September an.«

»Also, das dann doch nicht ...«

»Siehst du, du denkst schon dran!«

Jetzt habe ich es ihr also gesagt. Sie weint in meinen Armen. Der ganze Wohnwagen scheint zu beben von ihrem Schluchzen. Immerhin ist sie nicht weggelaufen, sondern hat an meiner Schulter Trost gesucht. Vielleicht weil ich ihr versprochen habe, dass wir zurückkommen, zumindest zu Besuch, und ihr erklärt habe, dass ich einfach Zeit zum Nachdenken brauche.

»Die Erwachsenen denken zu viel nach.«

»Weißt du, Mäuschen, die Erwachsenen tragen auch viel Verantwortung.«

»Ich will nie Verantwortung tragen. Das ist mir viel zu schwer.«

»Da haben wir leider keine Wahl.«

»Warum wählst du nicht einfach aus, dass wir hierbleiben? Das ist doch nicht so schwierig zu entscheiden?«

»Ich habe es dir doch schon gesagt. So einfach ist das alles nicht. Lass mir ein wenig Zeit, und dann sehen wir weiter, einverstanden?«

»Und ich, habe ich eine Wahl?«

»Nein.«

»Warum fragst du dann, ob ich einverstanden bin?«

»Vielleicht aus Rücksichtnahme?«

Sie sagt nichts dazu, sondern putzt sich geräuschvoll die Nase und wirft das benutzte Papiertaschentuch genau wie die vorigen auf den Boden. Es sind bestimmt schon an die zehn. Dann fragt sie mich, ob sie die letzte Nacht noch einmal im Haus schlafen dürfe. Wie sollte ich ihr das abschlagen? Sie klammert sich an Valentine wie ein mutterloses Kind, das einem mütterlichen Abbild begegnet ist. Und ich bin derjenige, der diese Bindung zerstören wird. Aber Anna-Nina ist nicht Valentines Tochter, und Valentine hat keinerlei Legitimation, diesen Platz einzunehmen, außer der, dass sie uns in einer Gewitternacht bei sich aufgenommen hat. Ich hätte nicht so lange bleiben sollen, sondern so schnell wie möglich den Wohnwagen reparieren und weiterziehen. Und das Thema »Schule« für meine Tochter ausklammern.

Ich hätte nicht mit ihr schlafen sollen. Das ist niemals harmlos. Wenn man miteinander ins Bett geht, und sei es auch nur einmal, dann ist es hinterher schwer, so zu tun, als sei nichts gewesen. Und bei dreimal geht es wohl kaum noch als Ausrutscher durch... Und selbst wenn ich es als Ausrutscher abtun würde, bliebe immer noch dieses »ja, aber« – die Tatsache, dass der andere von nun an in der eigenen Welt gegenwärtig ist. Diese intime Vereinigung bewirkt, dass die Person, die dir da begegnet ist, nie wieder ganz aus deinem Leben verschwinden kann, weil sich ihr Schatten auf der Mauer deiner Erinnerungen eingebrannt hat. Da gibt es die Schatten einer einmaligen Nacht ohne große Bedeutung, die Schatten von zwanzig Jahren gemeinsamen Zusammenlebens, die Schatten eines kurzen Strohfeuers – jedes Mal bleibt ein Abdruck auf dieser Mauer zurück, selbst wenn man versucht, die Spuren der Vergangenheit wegzuwischen.

Ich hätte es nicht tun sollen, aber es war so schön!

Mit einem Kind unter der Bettdecke zu flüstern ist einer jener unschuldigen Momente, die ganz sanft ein wenig Farbe in die Melancholie mischen.

Zu vorgerückter Stunde, kaum dass ich ins Bett gegangen bin, kommt Anna-Nina in mein Zimmer gehuscht und schlüpft zu mir unter die Bettdecke. Ich hatte das Schlafengehen so lange wie möglich hinausgeschoben, um wirklich todmüde zu sein und nicht noch eine Ewigkeit wach liegen zu müssen. Doch Anna-Nina hat so lange ausgeharrt, ihre Müdigkeit ist ihr egal. Sie muss ja morgen nicht in die Schule, sondern kann sich zum Rhythmus des Hufgeklappers im Wohnwagen ausschlafen, wie sie es schon als kleines Kind getan hat.

Wie sie sich so in ihrem dünnen Nachthemd an mich kuschelt, komme ich mir vor wie eine Mutter, die die Wärme ihres Säuglings an ihrem Körper spürt, oder jedenfalls stelle ich mir das so vor.

Unsere Gesichter sind auf dem Kissen einander zugewandt, nur ein paar Zentimeter Abstand sind dazwischen, und ich spüre ihren warmen Atem auf meiner Nase. Sie atmet geräuschvoll durch den Mund, weil ihre Nase vom Weinen vorhin noch etwas verstopft ist. Im Schein meiner Nachttischlampe lassen sich vom Kummer verquollene und vom Zorn gerötete Augenlider ausmachen. Aber jetzt ist die Krise vorbei. Anna-Nina lächelt mich an.

Sie beginnt zu flüstern, so leise, dass ich es kaum verstehe:
»Ich will nicht wegfahren.«
»Ich will auch nicht, dass du wegfährst.«
»Und wenn wir nun nie wiederkommen?«
»Und wenn du dir sagst, dass du zwar wegfährst, aber wiederkommst?«
»Aber ich mochte die Schule so gern.«
»Dein Papa hat ja nicht gesagt, dass du nicht mehr hindarfst. Es sind Ferien. Vielleicht gehst du danach woanders zur Schule.«
»Ich will aber nirgendwo anders zur Schule gehen.«
»Denk nicht an später. Noch nicht mal an morgen.«

Ich rede ihr gut zu, obwohl mir gerade das momentan am schwersten fällt. Ach, was sind wir doch manchmal tapfer, geben anderen Ratschläge, die zu befolgen wir selbst nicht imstande sind. ›Tu, was ich sage, nicht, was ich tue. Und überprüfe bloß nicht, wie schwierig es ist, meine Theorie in die Praxis umzusetzen.‹

»Wenn er sich doch in dich verlieben würde!«
»Solche Sachen kann man nicht befehlen, weißt du.«
»Es wäre aber doch gar nicht schwierig.«
»Vielleicht bin ich ihm ja zu schwierig.«
»Können wir uns schreiben?«

»Natürlich! Dein Papa hat mir die Adresse eurer Freunde in den Vogesen dagelassen. Ich schreibe dir, versprochen.«

»Kann ich auch Gaël schreiben?«

»Sicher! Er wird sich freuen. Er mag dich nämlich sehr.«

»Ich hab was für ihn gemacht. Gibst du es ihm?«

»Selbstverständlich.«

Sie springt aus dem Bett und verschwindet in ihrem Zimmer. Croquette streckt sich mit einem wohligen Seufzer im Halbschlaf. Ich höre Anna-Nina nebenan herumkramen, dann das Patschen ihrer nackten Füße auf dem gewachsten Dielenboden.

Sie reicht mir eine hinreißende Zeichnung mit Herzen, Sternen, einer Sonne, Blumen und einem dicken Mann, der lächelt. Mitten im Bild steht ein Text. Ich fange an zu lesen, und erkenne ein Gedicht wieder, das ich vor ein paar Jahren geschrieben habe. Sie hat es in einem der Notizbücher in meinem Bücherregal gefunden.

Am Abend werde ich meine Wut herausheulen, die
  Verzweiflung, den Zorn und den bitteren Geschmack,
Die immense Enttäuschung und das leidende Vertrauen.
Allein werde ich den Abend begehen, um bei Anbruch des
  Tages neu zu erwachen, gereinigt von Kummer.
Mein Körper reingewaschen von Bissen und Schlägen, meine
  Augen zwar feucht, aber offen für das Mögliche
Einer Welt, in der nicht alle schändlich,
  falsch und verschwommen sind.
Erwachend am Morgen will ich jene sehen,

die mich leise umgeben, mit haltenden Armen und liebendem Blick,
  jene Brüder, Geliebten, verlässlichen Freunde.
An Bindungen will ich nur jene dulden, die jede Prüfung
  bestehen und auch meine Schwächen sehen,
Damit, wenn ich wieder stürze, denn auch das wird geschehen,
  man mich hält und bewahrt, nicht am Boden zu zerschellen.
Und an Boden will ich nur solchen, der mich wirklich trägt,
  auf dem ich stehen und wachsen kann,
    vertrauensvoll und kampfbewährt.

Mir stehen Tränen in den Augen. Dass sie ausgerechnet dieses Gedicht für Gaël ausgewählt hat! Mit ihrer kindlichen Unschuld hat sie intuitiv gespürt, was er erlebt, auch wenn er selbst es als Einziger nicht sieht.

Wie kann man in ihrem Alter so ein Gedicht mögen? Wie kann so ein kleines Menschenkind bereits die Komplexität menschlicher Beziehungen verstehen? Aber wahrscheinlich versucht sie gar nicht, es zu verstehen. Sie spürt es bloß. Während wir den Fehler machen, alles verstehen zu wollen, obwohl es keine Erklärung gibt. Wir wollen immer analysieren, um etwas verdauen zu können, während es oft einfach genügen würde, der Zeit ihren Lauf zu lassen.

»Wenn ich wieder bei euch in die Schule gehen könnte, dann wäre ich bei Gaël, oder?«

»Ja, du hättest das Niveau für seine Klasse.«

»Aber auf dem Pausenhof würde ich dich trotzdem sehen.«

»Genau.«

»Glaubst du, Papa wäre eher einverstanden, wenn ich in Gaëls Klasse wäre?«

»Das weiß ich nicht.«

»Ich hätte gern eine Mama wie dich.«

»Denk nicht solche Sachen.«

»Ich kann ja nichts dafür, sie kommen mir einfach so in den Sinn.«

»Dann denk an deinen Papa, wenn es wieder passiert. Er tut so viel für dich, weißt du das?«

»Ja. Aber er bringt mir nicht all das bei, was du mir beigebracht hast.«

»Also, ich bin mir sicher, dass du zurückkommst. Anders kann ich es mir gar nicht vorstellen.«

»Und wenn ich mich verstecke, glaubst du, dass er dann ohne mich fährt?«

»Da wäre er sehr traurig. Und außerdem würde er dir doch fehlen, oder?«

»Ja.«

»Magst du heute Nacht hier schlafen?«

»Darf ich?«

»Wer sollte uns das verbieten?«

Eine Nacht lang kuscheln satt. Vor einer langen Reise.

Geliebte Hélène,
ich glaube, es wäre mir lieber gewesen, dass du auf See verschollen wärst. Dann hätte ich mich wenigstens an die Hoffnung klammern können, dass dich ein Floß oder ein Fischkutter herausgefischt hat und

du auf einer einsamen Insel überlebt hast und nach Jahren gefunden wirst.

Ich wünschte, Gustave hätte mir das alles nicht erzählt. Ich wünschte, er hätte nicht den Finger genau in meine Wunde gelegt.

Aber wenn ich die Seite mit dir umblättere, dann müsste ich ja einen anderen Vornamen als den deinen über jede weitere Zeile schreiben, und wie bitte schön soll das gehen? Er hat recht, es ist lächerlich zu warten, wo ich doch weiß, dass du nicht wiederkommen wirst. Aber mich auf etwas Neues einzulassen würde bedeuten, dich hinter mir zu lassen.

Es kommt mir vor, als würde ich seit sieben Jahren rückwärtslaufen, um dich nicht zu verlieren. Und dabei stoße ich mich, weil ich nicht sehe, wohin ich gehe. Und Anna-Nina stößt sich ebenfalls an den Hindernissen meines Kummers.

Sich umdrehen. Dazu müsste ich wissen, wie das geht, und müsste den leeren Horizont vor mir akzeptieren, ohne deine Silhouette.

Wenn ich daran denke, dass ich hier gelandet bin, weil buchstäblich der Himmel über mich hereingebrochen ist.

Warst du das?

Anna-Nina trägt ihren Kummer mit Fassung. Sie klammert sich nicht wie ein Schulkind am Tag der Einschulung an seine ängstliche Mutter. Was mich angeht: Ängstlich bin ich nicht, aber traurig, und sie weiß, dass die Dauer unserer Umarmung weder an meiner Traurigkeit noch am Entschluss ihres Vaters etwas ändern wird. Diese Kleine besitzt eine Weisheit, wie man sie nur bei wenigen Erwachsenen findet. Sie weint heute Morgen auch nicht mehr. Dank unseres süßen Getuschels von gestern Abend.

Sie steigt in den Wohnwagen, ohne sich noch einmal umzudrehen, die Stoffpuppe unterm Arm, die wir zusammen gebastelt haben. Éric steht vor mir, den Blick auf die Hügelkette in der Ferne gerichtet, um nicht in meine glanzlosen Augen schauen zu müssen. Schließlich stellt er sich doch meinem Blick und legt die Hand in meinen Nacken. Fest. Sie ist warm und kraftvoll. Wie unsere Umarmungen. Dann küsst er mich lang auf die Stirn. Nicht auf den Mund, nicht auf die Wange, sondern auf die Stirn. Diesen neutralen Bereich, auf den jeder seine eigene Interpretation dieses Kusses projizieren kann.

Ich habe nicht die Kraft zum Interpretieren. Sie fahren ab. Was bringt es da noch, diesem Kuss auf die Stirn irgendeine Bedeutung beizumessen?

Sie fahren ab.

Croquette sitzt neben uns, wedelt mit dem Schwanz über den Boden und stößt ein jaulendes Bellen aus. Sie hat auch verstanden, was los ist. Sie hängt inzwischen an der Kleinen, und wen soll sie denn nun nachts bewachen? Der Läufer im ersten Stock wird nur noch Leere symbolisieren.

Die Pferde schnauben. Sie können es kaum erwarten, wieder an die Arbeit zu gehen. Zugpferde, die nichts zu ziehen haben, sind wie ein Löwe ohne Beute. So lassen sie sich auch nicht zweimal bitten, als Éric die Bremsen löst und mit den Zügeln das Zeichen gibt. Der Wohnwagen setzt sich ruckelnd in Bewegung, die Räder quietschen vom langen Stillstehen.

Anna-Nina sitzt auf ihrem Bett hinten im Wohnwagen und winkt mir durch das kleine Fensterchen zum Abschied zu.

In diesem Augenblick löst sich das ganze angestaute Salzwasser in mir, das ich zurückgehalten habe, seit ich weiß, dass sie wegfahren. Anna-Nina verzieht das Gesicht, um nicht zu weinen. Aber ich kann nichts mehr halten. Da fährt dieses kleine Mädchen weg, und ich weiß nicht, ob ich es je wiedersehe. Ich komme mir lächerlich vor, dass es mir so das Herz zerreißt wegen eines Kindes, das ich noch nicht einmal drei Wochen kenne. Aber spielt Zeit eine Rolle, wenn das Besondere einer Begegnung so offensichtlich ist? Wir wissen es doch im Grunde nach wenigen Minuten, wenn der Mensch, der uns da gegenübersteht, in unserem Leben eine Bedeutung hat. Und mit der Kleinen ist das so. Ich glaube, ich wusste schon in dem Augenblick, als ich sie in meine Decke wickelte, um ihr Fieberfrösteln zu lindern, dass sie bei mir ein noch viel schlimmeres Fieber auslösen würde. Ich mache mich auf die Schmerzen gefasst, die die Trennung bei mir auslösen wird.

Einerseits bin ich froh, dass so ein Pferdewohnwagen so langsam unterwegs ist, weil dadurch der Augenblick, in dem Anna-Nina mir durchs Fenster zuwinkt, noch in die Länge gezogen wird, andererseits sehne ich fast den Moment herbei, an dem sie am Ende der Straße abbiegen, damit mein Herz, das schreit und tobt und sie am liebsten zurückhalten möchte, sich endlich beruhigen kann.

Ich erspare mir die lächerliche Szene, hinter dem Wagen herzurennen wie die schmachtende Geliebte auf dem Bahnsteig, die zwangsläufig immer gegen den abfahrenden Zug verliert.

Diesen Part übernimmt Croquette für mich.

Sie ist losgelaufen, als der Wagen ungefähr zwanzig Meter weit gefahren ist, dann bleibt sie plötzlich wieder stehen, dreht sich zu mir um und sieht mich fragend an. Rennt erneut hinter dem Wagen her, diesmal jedoch mit weniger Überzeugung. Dreht sich wieder zu mir um mit einem Ausdruck in den Augen, der zu sagen scheint: »Aber was machen die denn da? Und du, was stehst du herum wie angewurzelt?« Dann trottet sie noch eine Weile hinter ihnen her, bis zum Ende der Straße, und kommt schließlich zu mir zurück. Auch sie hat gegen den Zug verloren.

Ich bin inzwischen buchstäblich zu Boden gegangen. Sie leckt mir den Hals und versucht, mir mit der Schnauze das Kinn anzuheben, aber ich habe mich abgekapselt wie eine Muschel und weine.

Sie sind weg.

Eine energische Hand zieht mich hoch. Ich muss gut und gern eine Stunde so gelegen haben, zu einer Kugel zusammengerollt. Croquette hat sich irgendwann einfach neben mich gelegt. Ich drehe mich um, ohne die Augen zu öffnen, und flüchte mich in die Arme, die mich hochgezogen haben. Es ist Gaël. Ich erkenne ihn an seinem molligen Körper.

Gustave wollte nicht auf den Bahnsteig kommen. Zu schwer. Vermutlich hat er sich ins Gemüsebeet verzogen und mit den Radieschen gesprochen und in den Salat geweint und wird erst morgen wieder auftauchen, wenn die Spuren des Kummers aus seinem Gesicht verschwunden sind. Ich weiß, dass er auch an der Kleinen hängt, und wahrscheinlich sogar auch an ihrem Vater. Unter Männern. Érics Geschichte hat ihn berührt, schließlich kann er selbst viel erzählen von Warten und Verzicht.

Meine Beine tragen mich kaum, nachdem ich sie vorhin abschalten musste, damit sie nicht mit mir hinter dem Wohnwagen herrennen wie Croquette.

»Findest du nicht, dass das jetzt ein geeigneter Moment wäre, um diese Therapeutin für Psycho-genealo-irgendwas zu besuchen? Deine Frauenärztin-Freundin nervt dich doch, soweit ich weiß, schon seit einer Weile damit, dass du da mal einen Termin machen sollst?«

»Stimmt.«

»Du wartest doch schon die ganze Zeit auf einen Anlass dafür.«

»Sie sind weg, Gaël.«

»Ich weiß.«

»Es...«

»... tut so weh.«

»Und ich fühle mich so...«

»... leer.«

»Glaubst du, es wird wieder vergehen?«

»Das tut es immer!«

»Bei dir auch?«

»Noch nicht. ›Immer‹ heißt ja nicht zwangsläufig ›sofort‹.«

»Woher wusstest du, dass ich dich jetzt brauche?«

»Das haben mir die Wolken verraten, kleine verletzliche Squaw! In der Julisonne sind deine Tränen verdunstet und haben kleine Schäfchenwolken über die Hügel gestreut. Da wusste ich sofort, dass gewaltige Schluchzer die Ursache des Ganzen sein müssen. Oder dass du Marmelade einkochst. Beides war ein guter Grund, um vorbeizuschauen. Und vielleicht kochen wir jetzt trotzdem Marmelade. Das ist das beste Mittel gegen Kummer.«

Anna-Nina sitzt neben mir auf ihrem Bänkchen. Es hat ein paar Stunden gedauert, bis sie sich zu mir gesellt hat. Ich glaube, sie hat geschlafen. Ihre Wange ist noch zerknittert von den Falten des Kissenbezugs. Sie lächelt mich traurig an, ich sehe das Lächeln ihrer Mutter darin. Dieses spontane Lächeln, das sie immer so großzügig verteilte. Aber darin lag Freude, während unsere Tochter heute nichts Freudiges ausstrahlt. Sie lächelt mich an, um die Form zu wahren, aber in Wirklichkeit ist sie traurig, und zwar meinetwegen.

Ich will so schnell wie möglich unsere Freunde in den Vogesen erreichen. Wir werden ein paar Tage bei ihnen verbringen, damit Anna-Nina nicht zu lang allein ist. Benoît und Martine haben Kinder in ihrem Alter, das wird ihr guttun. Und vielleicht helfen mir meine Freunde, eine Entscheidung zu treffen. Wieso kann man bloß seine Entscheidungen nicht anderen überlassen, so wie sein Geld dem Finanzberater der Bank? Manchmal wünschte ich wirklich, ich wäre alles los, sogar das, sogar was ich fühle, und vor allem das, was ich bedaure.

Anna-Nina hat ihre Hand in meine geschoben und die Zügel gefasst, dann hat sie den Kopf an meine Schulter gelehnt. Ich weiß, dass sie heute nicht sprechen wird. Sie ist imstande, stundenlang ohne Punkt und Komma zu reden, aber genauso kann sie alles hinunterschlucken und einen ganzen Tag schweigend verbringen. Ohne dass sie ärgerlich wäre oder so etwas. Sie spricht dann einfach nur nicht. Ich bin das gewohnt, denn vermutlich bin ich genauso. Und sicherlich kommt sie in diesem Punkt nach mir, schließlich hat sie ja nur mich.

Ich werde ihr heute Abend Schneenocken mit Vanillesauce zum Nachtisch machen. Das wird sie zwar nicht zum Reden bringen, aber es wird ihr Freude machen.

Als ich vor sieben Jahren die Pferde gekauft habe, ging es mir darum, mein Baby zu beruhigen, das pausenlos weinte. Heute bin ich es, den die Pferde beruhigen. Ihr gemächlicher Rhythmus, das regelmäßige Klappern der Hufe auf dem Asphalt, die zwei synchron flatternden Mähnen, die kraftvollen Muskeln, das Geräusch des Atems in ihren Nüstern, wenn sie sich anstrengen. Und dann die Bewegung auf den Horizont zu, der rollende Wagen.

Aber es ist nicht mehr wie früher. Mein Bewusstsein ist durch nichts mehr verhüllt, der Schleier ist gefallen. Ausgerechnet in Solbach. Vorher brauchte ich über nichts nachzudenken, das Leben hat mich getragen. Eines Tages habe ich eine Entscheidung getroffen, und ich war fest entschlossen, diese zu leben, ohne mir irgendwelche Fragen zu stellen. Ein Gewitter hat jedoch genügt, um all meine Gewissheiten in Scherben zu legen oder um meine Zweifel ans Tageslicht zu befördern.

Da meint man, Gewissheiten zu haben, aber in Wirklichkeit sind es nur Zweifel, die man nicht hören will.

Meine Zweifel klingen mir seit drei Wochen in den Ohren, und ich tue so, als würde ich den ohrenbetäubenden Lärm von Anna-Ninas Gewissheiten nicht hören.

Was für ein lausiger Vater ich doch bin.

So, da bin ich. Bei »jemandem«, der mir helfen soll, herauszufinden, wer ich bin und warum ich so geworden bin. Ich erwarte zugleich nichts und alles von diesem Termin. Ich sollte das nicht, aber wie kann man das verhindern? Üblicherweise sucht man ja erst dann »jemanden« auf, wenn man gar nicht mehr anders kann.

»Guten Tag, Madame Bergeret. Wir kennen uns noch nicht, oder?«

»Nein.«

»Wer hat Sie denn geschickt?«

»Silvie Petitjean. Meine Frauenärztin.«

»Hat sie Ihnen erklärt, wie ich arbeite?«

»Nein. Sie hat nur gesagt, dass es mir guttun wird und dass ich von meiner Kindheit werde erzählen müssen.«

»Das sage ich Ihnen dann alles noch.«

Eine Frau reiferen Alters von schlichter Eleganz. Ihre Augen sind sanft, die langen grauen Haare, die Hände, ihre Kleidung, ihr Praxisraum, die Sessel, die Bilder an der Wand, das Sofa, auf dem ich mich niedergelassen habe – alles ist sanft. Ein tröstender

Kokon, wenn das Leben einem allzu sehr zusetzt und man sich hierherflüchtet.

Gut zehn Minuten lang erklärt sie mir, wie wir reagieren, wie wir unser Selbstbild zusammensetzen, was uns die vorangehenden Generationen übermitteln und was wir dann damit machen, wie unser Verstand bereits in frühester Kindheit die Zügel übernimmt und im Überlebensmodus funktioniert, weil er es so gelernt hat und uns auf diese Weise beschützen zu können glaubt. Es leuchtet mir ein, und auf Anhieb wird mir schon so manches klar.

»Mit welchem Problem kommen Sie zu mir?«

»Ich würde gern einen Partner finden, aber ich schaffe es nicht, mich an jemanden zu binden.«

»Dann werde ich Ihnen helfen zu verstehen, warum das so ist.«

Und so beginnt sie, ergründet mit einfachen, aber zielsicheren Fragen meine emotionalen Muster. Ich antworte ihr mit einer unerwarteten Offenheit, als wüsste ich bereits, was sie da aus der Tiefe ans Licht befördern will. Und die ganze Zeit, immer wieder, muss ich nach Atem ringen und verspüre Todesangst. Ich verstehe nicht, weshalb ich fast ersticken muss, wenn ich mich in einen Mann verliebe. Sie sagt, dass wir das jetzt noch nicht wissen könnten, aber dass dieses Symptom sehr heftig sei bei mir, weil es ständig auftrete, egal was sie frage oder wie sie sich dem Thema nähere. So grillt sie mich seit zwanzig Minuten. Zwischendurch hat sie mir ein Päckchen Taschentücher gereicht, so stark spüre ich diese Angst, vor Einsamkeit und

Atemnot zu sterben. Dann sagt sie, dass die erste Etappe unserer Arbeit geschafft sei.

»Da ist etwas sehr Mächtiges in Ihnen am Werk, das Sie quält und Ihr Verhalten steuert. Ich werde Sie jetzt anleiten, aber Sie müssen selbst versuchen, zu ergründen, woher das kommen könnte. Denn nicht alles, was Sie mir erzählt haben, sind Sie, sondern es ist Ihre Geschichte von sich. Unser Ziel ist, wiederzuentdecken, wer Sie wirklich sind und wie Sie sich endlich erlauben können, glücklich zu sein.«

Sie stellt mir ein paar Fragen, die keine Antwort in mir hervorzurufen scheinen, und schließlich fragt sie:

»Sie haben einen Satz gesagt, der eine Gewissheit für Sie zu sein scheint: Ich ersticke, wenn ich einen Mann liebe. Dabei haben Sie ja noch gar nicht wirklich Gelegenheit gehabt, diese Erfahrung zu machen. Wenn Sie das also gar nicht selbst erlebt haben, wer dann?«

Auf einmal fühle ich mich wie von einer gewaltigen Welle erfasst und nach unten gezogen. Da ist ein maßloser Kummer, eine unglaubliche Überzeugung. Ich denke an Suzanne, meine Großmutter, die beinahe in einem Wassereimer ertränkt worden wäre, weil sie den Mann beschützen wollte, den sie liebte.

»Meine Großmutter«, bringe ich kleinlaut hervor. »Suzanne, meine Großmutter.«

»Ihre Großmutter?«

»Ja. Sie wurde von den Nazis gefoltert, damit sie Informationen über den Aufenthaltsort ihres Mannes preisgibt. Sie haben ihr den Kopf in einen Eimer Wasser gedrückt, um sie zum Sprechen zu bringen. Aber sie hat ihn nicht verraten. Sie war damals mit meiner Mutter schwanger.«

Ich zittere auf einmal am ganzen Körper und muss heftig nach Luft ringen, in dem panischen Gefühl, nicht genug davon zu bekommen. Ich schluchze, ohne zu verstehen, warum mich das alles so überwältigt.

»Lassen Sie zu, was da gerade kommt, erlauben Sie sich, es zu erleben. Und denken Sie dabei an Ihre Großmutter.«

Ich habe das Gefühl, Suzanne zu sein, auf Knien vor den Deutschen. Gustave hat es mir erzählt, am Abend bevor sie starb. Ich wusste bis dahin nichts von diesem Abschnitt ihres Lebens, sie hat nie darüber gesprochen. Einen Moment lang habe ich das Gefühl, ganz allein auf der Welt zu sein, zu erleben, wie alles um mich herum zusammenbricht, und nichts mehr halten zu können. Aber ich spüre auch, wie ich die Hand meiner Großmutter in meine Hände nehme und ihr zu verstehen gebe, dass ich mir vorstellen kann, wie schwer das war, und dass sie getan hat, was sie konnte.

»Sagt Ihnen das etwas?«, fragt mich die Therapeutin.

»Ja, viel. Also, das, was sie damals gespürt hat, hindert mich heute daran, mit einem Mann glücklich zu sein, und gibt mir das Gefühl, dass ich ersticken muss, sobald ich mich an jemanden binde?«

»Ihre Mutter war im Bauch Ihrer Großmutter, als das geschah. Sie konnte das alles fühlen und es hat sich ihr eingeprägt: Man stirbt, wenn man einen Mann liebt. Wie ist denn das Leben Ihrer Mutter in dieser Hinsicht verlaufen?«

»Sie hat es nie länger als zwei Jahre mit jemandem ausgehalten. Sie ist jetzt Mitte sechzig und lebt allein. Meinen Vater hat sie wenige Monate nach meiner Geburt verlassen. Sie konnte das Leben in einer Partnerschaft nicht ertragen.«

Und während ich das erzähle, begreife ich schließlich die Verbindung zwischen dem, was meiner Großmutter zugestoßen ist, und dem, was mir geschieht. Dieses Erlebnis im Krieg, als sie schwanger war, hat also all ihren weiblichen Nachkommen eingeimpft, dass es gefährlich ist, einen Mann zu lieben. Und dass man daran sterben kann.

Ich muss schon wieder weinen. Diese Erkenntnis schüttelt mich durch.

Ich bin wütend auf den Krieg und was er uns zugefügt hat, wütend auf die Folgen, die meiner Mutter ihr erträumtes Glück verwehrt haben und mich seit Jahren daran hindern, einen Mann zu lieben und mit ihm etwas aufzubauen. Ich spüre Angst, Traurigkeit, die Verzweiflung, die meine Großmutter gespürt haben muss in den Tagen ihrer Folter und noch ihr ganzes weiteres Leben. Und meine Mutter, die darunter leidet, ohne es zu wissen.

Ich bin voller Wut, die ich am liebsten aus mir herausschreien würde. Aber wer würde das schon hören? Und wen würde es überhaupt interessieren? Es betrifft ja nur mich, und so schreie ich innerlich, während mich heiße Tränen überschwemmen und heftige Schluchzer schütteln.

Die Therapeutin hat mich diesen Augenblick durchleben lassen. Sie erklärt mir, dass das wichtig gewesen sei, auch wenn es sehr verunsichernd und beängstigend sei, sich in der Haut eines anderen Menschen zu fühlen.

»Es ist ein Bewusstwerdungsprozess, der Ihnen helfen wird.«

»Bin ich jetzt geheilt?«

»Sie sind auf dem Weg der Besserung. Ihr Verstand wird das Darüberliegende wiederaufgreifen wollen, die alten Mechanismen, aber Sie sind jetzt gewappnet, sich dem zu stellen und ihm die Stirn zu bieten, weil Sie jetzt wissen, warum Sie dieses Gefühl haben, zu ersticken. Und eines Tages werden Sie da einfach durchgehen können, sich diesen Ängsten stellen können und feststellen, dass Sie nicht ersticken müssen, nur weil Sie sich an einen Mann binden. Im Gegenteil.«

»Ich habe Kopfschmerzen.«

»Das ist normal. Und ein gutes Zeichen. Da ordnen sich Dinge neu, sowohl in Ihrem Kopf als auch in Ihrem Leben. Es ist heftig, aber wirksam.«

»Und was kann ich jetzt tun, um den Mann zurückzubringen, an den ich mich binden wollte?«

»Sagen Sie es ihm.«

»So einfach?«

»Das Leben ist einfach, wenn wir uns nicht mit Ängsten und nutzlosen Gedanken belasten und ganz ehrlich sind.«

»Behandeln Sie auch Männer?«

»Selbstverständlich. Denken Sie an jemand Bestimmtes?«

»Meinen besten Freund. Ich muss ihn bloß noch überzeugen.«

»Er wird kommen, wenn er so weit ist. Nicht jeder bringt auf dieselbe Art und Weise Ordnung in sein Leben.«

»Seins ist momentan ein ziemliches Chaos.«

»Jugendliche haben auch oft unordentliche Zimmer und finden trotzdem alles.«

»Er aber nicht.«

»Vielleicht sieht er irgendwann, dass es Ihnen besser geht, und bekommt dann selbst Lust, sein Zimmer aufzuräumen.«

G ehen wir auf den Donon?«
»Valentine, es ist sechs Uhr abends!«

»Na und?«

»Du bist gut! Bis ich meine Wampe da hinaufgeschleppt habe, ist die Sonne untergegangen und alles stockdunkel.«

»Du hast doch eine Stirnlampe, oder? Ich muss dir unbedingt alles erzählen.«

»Bleib mal kurz dran, ich frage Geneviève.«

»Ich suche inzwischen schon mal meine Stirnlampe.«

Ich weiß, dass Geneviève nichts dagegen haben wird. Sie schätzt mich, vertraut mir und weiß, dass sie sowieso nichts an der Freundschaft ändern kann, die mich mit ihrem Mann verbindet. Und so bleibt ihr gar nichts anderes übrig, als hinzunehmen, dass er und ich uns hin und wieder brauchen, um uns über irgendeine schwierige Situation auszutauschen. Einmal hat sie mir frustriert gestanden, dass sie einfach nicht wisse, wie sie ihm eine Hilfe sein könne, wenn es ihm schlecht gehe. Dass sie sozusagen seine Frau, aber nicht seine beste Freundin sei. Aber man kann ja nicht alle Rollen ausfüllen.

Für mich ist Gaël wie ein Bruder, mein echter Herzensbruder. Seit dem Gymnasium haben wir jeden Mist miteinander geteilt, ohne Gnade, und haben uns darüber totgelacht. Und das ist heute immer noch so. Das geht, weil unsere Freundschaft so vollkommen aufrichtig ist. So etwas ist selten, und wir haben dadurch dieses unerschütterliche Vertrauen ineinander und die Gewissheit, dass der andere immer für einen da ist.

»Sie ist einverstanden. Kannst du mir mal verraten, wieso ich immer zu allem Ja und Amen sage, was du mir zumutest?«

»Weil du weißt, dass du sowieso keine Wahl hast. Wir treffen uns in einer halben Stunde am Parkplatz bei der Kirche.«

»Ich bin jetzt schon müde.«

»Heb dir das für den Gipfel auf.«

Komisch, ich hatte so eine Vorahnung, dass ich nach dieser Beratung auf den Donon würde wandern wollen. Im Nu habe ich mir die Wanderschuhe angezogen, Taschenlampe, Fleecejacke und den Rucksack im Kofferraum meines Autos verstaut und bin unterwegs. Das Vorhaben fühlt sich toll an.

Oben auf dem Gipfel steht ein kleines, antikes Tempelchen, und wenn wir dort sind, werden wir diese Energie zwischen Himmel und Erde spüren, die uns in unsere Spur zurücksetzt, in Einklang mit uns selbst bringt. Wir steigen dort hinauf, wenn wir uns etwas Wichtiges zu sagen, etwas Besonderes erlebt haben oder etwas teilen wollen. Und obendrein ist es am Abend menschenleer dort oben. Man kann seine Gefühle im 360-Grad-Radius zu den umliegenden Bergen hinausschreien. Die sind groß genug, um das aufzunehmen, ohne zu zittern.

Nun denn!

Gaël ist pünktlich, wie immer. Er ist so zuverlässig wie ein Schweizer Uhrwerk und begrüßt mich mit einem Kuckucksruf, als ob er es beweisen wollte.

»Willst du mir nicht sagen, warum du mich jetzt da hinaufschleppst?«

»Nein!«

»Und wenn es die ganze Mühe nicht lohnt?«, erlaubt er sich zu fragen.

»Es lohnt sich.«

»Du kannst doch wenigstens schon mal anfangen. Man könnte fast meinen, dir sei die Jungfrau Maria persönlich erschienen.«

»Wenn ich es dir beim Aufstieg erzähle, geht mir die Luft aus.«

»Dann habe ich zumindest eine Chance, mit dir mitzuhalten.«

»Wenn ich vor dir oben bin, kann ich ja schon mal die Reanimationsutensilien auspacken. Hab ich dir das noch nicht erzählt? Die Gemeindeverwaltung hat oben einen Defibrillator aufgestellt. Extra für dich.«

»Haha, sehr witzig.«

»Jetzt sei still und geh los, sonst verpassen wir noch den Sonnenuntergang.«

Gaël tut sich tatsächlich schwer, mit mir mitzuhalten. Die fehlende sportliche Betätigung, die überflüssigen Pfunde, die er wie einen Schutzanzug trägt. Schutz ist ihm lieber als Flucht, Verankerung lieber als Fliegen, das Robuste lieber als das Zerbrechliche. Aber wenn man die ganze Polsterung wegnimmt, ist er doch nur ein verletzlicher Mensch, der sich nach Liebe sehnt.

Bei Stéphanie hat er den Schutzanzug ausgezogen, hat sich ganz nackt gezeigt, zart und empfindsam, höchst verletzlich. Und wenn es schlecht ausgeht oder einfach nur, wenn es endgültig aus ist, dann macht er weiter wie bisher, zieht sich wieder seinen Schutzmantel über, noch eine Lage mehr als vorher, in der Hoffnung, sich diesmal wirklich schützen zu können. Dabei ist es nur eine Schicht mehr, die er beim nächsten Mal ablegen muss. Und ein nächstes Mal wird es geben, ich kenne ihn. So gut, als wären wir Zwillinge. Als wir uns mit sechzehn kennenlernten, kannten wir uns gefühlt schon seit ewigen Zeiten. Ein Wort genügte, und der andere verstand, ein Blick, und es gab nichts mehr zu erklären. Es brauchte nur den anderen, um selbst zu sein.

Auf halber Höhe gibt es einen Aussichtspunkt mit einer Bank. Ich beschließe, dort auf ihn zu warten. Er hasst es, wenn ich langsam neben ihm hergehe. Er weiß, dass ich es gernhabe, wenn etwas vorangeht, auch wenn ich dann Pausen einlegen muss. Wenn ich mich dagegen selbst ausbremse, hebt es nur seine Schwachstelle hervor. Und das nervt ihn.

Das Problem daran, wenn man auf jemanden wartet, der in einem anderen Rhythmus geht, ist, dass man dazu neigt, sofort wieder durchzustarten, sobald der andere aufgeschlossen hat, dabei kommt der gerade erst an. Wir haben eine andere Lösung für uns gefunden. Er geht in seinem langsameren Tempo ohne

Pausen, und wenn er an meinem Platz vorbeikommt, warte ich noch eine Weile, bis er einen Vorsprung hat.

»Guten Abend, Madame«, flachst er, als er an der Bank ankommt.

»Monsieur!«

»Ein schöner Abend, nicht wahr?«

»Geradezu sommerlich.«

»Möchten Sie sich den Sonnenuntergang ansehen?«

»Nein, ich will mir ansehen, wie mein Leben aufgeht. Für mich ist Morgenröte.«

»Da haben Sie aber Glück. Ich gehe, glaube ich, auf meine Dämmerung zu. Die Sonne schwindet, und die Dunkelheit kommt auf.«

»Des einen Sonne erhellt des anderen Dunkelheit. Jedenfalls, wenn sie in Liebe verbunden sind.«

»Dann wünsche ich mir sehr, dass Sie mich lieben.«

»Dabei haben Sie gesagt, Sie würden mich hassen, wenn sie nach Luft schnappend auf dem Gipfel ankommen.«

»Besteht denn die Gefahr, dass meine verhasste Dämmerung Ihre Morgenröte zum Erlöschen bringt?«

»Überhaupt nicht! Die Sonne siegt immer über den Schatten!«

»Na, dann kann ich Sie ja ganz unverfroren hassen!«

»Von mir aus die ganze Nacht lang...«

»Glaubst du, jemand hört uns zu?«, fragt er mich plötzlich und schaut sich panisch um.

Scherzkeks!

Ich lasse ihn vorgehen. Ich habe die Augen geschlossen und

lasse den Kopf ganz leicht in den Nacken fallen, um so viel wie möglich von meinem Gesicht in den Genuss der letzten Sonnenstrahlen kommen zu lassen und mich zu wärmen. Ich brauche Wärme, Sanftheit, Licht und Zärtlichkeit, und im Augenblick bietet mir all das nur die Sonne. Okay, ich bin undankbar: Gaël ist auch zärtlich zu mir. Aber das ist nicht dasselbe.

Als ich ihn nicht mehr sehe, mache ich mich wieder auf den Weg.

Ich gehe schnell. Ich liebe es, außer Atem zu sein. Langsames Gehen war mir schon immer ein Gräuel. Wobei mir gerade auffällt, dass das vielleicht eine Seite an mir ist, mit der Éric ein Problem hat. Meine gnadenlose Aktivität erstickt seine Langsamkeit, und das raubt ihm die Energie. Vielleicht müsste ich lernen, mein Tempo etwas zu drosseln. Ich beschließe, es sofort auszuprobieren und muss mich geradezu zwingen, meinen Schritt zu verlangsamen. Innerlich koche ich, aber es gelingt mir. Natürlich gelingt es mir, denn die Schwierigkeit liegt ja nicht in der Sache selbst, sondern darin, es einfach zu akzeptieren, ohne innerlich zu kochen.

Ich erreiche die Gabelung: der breite Weg mit Treppen gegen den felsigen Steig. Gaël ist auf dem Ersteren, kurz vor einer Biegung. Er hasst diese abschließende Treppe, die der müden Oberschenkelmuskulatur den Rest gibt. Ich hingegen mag es, wenn es unter der Haut brennt.

Kurz darauf treffen wir uns am Sendemast wieder. Er geht in seinem langsamen Trott weiter und schenkt mir ein giftiges Lächeln. Ich glaube, jetzt fängt er an, mich zu hassen.

Wir sprechen nicht, bis wir bei dem antiken Tempel ankommen. Dieser letzte Anstieg ist gemein. Man sieht das Gebäude auf dem Gipfel schon, und den großen Felsen davor, man meint, schon da zu sein und atmet erleichtert auf. Aber dann kommt noch dieser Anstieg über große Felsen hinweg, der den gleichmäßigen Rhythmus stört.

Den Donon muss man sich nämlich verdienen.

Beim Sendemast kommt uns noch ein Gruppe Wanderer grüßend entgegen, ansonsten scheint niemand mehr hier oben zu sein.

Umso besser! Ich mag die Energie hier oben mit niemandem teilen müssen, wenn ich selbst zum Auftanken hier bin.

Wir setzen uns auf die Stufen des Tempels, der wie wir der untergehenden Sonne entgegenblickt.

»Also! Jetzt erzähl mir alles!«, fordert er mich atemlos auf.

»Ich kann zwar nicht sagen, dass ich jetzt geheilt bin – ist man das überhaupt jemals? –, aber mir ist ziemlich viel klar geworden über mein Leben. Und ich denke, dass ich nun manches anders angehen kann.«

»Du warst bei dieser Therapeutin?«

»Ja. Du solltest da auch hingehen. Ich bin mir sicher, dass sie dir auch helfen könnte.«

»Erzähl mir erst mal, wie sie dir geholfen hat, dann sehen wir weiter.«

»Also gut. Sie hat mir erklärt, dass wir, wenn wir auf die Welt kommen, also in unserer frühesten Kindheit, von den Gefühlen, den Ängsten, den Schmerzen, den Zweifeln unserer unmittelbaren Umgebung beeinflusst werden wie ein Planet von einschlagenden Meteoriten. Darauf bauen wir unser Selbst auf, einschließlich falscher Glaubenssätze und eigenwilliger Verhaltensweisen. Unser Verstand nimmt sehr schnell die Zügel in die Hand und dirigiert uns, weil er uns schützen will. Zum Beispiel, wenn ein Paar zum vierten Mal ein Mädchen bekommt anstatt des ersehnten Jungen, dann kann die Enttäuschung der Eltern das Verhalten des Kindes beeinflussen, also dazu führen, dass das Mädchen sich wie ein Junge benimmt.«

»So ungefähr. Dann sind also unsere Eltern an allem schuld?«

»Aber nein! Darum geht es ja gerade. Sie haben ihr Bestes getan, man kann ihnen nicht böse sein. Aber sie hatten eben ihre eigenen Päckchen zu tragen, und unsere Großeltern genauso. Das trifft auf uns alle zu, auf dich übrigens auch!«

»Jeder Mensch braucht Liebe! Um das zu kapieren, braucht man nicht studiert zu haben.«

»Aber es ist viel subtiler. Wir leiden ja nicht an denselben Dingen und nicht auf dieselbe Art und Weise.«

»Ja, und?«

»Und wenn wir verstehen, woher es kommt, können wir das Übel beim Namen nennen und diese verdammten Muster allmählich deaktivieren, mit denen wir uns ständig etwas ersparen wollen und dadurch noch mehr leiden.«

»Und in deinem Fall?«

»Ich habe einen unglaublichen Moment durchlebt. Die Therapeutin hat mich angeleitet, ganz tief in mir drin diesen Kummer zu spüren, wenn ich mich an einen Mann binden möchte. Und dann habe ich mich gefragt, woher dieses Erstickungsgefühl kommen kann und dieser Drang, wegzulaufen, sobald eine Liebesbeziehung sich intensiviert. Auf einmal war ich meine Großmutter, als sie von den Nazis gefoltert wurde. Ich habe richtig in ihrer Haut gesteckt, das war verrückt, ich konnte kaum atmen.«

»Und wie soll dich das beeinflusst haben? Du warst ja noch nicht einmal auf der Welt.«

»Stimmt, aber meine Großmutter war mit meiner Mutter schwanger. Sie wäre beinahe umgebracht worden, weil sie den Mann nicht verraten wollte, den sie liebte. Und ich lebe heute mit diesem Glaubenssatz, ›man erstickt, wenn man einen Mann liebt‹, und laufe davon, sobald ich spüre, dass ich mich verliebe.«

»Es überspringt also eine Generation? So wie manche erblichen Krankheiten?«

»Kann sein. Es ist zu kompliziert, das jetzt im Detail zu erklären. Aber meine Mutter hat es auch nie lange mit jemandem ausgehalten. Ich glaube, sie hat dasselbe Problem wie ich, nur, dass sie es nicht weiß.«

»Und jetzt?«

»Und jetzt habe ich das Werkzeug, um diese Muster zu demontieren, sobald sie mir wieder weismachen wollen, dass man erstickt, wenn man einen Mann liebt. Und ich werde Éric schreiben und ihn bitten, wiederzukommen.«

»Und du glaubst, das funktioniert?«

»Wenn alle Lottospieler nur dann spielen würden, wenn sie

sicher wären, dass sie gewinnen, dann würde der Jackpot ziemlich mager ausfallen...«

»Und ich? Was meinst du, welchen Meteoriteneinschlägen ich ausgesetzt war?«

»Ich weiß nichts über deine früheste Kindheit, aber jedenfalls tust du alles, damit man dich liebt, und bist Feuer und Flamme, sobald das passiert. Und wenn du den Eindruck hast, dass jemand dich nicht mehr liebt oder dich ablehnt, leidest du wie ein Märtyrer.«

»Glaubst du, das liegt daran, dass mein Opa rothaarig und als Junge das Gespött der ganzen Schule war?«

»Mach einen Termin aus, wenn du dem auf den Grund gehen willst. Ich habe nur gesagt, dass ich sehe, wie du leidest, und ich kenne dich ja gut genug.«

»Mag sein. Hast du für mich auch ein Heilmittel?«

»Ich habe dir Papier mitgebracht. Ich dachte mir, wir könnten beide unseren Brief schreiben, bevor wir wieder runtergehen.«

»Welchen Brief?«

»Einen Brief, in der wir der Person, die weggegangen ist, sagen, was wir fühlen, und dass sie einen Krater hinterlassen hat.«

»Und was soll das bringen?«

»Einfach sagen, was man auf dem Herzen hat, und danach kann man versuchen, sich wieder um andere Dinge zu kümmern, meinst du nicht?«

»Willst du nicht doch lieber Lotto spielen?«

Während der Himmel sich rot färbt, hole ich einen Schreibblock und zwei Bleistifte heraus. Ich reiche ihm den Block, nachdem ich für mich ein paar Blätter herausgerissen und meinen Rucksack als Schreibunterlage herangezogen habe.

Gaël blickt in die Ferne, er ist bereits weit weg. Ich weiß, dass er in Gedanken bei ihr ist. Seine Augen glitzern. Ich fasse seine Hand, verschränke die Finger mit seinen, und dann lehne ich den Kopf an seine Schulter. Der Himmel sieht herrlich aus. Ich spüre Frieden in mir und wünschte, er könnte ihn auch fühlen. Diesen Kummer, unter dem er seit Wochen leidet, hat er nicht verdient. Niemand hat so etwas verdient.

Ich fange an zu schreiben. Sein Blick hängt immer noch an den rosaroten Wolken. Schließlich greift er zum Stift.

Beim Schreiben meines Briefs denke ich an Anna-Nina, an Éric. Ich habe jetzt das Gefühl, diesen Mann mit anderen Augen zu sehen, vielleicht weil er nicht mehr gefährlich für mich ist. Ich fühle mich anders, optimistischer, voller Zuversicht. Mein Eindruck ist, dass es ein Vorher und Nachher geben wird, vor dem Besuch bei der Frau mit den grauen Haaren und danach. Sie hat mich gewarnt: »Ihre alten Muster und ihr Verstand werden versuchen, wieder die Oberhand zu gewinnen, sie sind sehr stark.« Aber heute Abend macht mir das keine Angst. Ich könnte Berge versetzen, so leicht fühle ich mich.

Nach gut zehn Minuten höre ich Gaël schniefen. Ich schaue ihn nicht an. Er soll seinen Schutzraum haben. Außerdem weiß ich ja, warum er weint, und da gibt es sowieso nichts zu sagen.

Als die Dämmerung allmählich in Dunkelheit übergeht, lege ich meine Taschenlampe auf den Felsen über uns, damit wir beide Licht haben. Wie lange das dauert, sein Herz zu erleichtern! Vor allem, wenn der Kummer groß ist. Aber mit jeder Zeile, die wir schreiben, schälen wir ein Stück davon ab. Und wenn wir hinuntergehen, ist fast nichts mehr davon übrig.

Es ist schon finster, als wir beschließen abzusteigen. Jeder hat den Brief des anderen in der Tasche und dazu die besondere Ehre, ihn bis morgen lesen und eine Rückmeldung geben zu dürfen.

Gaël hat mich da oben umarmt, auf dem riesigen Felsen, nachdem wir uns den Kummer von der Seele geschrieben hatten. Die Nase an meinem Hals vergraben, hat er sich bei mir bedankt und mich dabei mit seinen langen Armen umschlungen und an seinen dicken Bauch gedrückt.

Ich glaube, das war unsere bisher schönste Umarmung.

Wir haben den Tag in einem Freizeitpark mitten in den Vogesen verbracht. Es gab nichts zu lernen, nichts zu verstehen, nur den Genuss, sich in die Lüfte hinaufheben zu lassen, das Lachen über Wasserspritzer, kreischend in der Achterbahn zu fahren und auf einer Bank in der Sonne ein Eis zu essen. Anna-Nina wirkte glücklich. Nur einmal hat sie mich gebeten, eine Postkarte für Valentine kaufen zu dürfen. Ich weiß nicht, ob sie innerlich leidet, ich sage mir einfach, dass Kinder flexibel sind. Aber vielleicht täusche ich mich.

Wir haben im Dorf einen Platz für den Wohnwagen gefunden. Die Pferde grasen auf einer Wiese direkt hinter uns. Beim Friedhof konnte ich den Wassertank auffüllen, und die Kollektoren haben die Energie eines ganzen Sonnentages eingefahren. Purer Luxus. Wir haben uns Crêpes gebacken und trotz der offenen Fenster hängt der Geruch noch im Wohnwagen. Es herrscht eine drückende Hitze und in den Feldern ringsum zirpen die Grillen.

Anna-Nina ist augenblicklich eingeschlafen. Erschöpft von den Fahrgeschäften und ihrem von Crêpes und Marmelade vollen Magen. Ich betrachte ihr friedliches Gesicht im Schein der Küchenlampe, die ich der Mücken wegen gleich ausknipsen werde. Aber ich schaue so gerne ihr Gesicht an. Genau wie ich Hélène gern beim Schlafen zugesehen habe, damals, als wir uns kennenlernten.

Beim Abendessen hat sie mich gefragt:

»Papa, wenn ein Prinz uns küsst, wenn wir tot sind, wachen wir dann wieder auf?«

»Nein, natürlich nicht!«

»Und warum willst du dann nicht lieber eine lebende Prinzessin küssen?«

Es geht uns gut in diesem Wohnwagen, mit unserem ruhigen Leben ganz ohne Zwänge. Aber mir ist jetzt klar, dass es nicht ewig so weitergehen kann. Anna-Nina braucht neue Orientierungspunkte. Und sie braucht eine Mutter.

Was ich aus Valentine machen soll, weiß ich nicht. Am liebsten würde ich ihren komplizierten Charakter, ihre ermüdende Energie, ihre ständigen Ansprüche, ihr übersteigertes Tempo einfach ausblenden, und dazu diesen Eindruck, dass sie vor etwas flieht, sobald man sich zu nähern versucht, was bei mir selbst den Impuls auslöst, in die entgegengesetzte Richtung zu laufen. Ich würde gern nur die schönen Seiten in Erinnerung behalten: die Sanftheit ihres Blicks, die Abendstimmung bei einer Tasse Tee, ihre beeindruckende Bildung und ihre Betrachtungen, die oft mit meinen eigenen übereinstimmen, etwa wenn es um die Natur geht oder um Kindererziehung. Und dann wäre da noch das Körperliche.

Ich habe mich auf dem Bett ausgestreckt und denke an sie. Und an das, was wir beim letzten Mal gemacht haben. Wie unverfroren sie die Beine spreizte, wie genussvoll sie ihren Mund benutzte, ihre festen, erregten Brüste, die meine Schenkel streichelten, während sie sich meinem Geschlecht widmete, das nur nach ihr verlangte.

Wenn ich an diese Augenblicke denke, spüre ich sofort wieder mein Verlangen. Sie hat mich wieder mit dem Virus der Lust infiziert, und jetzt rumort der Mangel in meinem Unterleib.

Aber ich kann ja nicht gut zurückkehren und ihr sagen, dass ich nur an ihrem Körper interessiert bin.

Vielleicht gibt es andere Frauen wie sie, woanders. Und Schulen gibt es sowieso überall. Wenn es nur darum geht, wird sich eine Lösung finden.

Ich schließe die Augen und lege eine Hand auf mein hartes Geschlecht, um die Wogen wieder ein bisschen zu glätten.

Du siehst blendend aus!«, begrüßt mich Gustave, als er die Küche betritt.

»Ich bin gerade erst aufgestanden, war noch nicht unter der Dusche, bin ungekämmt und ungeschminkt, und du sagst, ich sehe blendend aus!«

»Ich rede ja nicht von der Oberfläche, sondern von deinem inneren Strahlen. Ich bin richtig platt.«

»Findest du nicht, dass du ein bisschen übertreibst, Gustave?«
»Nein.«

Gustave legt die Hände um mein Gesicht und wiegt es sanft hin und her, wie er es oft macht, wenn er mir zeigen will, dass er mich lieb hat, samt all meinen Widersprüchen, samt meiner Seelenqualen oder wenn ich mich danebenbenehme. Manchmal fügt er auch ein »Oh, là, là, du bist mir so eine« an, aber nicht heute. Sein Schweigen hat eine andere Botschaft.

Dann gießt er sich eine Schale Kaffee ein und setzt sich mir gegenüber. Er schneidet sich eine große Scheibe Brot ab, legt ein dickes Stück Ziegenkäse darauf, bestreut es mit Pfeffer und Schnittlauch, den ich ganz frisch aus dem Garten geholt habe und der noch feucht ist vom Morgentau. Das Ganze taucht er in seinen Milchkaffee, blickt mich dabei grinsend an, voller Freude über den Augenblick, die Haare zerzaust wie bei einem Sechsjährigen, und beißt in sein Brot.

Wenn man bedenkt, was er alles hinter sich gebracht hat, dann wird einem klar, dass er versteht, was das Leben wirklich ausmacht. Er hat den Krieg nicht vergessen, nicht die Trennung von seiner Familie, nicht seinen Verzicht auf die Liebe oder den Tod Suzannes, aber er lässt nicht zu, dass diese Erinnerungen ihm den Tag verderben. Das Leben steckt im Genuss der kleinen Dinge, die ihm zum Beispiel dieses üppig belegte Brot beschert, Morgen für Morgen, Jahr für Jahr. Manche belegen sich ihr Frühstücksbrötchen mit einer Mischung aus Groll und Bedauern, aus Traurigkeit oder Wut. Die Ärmsten! Die sollten mal für eine Weile hierherkommen. Gustave würde sie die kindliche Unschuld des Morgens lehren.

Ich warte, bis er gegangen ist, dann entfalte ich Gaëls Brief. Ich wollte ihn über Nacht ruhen lassen. Und gestern Abend war ich sowieso zu müde und zu sehr in meinem eigenen Thema drin, zufrieden, dass mein Verstand zumindest mal für eine Weile kapituliert und nicht schon wieder den Finger hebt. Außerdem hatte ich Kopfweh.

Ich mag Gaëls Handschrift. Selbst mit Bleistift, selbst im Schein einer Taschenlampe, selbst nach einer Bergtour, selbst schniefend, selbst wenn er seine seelischen Bauchschmerzen aufdröselt, ist sie schön.

Liebe Stéphanie,

ich glaube, ich muss Dir schreiben. Ich weiß nur nicht, wo ich anfangen soll. Vielleicht bei unserem vielversprechenden Anfang und diesem unbefriedigenden Ende. Du sagst zwar, es gibt keins, aber es hat doch einen schönen Start gegeben und eine intensive Fahrt, und wenn diese jetzt aufhört, dann ist das doch ein Ende, oder?

Ich weiß nicht, ob es die Größenordnung eines Feuerwerks hat oder eines Sonnenaufgangs, eines Sprungs vom Zehn-Meter-Brett oder eines Flugs im Heißluftballon. Aber als ich Dich das erste Mal sah, hast Du meine Koordinaten verschoben. Da waren dieses Lächeln, dieser Blick aus blauen Augen und Deine besondere Art, ihn manchmal abzuwenden, wenn ich Dich zu lange ansah. Wir mussten über Raphaël sprechen, den armen Jungen, der von seinem Vater geschlagen wurde, und Du hast seinen Fall mit großer Behutsamkeit erzählt.

Ich habe Deine Hände betrachtet, als sie so harte Worte schrieben wie »Blutergüsse«, »aufgeplatzte Lippe«, »gewalttätig zu seinen Mitschülern«, und sie waren immer noch voller Anmut.

Mir sind die feine, elegante Haltung Deines Kopfes und die kleinen Härchen, die sich in Deinem Nacken kringeln, aufgefallen. Deine vorspringenden Schlüsselbeine und die kleine Vertiefung, wo sie zusammentreffen.

Vor allem ist mir Deine Stimme aufgefallen, ihr leicht raues Timbre, und Deine Sprachmelodie, mit dieser Färbung aus dem Jura oder vielleicht aus den Vogesen. Sie war Musik in meinen Ohren, hat meine Gehörknöchelchen vibrieren lassen, bis ich das Gleichgewicht verlor.

Deine zierliche Gestalt hatte die Verletzlichkeit eines aus dem Nest gefallenen Vogels, den man instinktiv in die Hände nehmen und vor der Kälte, den rauen Winden und den Katzen beschützen will. Und ich hatte diese großen, warmen Hände, die nur darauf warteten, sich zu öffnen.

Du warst einverstanden, mir Deine Nummer zu geben und meine entgegenzunehmen.

Ich habe die Nachrichten nicht gezählt, die wir uns daraufhin geschrieben haben. Das gespannte Warten, die Ratlosigkeit, wenn einmal ein längeres Schweigen eintrat. Die vielen Male, an denen ich einen geschützten Ort suchte, um Dir in Ruhe antworten zu können. Zu Hause auf dem Dachboden, im hintersten Winkel des Schulhofs, in einem wenig frequentierten Gang im Supermarkt. Und selbst wenn es um mich herum vor Menschen wimmelte, fühlte ich mich geschützt in meiner Blase, weil es in dem Moment nur Dich für mich gab. Ich habe nicht Buch geführt über die schönen Sätze, die wir ausgetauscht haben, das unkomplizierte Lachen zwischen uns oder die Länge einiger unserer Gespräche, einfach weil es in unserer Beziehung keinen Platz für Berechnung gab.

Das Begehren haben wir rasch evakuiert. Oder jedenfalls beschlossen, dies zu tun. Es war nicht angebracht. Zu groß wären die Risiken gewesen, um uns herum Kollateralschäden anzurichten. Das wollten wir beide nicht. Wir wollten einander behalten, ohne unsere andere Hälfte zu verlieren, und wollten lieber füreinander die Kirsche auf der Sahnetorte sein. Zwei Kirschen an einem Zweig.

Es war so einfach, und es war schön, es war berührend, und es machte so lebendig. Mich hat es lebendig gemacht, für Dich wichtig zu sein, und ich habe gespürt, dass es andersherum genauso war.

Es schien Dir Freude zu machen, mir zu schreiben, mit mir zu spre-

chen, mich hin und wieder zu sehen, auch wenn diese Gelegenheiten leider allzu selten waren.

Ich glaube, ich hänge an Dir wie ein Kind an seinem geliebten Kuscheltier.

Und jetzt erlebe ich den Kummer dieses Kindes, wenn das Kuscheltier verloren geht.

Weil Du nicht mehr da bist, Stéphanie. Du bist aus unserer Beziehung verschwunden, und ich verstehe noch immer nicht, weshalb. Du hast eigentlich nie über Deine Gefühle gesprochen, aber ich achte Deine Zurückhaltung. Und ich war ja mit allem zufrieden, so, wie es war, schließlich hast Du mir auf andere Weise Deine Wertschätzung gezeigt. Jedenfalls habe ich es so empfunden. Inzwischen bin ich mir nicht mehr sicher, und dieser Zweifel frisst mich innerlich auf. Zum Glück habe ich ja einige Pfunde zu viel auf den Rippen, sodass es ein Weilchen dauert, bis gar nichts mehr von mir übrig ist, und so bleibt eine winzige Hoffnung, dass dieser Prozess doch noch rechtzeitig zum Stillstand kommt.

Denn wenn man eine solche Intensität erlebt hat, miteinander und in sich selbst, und plötzlich nur noch auf Höflichkeit und Schweigen trifft, als ob plötzlich, ohne Vorankündigung, eine Mauer vor einem aus dem Boden gewachsen wäre, dann stößt man sich daran, steht benommen davor und stellt sich selbst infrage, zweifelt an sich und an allem.

Ich frage mich, ob ich irgendetwas Falsches gesagt habe, ob ich Dir zu viel gegeben habe oder nicht genug, ob ich zu anhänglich gewesen bin, oder nicht anhänglich genug, ob Du jemand anderen kennengelernt hast, der netter ist als ich oder lustiger oder eleganter, oder ob Dein

Mann verlangt hat, dass Du die Tür jetzt gefälligst mal von innen zumachst, nämlich die Tür zum geheimen Garten, weil es da ständig hereinzieht.

Haben wir irgendwas Falsches getan?

Was soll falsch daran sein, wenn man jemanden in sein Herz schließt?

Dass man dem anderen die Luft nimmt? Habe ich Dir die Luft genommen?

Ihn in Gefahr bringt? Habe ich Dich in Gefahr gebracht?

Ihn zu einem erdrückenden »für immer« verpflichtet? Habe ich Dich auf die Ewigkeit verpflichtet?

Ihn zu einer Wahl zwingt? Habe ich Dich gezwungen, eine Wahl zu treffen?

Ich habe selbst keine Antworten mehr, sie sind alle unter meiner Ratlosigkeit begraben.

Warum erklärst Du mir nicht einfach, was an jenem Tag geschehen ist, als Du beschlossen hast, Dich zurückzuziehen? Gibt es diesen Moment, der schlagartig das Boot unserer Freundschaft zum Kentern gebracht hat? Oder ist das Wasser klammheimlich eingedrungen, durch die poröse Bootswand unserer Gegensätze gesickert oder durch die kleinen Löcher, die die Abnutzung womöglich in unsere Verschworenheit gegraben hat, weil diese so eng war, dass sie Luftlöcher brauchte, um nicht zu ersticken? Aber nun ist sie trotzdem gestorben.

Warum lässt Du mich in dieser Ungewissheit tappen, in diesem Nichts, mit einem stummen Telefon, sodass ich annehmen muss, dass der Horizont meiner Zukunft nicht mehr groß genug sein wird, um Dich zu halten, weil du Dich entfernst?

Warum dieses Schweigen und diese Gleichgültigkeit, obwohl ich Dir seit Wochen zurufe, schreie, wie weh mir das tut, und dass es mir so viel lieber wäre, Du würdest mir die Wahrheit sagen, Deine Wahrheit?

So weit bin ich inzwischen, dass ich mich frage, ob ich einer Fata Morgana erlegen bin, weil mich so sehr nach etwas gedürstet hat, das Du für mich warst, oder von dem ich wollte, dass Du es für mich bist.

So weit bin ich inzwischen, dass ich nicht mehr weiß, wo ich stehe.

Meine beste Freundin rät mir, mich wieder auf meine Basis zu besinnen und Dich zu vergessen. Ich versuche es, aber es fällt mir schwer. Ich glaube noch an uns. Ich habe immer noch solche Lust, an uns zu glauben. Ich sage mir, dass es nicht sein kann, dass ich mir alles nur eingebildet habe oder dass ich unsere Beziehung so gänzlich kaputtgemacht haben könnte. Wann wäre das gewesen?

Sag mir die Wahrheit, Stéphanie. Wenn Du mich respektierst, dann sag mir, was ich denken soll, wenn ich an uns beide denke.

Und ob ein »wir beide« überhaupt noch existiert.

Du bist mir wichtig.

Ich habe Dich sehr lieb.

Gaël

Ich falte den Brief zusammen und wische mir die Tränen ab. Das ist er, mein bester Freund, mein Herzensbruder. Ich kann nichts für ihn tun, außer ihm meine Schulter anbieten. Und die fühlt sich recht schwach an angesichts einer solchen Naturkatastrophe. Ich bin ganz offensichtlich nicht die Kirsche auf seinem Kuchenstück. Aber hoffentlich das Sahnehäubchen.

Natürlich bin ich das. Über all die Jahre, wo wir so viel geteilt haben.

Aber diese Frau scheint ihm etwas anderes zu geben. Etwas, das ich nicht habe, noch nie gehabt habe und nie haben werde.

Vielleicht ist es der Kitzel des Verbotenen. Bestimmt die Trunkenheit des Chaos. Und schließlich der Kummer der Trennung.

Der Kater ist der bittere Nachgeschmack der Party. Und trotzdem feiern wir und sagen uns: Bereuen können wir später.

Ich muss ihm zumindest eine heiße Schokolade machen, wenn er gleich mit den warmen Croissants und einem frischen Baguette hier ankommt.

Das ist das Mindeste.

Die Milch kocht gerade, als ich sein Auto in der Einfahrt höre. Ich drehe die Gasflamme unter dem Topf ab, streue das Kakaopulver hinein und rühre heftig mit dem Schneebesen.

Als er das Haus betritt, drehe ich mich kurz zu ihm um. Ein Blick genügt, um seine verquollenen Augen zu sehen. Man könnte geneigt sein, einen großflächigen Ausschlag rund um die Augen zu vermuten, aber ich vermute doch eher einen unstillbaren nächtlichen Kummer. Es bricht mir das Herz. Aber ich sage mir, es ist ein Schritt in Richtung Linderung. Lieber ein äußeres als ein inneres Drama. Er sieht aus, als hätte er die halbe Nacht durchgeweint und wäre mit einem letzten erschöpften Schluchzer in den Armen seiner Frau eingeschlafen.

»Was sagt denn Geneviève dazu?«

»Nichts. Sie kennt mich, sie hat Geduld mit mir, sie liebt mich, sie weiß, dass ich sie liebe.«

»Amen.«

»Sonst gibt's dazu auch nichts zu sagen.«

»Hat es dir nicht gutgetan, den Brief zu schreiben?«

»Doch.«

»Halleluja.«

»Du sagst es: Aus. Amen. Ende. Das letzte Wort ist gesprochen.«

»Woher willst du das wissen?«

»Ich weiß es eben. Ich brauche den Brief nicht mal abzuschicken.«

»Aber natürlich schickst du ihn ab. Das macht den Weg wieder frei.«

»Wohin soll ich denn gehen?«

»Zurück zu dir selbst. Auf andere zu. Dem Morgen entgegen.«

»Und was soll ich mit dem Morgen anfangen, wenn mir das Gestern fehlt?«

»Das Morgen braucht kein Gestern, um ein Morgen zu sein. Und Gaël braucht keine Stéphanie, um Gaël zu sein. Und nach diesem Muster kannst du jetzt selbst deine Gleichungen aufstellen.«

»Ich warte ab, was sie mir antwortet.«

»Dein Brief ist sehr berührend.«

»Aber er soll *sie* berühren.«

»Wenn er sie nicht berührt, dann hat sie dich sowieso nicht verdient.«

»Deiner ist auch berührend. Wenn er jetzt nicht wiederkommt...«

»Ich erwarte nichts.«

»Lügnerin!«

»Ich versuche, nichts zu erwarten.«

»Das ist ein feiner Unterschied.«

»Es ist immer die Absicht, die zählt.«

Ich muss in all den Jahren wie eine Festung mit dicken Mauern gewirkt haben. Uneinnehmbar, ohne den kleinsten Riss, in dem meine Freunde auch nur den Ansatz einer Betrachtung meiner Situation hätten unterbringen können. Es erschreckt mich, jetzt, nach dem Gespräch, das ich mit Benoît hatte. War ich dermaßen verschlossen all die Zeit?

Seiner Meinung nach hatte ich mich die ganze Zeit in eine Sackgasse verrannt und meine Tochter mit hineingezogen. Sie hätten nicht gewusst, wie sie mich hätten erreichen sollen, ohne dabei unsere Freundschaft gänzlich aufs Spiel zu setzen, so kategorisch hätte ich jedes Gespräch über das Thema abgelehnt. Aufgeregt hätte ich mich, und deshalb sei ihnen die Lust vergangen. Vielleicht hat Benoît recht. Wenn ich etwas nicht hören will, stelle ich mich stur.

Seit ein paar Wochen allerdings weiß ich nicht mehr, was ich hören will. Und deshalb habe ich angefangen zu lauschen.

Und höre eine Kakofonie.

Ich glaube, ich werde noch wahnsinnig bei dem Versuch, eine Entscheidung über unser weiteres Leben zu treffen – aus lauter

Angst, es könnte die falsche sein. Am liebsten würde ich mir eine Kinokarte kaufen, mich in einem Plüschsessel vergraben und mir den Film meines Lebens auf der Leinwand ansehen: den Film, der sich aus meiner Entscheidung ergeben hat. Ich kann das nicht einfach so zack, zack erledigen oder mit Streichhölzern ausknobeln. Aber wenn ich darüber nachdenke, finde ich Argumente für und wider beide Optionen.

Martine sagt mir, ich soll auf mein Herz hören, aber das ist seit sieben Jahren stumm.

Benoît gegenüber habe ich die intimen Momente mit Valentine anklingen lassen, nur ganz vage, unter Männern, während wir den Grill anschürten. Er sagt, ich solle auf meinen Körper hören.

Der scheint momentan sowieso als Einziger zu mir zu sprechen. Er schreit geradezu. Völlig verhungert! Aber man trifft ja seine Lebensentscheidungen wohl kaum allein mit dem Körper!

Während ich noch versuche, ihn zu beruhigen, oder mich zu beruhigen, kommt Martine auf mich zu und hält mir einen Umschlag hin, der heute für uns angekommen ist. Darin sind ein Bastelset für Anna-Nina und ein zugeklebter Briefumschlag mit ihrem Namen drauf. Sie hat ihn sich bereits geschnappt und verzieht sich damit in einen Winkel, in dem sie ihn ungestört lesen kann. Sie wusste sofort, wer der Absender war.

Und für mich gibt's ein dickes Kuvert, das auf einen langen Brief schließen lässt.

Ich lege nicht ganz so viel Elan an den Tag wie Anna-Nina, aber auch ich suche mir ein ruhiges Fleckchen hinten im Garten, auf einer Holzbank inmitten der Stockrosen, um ihn zu lesen.

Hallo Éric,

ich habe es schon einmal mit dem Du versucht und bin leider auf taube Ohren gestoßen. Jetzt versuche ich es noch einmal. Wie Dir bestimmt schon aufgefallen ist, bin ich ziemlich stur. Angesichts dessen, was ich Dir sagen will, wäre es einfach lächerlich, noch beim Sie zu bleiben.

Ich bin stur, aber auch einsam und traurig. Umso mehr, seit Ihr weggefahren seid. Niemand hat von irgendwem etwas erwartet in jener Gewitternacht, und trotzdem ist es so gekommen, dass Du bei mir Gastfreundschaft gesucht hast und ich Dich nun, einige Wochen später, anflehe zu bleiben. Ich habe Dich gar nicht angefleht, meinst Du? Ach ja, stimmt. Dazu bin ich zu stolz. Und zu dumm! Genauer gesagt, ich hatte meine Zweifel, dass Du Deine Meinung ändern würdest, wenn ich mich an Dein Bein klammere und über den Boden schleifen lasse, bis Du in deinen Wohnwagen steigst. Außerdem ist Flehen sowieso nicht gut für eine Beziehung. Das bringt nur ungesunde Machtverhältnisse mit sich.

Insofern hat also keiner von uns gewollt, dass dieses Gewitter Chaos in unser aufgeräumtes Leben bringt. Und doch hat es die Lunte an unsere jeweiligen Pulverfässer gelegt. Also, an meines jedenfalls.

So habe ich, nachdem Ihr fort wart, eine Sache angepackt, vor der ich mich seit Jahren gedrückt hatte. Mir war ja klar, dass einige Antworten nur in mir selbst zu finden sind, etwa, auf meine Ängste und auf die Frage, wie ich lernen könnte, Beziehungen zu anderen etwas mehr zu genießen und überhaupt zuzulassen.

Ich erspare Dir die Einzelheiten, aber mithilfe einer Therapeutin ist mir klar geworden, dass ich mit jeder Beziehung zu einem Mann unbewusst eine Angst verbinde, mein Leben zu gefährden. Wir haben *eine Verknüpfung mit der Geschichte meiner Großmutter erkannt, die im Krieg fast ertränkt worden wäre, weil sie ihren Geliebten nicht verraten wollte.*

Das heißt weder, dass ich jetzt von alldem geheilt bin, noch, dass ich auf einmal ein einfacher, entspannter, geduldiger und die Ruhe liebender Mensch geworden wäre. Schade, oder? Aber es erlaubt mir, ein wenig mehr Abstand zu bestimmten Situationen zu bekommen und mich anders zu verhalten.

Ich verstehe nun auch, dass mein Hyperaktivismus nur ein Ablenkungsmanöver ist, um meine schmerzliche Einsamkeit zu verbergen, und letztere ist eine Folge meiner Angst zu ersticken, sobald ich jemandem einen Platz an meiner Seite einräume.

Dass ich Dir das jetzt erzähle, Éric, hat einen bestimmten Grund, nämlich, dass ich mir wünsche, dieser jemand wärst Du.

Das ist keine Liebeserklärung, sondern eine Einladung zurückzukommen. Um zu sehen, ob wir nicht, wenn wir unsere Lebensvorstellungen einmal offen nebeneinanderlegen, etwas Gemeinsames aufbauen könnten. Und dann merken wir ja, ob sich die Liebe mit an den Verhandlungstisch setzen will.

Deine Tochter ist ein Sonnenstrahl, und ich weiß, dass ich keinerlei Legitimation besitze, mein Herz an sie zu verlieren, aber es ist einfach passiert. Sie ist lebhaft, intelligent, sanft, interessant. Sie hat eine große Sensibilität. Es fällt mir sehr schwer, mich an den Gedanken zu gewöhnen, dass sie nur ein paar Tage lang in meinem Leben zu Gast gewesen sein soll.

Aber ich schreibe Dir nicht nur ihretwegen, und ich will nicht nur ihretwegen, dass Ihr zurückkommt.

Ich habe es genossen, mit Dir zu schlafen, und ich glaube, Dir ging es genauso. Und weshalb sollte das nicht das Eingangstor zu etwas weitaus Komplexerem sein? Ein Haus baut man auch auf einem Fundament, und warum sollte der Sex nicht als solches dienen können?

Ich kann Dir nicht versprechen, dass ich mich jetzt grundlegend gewandelt hätte und dank einer einzigen Therapiesitzung der Inbegriff der Tadellosigkeit geworden wäre. Aber zu wissen, dass ich in einem anderen Funktionsmodus unterwegs war als dem, der mich eigentlich ausmacht, macht mir Lust, mich zu verändern, mich selbst wiederzufinden und endlich mein Leben zu leben und all die Bedürfnisse zu stillen, die es ausmachen.
Ich wünsche mir, dass Ihr zurückkommt.
Wir brauchen nichts offiziell zu machen. Du kannst Anna-Nina in der Schule bei Gaël einschreiben. Ihr könntet hinten im Hof im Wohnwagen schlafen oder auch im Dorf oder in einem anderen Dorf. Oder du könntest im Wohnwagen bleiben und die Kleine ein eigenes Zimmer ausprobieren lassen. Ich hätte auch eines für dich, wenn Du das möchtest. Ein eigenes oder meines.
Du dürftest mir sagen, wenn ich unerträglich bin, wenn ich zu viele Sachen machen will oder wenn ich Dich unter Druck setze, es so zu machen wie ich, obwohl Dir das gar nicht entspricht.
Wir könnten miteinander schlafen, wenn Du Lust dazu hast, oder Du könntest mich auf Deinen Küchentisch einladen....
Du könntest mir Anna-Nina anvertrauen, wenn Du Einkäufe machen willst, mal ins Kino gehen oder einfach ein paar Tage allein sein willst.
Du könntest Dich in Solbach einleben und eine Aufgabe für Dich finden.

Du könntest Dir zu Recht sagen, dass die Jahre auf der Straße großartig waren und dass dies eine gute Entscheidung war, aber dass sich jetzt andere Perspektiven auftun, ohne dass Du deswegen das Vergangene infrage stellen musst.
Du könntest dem Gewitter vertrauen.
Ich versuche, nicht auf Euch zu warten.
Ich versuche es.
Ihr fehlt mir ...
Ich umarme Dich.
Teile es mit Anna-Nina.
Valentine

Eine gute Woche ist vergangen, seit Gaël und ich unsere Briefe abgeschickt haben. Ich habe mich derweil in Arbeit gestürzt: Gartenarbeit, Konserven einkochen, Marmelade kochen, Nähen, Haushalt, Töpfern, Schreiben, Lesen. Sogar meine Gitarre habe ich wieder hervorgeholt und ein Puzzle gemacht. Dreitausend Teile. Das macht den Kopf leer.

Ich versuche, nicht zu warten. Aber wie soll das gehen? Es ist unmöglich. Natürlich wartet man, wenn man hofft. Und nicht zu hoffen ist traurig. Ist es besser, zu hoffen und enttäuscht zu werden, als nichts mehr zu erwarten? Ich habe keine Antwort darauf.

Gaël bläst Trübsal. Ich weiß es, merke es an seinen Nachrichten und höre es an seiner Stimme. Er war mit Geneviève ein paar Tage im Jura, das hat ihnen beiden gutgetan. Aus der Routine ausbrechen, sich neu begegnen, sich selbst begegnen und dann wieder nach vorn blicken. Einfache Dinge genießen – ein gutes Restaurant, einen Spaziergang in der Natur, Museumsbesuche, Händchenhalten, auch schweigend. Die freie Zeit miteinander teilen, in derselben Blase sein und sich in die Arme nehmen. Die Beziehung stärken und ihr neuen Atem schenken.

Gustave spricht oft von Anna-Nina. Ich glaube, es tut ihm leid, selbst nie ein Kind gehabt zu haben. Da war zwar meine Mutter, die er in Empfang genommen hat, als sie auf die Welt kam, und die er mit großgezogen hat wie seine eigene Tochter, aber eben immer mit diesem Hauch von Zurückhaltung, wie ein Eindringling, der den Platz eines anderen eingenommen hat und diesen womöglich eines Tages räumen muss. Und dann kam ich, um die er sich gekümmert hat wie um seine Enkelin. Es hätte ihn gefreut, wenn ich Kinder gehabt hätte, weil er sich mit jeder weiteren Generation an seinem Platz in der Familie ein bisschen mehr legitimiert fühlte.

So hat er nun sein Herz an Anna-Nina verloren. Und an Éric. Ich weiß, dass er ihn am liebsten geschüttelt, ihn buchstäblich zurückgehalten, ihn angeleint hätte oder die Pferde verscheucht hätte, damit die beiden nicht mehr fortkönnen. Aber Gustave hat sein ganzes Leben lang Diskretion geübt, und so wird er auch jetzt nicht übergriffig werden.

Mit der Kleinen zusammen hatte er ein Gemüsebeet angelegt. Jeden Morgen sehe ich, wie er es gießt, wahrscheinlich pflegt er es mehr als jeden anderen Winkel im Garten, damit er, wenn sie zurückkommt, das Strahlen auf ihrem Gesicht sehen kann. Ihr gemeinsames kleines Beet, das schönste im ganzen Garten. Im ganzen Dorf wahrscheinlich. Weil sie dort Samen voller Lebensfreude und Entzücken gesät haben, diese zwei Kinder, die gerade mal dreiundsiebzig Jahre trennen.

Ich sitze in der späten Vormittagssonne auf der Bank vor dem Haus und schäle Erbsen, die ich in ein Sieb gebe. Die ersten des

Jahres. Wir freuen uns immer schon darauf, sie sind köstlich, mit Zwiebeln und Speck gedünstet. Ich kann auch nicht widerstehen, sie gleich roh zu essen, wenn sie noch etwas kleiner sind, weil sie dann noch mehr Süße haben. Kindheitsfreuden.

Gustave kommt zu mir und setzt sich neben mich. Eine Weile sagt er gar nichts, dann ringt er sich durch, mich zu fragen, wie es mir geht.

»Es geht.«

»Und dein Freund?«

»Gaël? Er bemüht sich.«

»Schon komisch, dass ihr gleichzeitig dasselbe erlebt.«

»Es ist nicht dasselbe, unsere Situationen unterscheiden sich sehr.«

»Aber ihr wartet beide auf etwas, auf eine Nachricht, auf die Rückkehr von jemandem, an dem ihr hängt und der euch fehlt.«

»Stimmt. Warten. Immer warten. Du kennst das ja zu gut.«

»Man soll nicht warten, sondern das genießen, was da ist. Nicht das, was man sich erhofft.«

»Und wenn das, was man hat, nicht ausreicht, um zufrieden zu sein?«

»Dann finde in dem, was du hast, etwas, was dich zufrieden macht.«

»Du weißt, dass das nicht immer geht.«

»Natürlich weiß ich das. Ich versuche bloß, dich ein bisschen zu trösten. Hab Vertrauen. Es kommt, was kommt. Und wenn sie nicht wiederkommen, dann kommt was anderes für dich, Bedauern bringt nichts.«

»Bedauerst du denn nichts?«

»Ich bedaure alles. Außer, deine Großmutter geliebt zu haben. Was den Rest angeht, habe ich eben getan, was ich konnte. Aber wir vermögen nicht viel im Leben, weißt du? Und darin liegt unser größter Fehler, dass wir das aber denken. Wir wollen alles unter Kontrolle haben, weil das beruhigend ist. Aber eine einzige Sache genügt, um alles über den Haufen zu werfen. Ein Krieg zum Beispiel. Eine leidende Frau auf dem Trottoir.«

»Oder ein Gewitter.«

»Jeden Tag habe ich mir gesagt, dass Léon zurückkommen könnte, urplötzlich. Und dass mein Leben hier am seidenen Faden hängt. Und dann würde ich womöglich woanders wieder ganz von vorn anfangen und die Frau, die ich wie sonst nichts auf der Welt liebe, zurücklassen müssen. Weil das nun mal so war. Und so habe ich jeden Tag genossen, was ich an Schönem mit ihr erleben durfte, in dem Bewusstsein, dass es vielleicht das letzte Mal sein könnte. Ich dachte kaum je an morgen. Wozu auch, wenn es vielleicht sowieso kein Morgen geben würde?«

»Dann soll ich also nicht an die Zukunft denken?«

»Doch. Aber ohne dir irgendeine Gewissheit zu erhoffen.«

»Aber Ungewissheit ist irritierend.«

»Oh ja. Aber das ganze Leben ist eine einzige Ungewissheit. Das Einzige, was man sicher weiß, ist, dass man sterben muss. Im Leben hingegen wissen wir nicht, was kommt. So ist das nun einmal, und daran können wir nichts ändern. Wir können es nur akzeptieren.«

»Das ist so wahr, was du da sagst, aber auch so schwer zu akzeptieren.«

»Denk an deine kleinen Erbsen, an dein Puzzle, an deinen Garten, an deine Näherei. Eine Sache nach der anderen. Ein Tag nach dem anderen. Und wenn sie morgen zurückkommen, dann wird es ein Tag mit ihnen zusammen sein, und den genießt du. Aber du wirst auch nicht traurig sein, wenn der Tag zu Ende geht, ohne dass sie zurückgekommen sind. Verstehst du?«

»Ja, ich verstehe. Und gelingt dir das?«

»Inzwischen ja. Aber das heißt nicht, dass ich keinen Mangel mehr spüre. Nur ist er eben nicht mehr so stark. So ist das einfach. Man kann Menschen nicht ändern. Man kann sich ja nicht mal selbst wirklich ändern, stimmt's?«

»Ich wünsche mir trotzdem, dass sie zurückkommen.«

»Natürlich, ich auch. Aber Wunsch und Warten sind zweierlei. Ist das dein Freund Gaël, der da hinter der Briefträgerin herkommt?«, fragt er plötzlich, den Blick auf die Straße unterhalb gerichtet.

Stimmt, das ist Gaël. Er parkt auf dem Hof, während ich die junge Postbotin begrüße, die seit einer Woche die Urlaubsvertretung macht. Sie reicht mir einen großen Briefumschlag. Mit Blumen, Schmetterlingen, Vögeln, einem Drachen und Érics Handschrift.

Lächelnd winke ich Gaël mit dem Umschlag zu. Er erwidert die Geste mit seinem Briefumschlag.

»Hast du ihn auch heute bekommen?«

»Gestern. Aber ich schaffe es nicht, ihn aufzumachen. Da dachte ich mir, vielleicht könntest du das ja an meiner Stelle...«

»Soll ich dir Stéphanies Antwort vorlesen? Und du mir die von Éric?«

»Warum nicht. Dann können wir füreinander die Samthandschuhe auspacken, wenn es schwer wird. Oder wir lassen Gustave beide Briefe lesen und bitten ihn um eine Zusammenfassung.«

»Oh, nein, nein«, wehrt dieser hastig ab, steht abrupt auf und ergreift die Flucht, gefolgt von Croquette, die anscheinend auch die Gefahr spürt.

»Also gut«, sage ich zu Gaël. »Ich setze noch schnell die Erbsen auf, und dann suchen wir uns jeder ein Fleckchen.«

Gaël zappelt vor Ungeduld. Er freut sich auf den Brief und kommt sich dumm vor, ihn noch nicht aufgemacht zu haben. Aber er hofft so sehr, dass er sich vor dem Inhalt fürchtet.

Nichts erwarten, nehmen, was kommt.

Wir haben uns mit Abstand voneinander hingesetzt, um uns beim Lesen nicht zu stören. Gaël sitzt im Schatten des Scheunenvordachs. Ich bin auf der Bank in der Sonne geblieben.

Er hat schon angefangen zu lesen, nachdem er mir noch zugerufen hat, dass eine Zeichnung von Anna-Nina für mich drin sei, und auch eine für ihn.

Als ich den Brief für ihn aufmache, stelle ich überrascht fest, dass nur ein einzelnes Blatt Papier drin ist, zweimal zusammengefaltet und nur einseitig beschrieben. Sie hatte ihm offenbar nicht viel zu sagen.

Ich falte das Blatt auf. Zwei Worte und ihr Name. Zwei Worte.

Ich spähe zu meinem Freund hinüber, der in die Lektüre meines Briefs vertieft ist, und richte dann den Blick wieder auf das Blatt. Damit er denkt, ich hätte auch noch einiges zu lesen.

Mit dem Vorwand, nach den Erbsen zu sehen, gehe ich ins Haus, um mich abzulenken. Ich rühre kräftig im Topf, damit sie nicht anbrennen.

Zwei Worte.

Als ich herauskomme, sehe ich, wie er lächelnd auf mich zukommt.

»Wer fängt an?«, fragt er.

»Du!«

»Gut. Sitzt du gut?«

»Sieht man doch, oder?«

»Also. Ich werde eine neue Schülerin bekommen, und zwar keine schlechte. Er schreibt dir, dass du Anna-Nina für nächstes Schuljahr in meine Klasse einschreiben darfst.«

»Großartig!«

»Aber freu dich nicht zu früh. Er legt sich nicht fest, ob er bei dir auf dem Hof wohnen oder den Wohnwagen woanders abstellen will. Er schreibt nur, dass er über alles nachdenkt und noch Zeit braucht. Aber er schließt auch nicht aus, dass ihr zusammen das eine oder andere treibt, weil ihm der Sex mit dir fehlt. Ich sollte ja alles lesen, oder?«

»Sieht so aus.«

»Wobei, du hast mir gar nicht alles erzählt. Er spielt da auf ein paar interessante Details an ...«

»Es gibt trotz allem noch Dinge, die etwas intimer sind als unsere Freundschaft.«

»Okay. Also, kurz und gut, er weiß noch nicht, wann genau er zurückkommt, ob eher Mitte oder Ende August oder erst unmittelbar vor Schulbeginn. Er sagt, du sollst nicht auf ihn warten, aber spätestens zum Schulbeginn werden sie da sein. Das sind doch großartige Neuigkeiten, oder?«

»Ja.«

»Gut. Jetzt bist du dran.«

»Setz dich hin.«

»Warum machst du so ein Gesicht?«

»Weil ich mich auf meine Schulter konzentriere.«

»Wieso deine Schulter?«

»Weil ich dir versprochen habe, dass sie für dich da sein wird.«

»Dann ist es nichts Gutes?«, fragt er mich, plötzlich beunruhigt.

»Kommt darauf an, wie man die Dinge interpretiert.«

Ich stehe auf, setze mich zwischen seine Beine und nehme ihn in die Arme. Er legt den Kopf an meine Brust. Wahrscheinlich hört er meinen beschleunigten Herzschlag. Er ist ganz still und lässt sich von mir einfach den Rücken streicheln.

Die Erbsen werden anbrennen, aber jetzt gerade kann ich ihn nicht verlassen.

Dann werden wir eben die nächste Ernte essen.

Wir haben das Glück, einander zu haben, einander zu verstehen, einander zu schätzen. Wir können das Schlimmste und das Beste miteinander teilen.

Gustave hat unrecht. Es gibt doch ein paar Gewissheiten im

Leben. Meine unauslöschliche Freundschaft mit Gaël ist eine davon.

Wir sind wie zwei Erbsen in derselben Hülse.

Und das tut so wohl wie der unbekümmerte Geschmack der Kindheit!

Ich bedaure

Stéphanie

Sich zu seinem Leben umzudrehen bedeutet, das Risiko einzugehen, die Spuren der Vergangenheit im Sand unserer Erinnerungen zu sehen.

Zu leben, wirklich zu leben, weit nach vorn zu blicken, Schritt für Schritt zu gehen, und es der Zeit, dem Wind zu überlassen, unsere Spuren hinter uns auszulöschen.

Eine Antwort ohne Wärme ist wie ein Blick, der sich abwendet.

Dieser Satz stammt nicht von einem tibetischen Mönch, sondern von meinem Seelenverwandten Olivier Muhlheim. Er sagte ihn zu mir, als ich Trost brauchte, und es erschien mir so wahr...

Ich wollte, dass er zu ihm zurückkehrt.

Nach jedem beendeten Roman richtet sich auch mein Blick in eine andere Richtung, nach vorn, auf andere Figuren, andere Geschichten, andere Gefühle, die es zu erleben und zu teilen gilt. Aber niemals verlässt mich die menschliche Wärme, weder in meinen Büchern noch in meinem Leben, denn diese Herzenswärme ist nichts anderes als der Lebenssaft, der uns auf den Beinen hält und uns wachsen lässt.

Flieht die Kälte, wärmt euch in den Armen von Menschen, die euch lieben und achten, und wenn ihr diese kleine Flamme in eurem Inneren spürt, die über all eure Tiefen hinwegleuchtet und auch andere wärmt, entfacht sie, damit sie höher lodert.

Möge sie niemals erlöschen.